❖ 후한 말 삼국지 배경 시기의 13개 주 지도

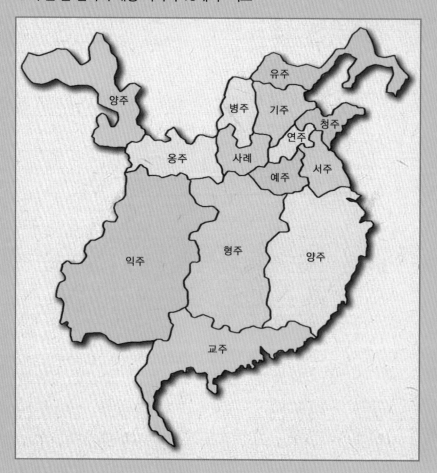

❖후한 말 군웅할거시대의 세력도(2세기 말)

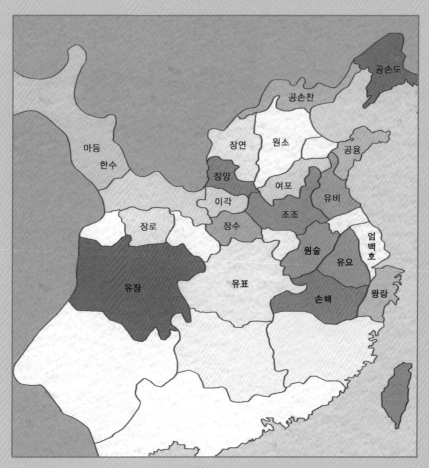

동탁의 죽음 이후 각지에 난립하던 군웅들의 세력도이다. 손책은 아버지 손견이 죽은 후에 원술 밑으로 들어갔다가 독립하여 자신의 세력을 얻고, 파죽지세로 주변의 성을 정복해나간다. 동탁이 죽은 후에 조조는 청주의 황건적 토벌을 위해 출진하여 보다 많은 병력을 얻게 되고, 조조는 아버지를 맞아들이려 한다. 그러나 도중에 도겸의 부하인 장개에게 살해당하고 이에 화가 난 조조는 서주의 도겸을 토벌하기 위해 군사를 일으킨다. 그때 조조는 백성들까지 모두 살해하며, 도겸은 유비에게 서주를 양도하게 된다. 그 틈을 타 여포가 조조의 세력권 안에서 반란을 일으키나 진압당하고 유비에게 가서 소패를 얻는다. 또한 황제는 이각, 곽사 들에게서 달아나 조조가 천자를 받들게 된다.

三國志

삼국지 9
출사표·북벌의 기치를 내걸고

초판 1쇄 발행   2013년 1월 10일
    15쇄 발행   2018년 8월 25일

지은이   나관중
평 역   요시카와 에이지吉川英治
옮긴이   강성욱
펴낸이   한승수
펴낸곳   문예춘추사

편 집   정내현
마케팅   신기탁
디자인   이은주

등록번호   제300-1994-16
등록일자   1994년 1월 24일

주 소   서울특별시 마포구 동교로27길 53 지남빌딩 309호
전 화   02 338 0084
팩 스   02 338 0087
E-mail   moonchusa@naver.com

ISBN   978-89-7604-108-1 04820
       978-89-7604-107-4 (전10권)

출사표 · 북벌의 기치를 내걸고

9

三國志

나관중 지음
요시카와 에이지 吉川英治 평역

문예춘추사

| 일러두기 |

1. 이 책은 일본 고단샤講談社에서 발간한 요시카와 에이지 평역의 『삼국지』(요시카와 에이지 역사 시대 문고 33~40, 1989년 초판)를 저본底本으로 삼았다.

2. 원서는 총 8권으로 구성되어 있으나 커다란 제목에 따라 각 권으로 분리하여 총 10권으로 재편 집했다.

3. 가능한 한 원본에 가깝게 번역했으나 지나치게 일본적인 표현은 중국 고전소설임을 고려하여 우리 실정에 맞게 고쳤고, 원서 내용을 해치지 않는 범위 안에서 대화와 본문이 연결되는 부분을 일부 수정하여 우리 독자들이 읽기 편하게 했다.

4. 각 권 및 각 장의 제목은 가능한 한 원서의 제목을 살려 풀어 썼으며, 원서의 각 장을 재편집하 여 내용의 흐름을 쉽게 이해할 수 있도록 했다.

5. 한자 표기는 정오正誤에 상관없이 원서를 따랐으나 동일 인물이나 지명의 상반된 표기가 있는 경우에는 올바른 한자를 찾아 표기했다.

6. 이 책의 삽화 및 지도는 내용에 맞게 새로 제작한 것이다.

99
형주성 함락

방덕의 독화살을 맞은 관우는 화타에게 치료를 받고,
여몽은 육손과 함께 관우의 봉화대를 무력화하고 형주성을 손에 넣는다

번성 점령을 눈앞에 두고 관우군의 내부에 미묘한 변화가 생겼다.

위에서 원군으로 파견된 칠군을 격파하고 번성의 턱밑까지 파죽지세로 진군한 관우군은 그 이후 움직임이 없었다. 그 이유를 알고 있는 사람은 관평 외에 극히 소수의 부장들뿐이었다.

관평과 왕보 등의 장수들이 머리를 맞대고 의논했다.

"전군의 생사가 달린 일이니 이대로 등한히 할 수 없습니다."

"우선 군을 형주로 물리고 만전을 기해 다시 기회를 보는 것이 좋을 듯합니다."

"참으로 곤란하게 됐습니다."

그때 참모 한 명이 분주히 달려와서 고했다.

"관우 대장군의 하명입니다. 내일 새벽녘에 총공세를 시작하여 내일 중에는 무슨 일이 있어도 번성을 점령한다 하십니다. 장군께서도 직접 출정하실 터이니, 전군에 이를 알리고 만반의 준비를 하라 명하셨습니다."

"뭐라? 총공세를 가하고 직접 출정까지 하신다고?"

사람들은 깜짝 놀라 서로 얼굴을 바라보나 일제히 관우의 막사로 몰려갔다.

"오늘은 기분이 어떠하십니까?"

부장들이 조심스럽게 관우의 기색을 살피며 물었다.

관우는 의자에 앉아 있었는데, 안색은 좋지 않았고 눈두덩에는 피곤함이 묻어났지만 목소리는 평소와 다름이 없었다.

"별일이 있겠는가. 그런데 모두 무슨 일인가?"

"모두들 장군의 병세를 근심하고 있던 참에 장군의 하명을 받고는, 조금 더 요양을 하시는 게 좋지 않을까 싶어 간하러 왔습니다."

"하하하, 내 상처 때문인가? 너무 심려치 말라. 내가 어찌 이 정도 상처에 쓰러지겠는가. 내일은 선봉에 서서 번성을 함락시킬 것이네."

왕보가 앞으로 나서며 말했다.

"장군의 말씀을 들으니 저희도 안심이 됩니다만, 병을 이기는 영웅은 없습니다. 장군의 용태를 살펴보니 근래에 식욕도 없으시고 안색도 좋지 않으십니다. 또한 주무실 때 신음 소리까지 내십니다. 장군은 촉에서 유일무이한 분이시니 부디 장래의 대계를 위해서라도 일단 군사를 물려 형주로 돌아가서 충분히 요양을 하시는 편이 좋을 듯합니다. 만약 장군의 일신에 무슨 일이라도 생기면 형주뿐 아니라 촉 전체에 있어 크나큰 위협이 될 것입니다."

"……."

아무 말 없이 듣고 있던 관우가 천천히 자세를 고치고는 왕보를 제지했다.

"왕보, 그리고 관평과 다른 부장들도 들으시오. 내 목숨은 이미 촉에 바쳤소. 무인의 목숨은 오직 하늘만이 알고 있을 뿐이오. 번성 하나를 공략하지 못하고 형주로 돌아갈 경우 내 무명武名은 어찌 되든 상관없지만 촉의 국위國威는 어찌 되겠소? 화살 한 발 맞은 상처로 무슨 일이 있겠소. 전장에 나서면 몇십 발, 아니 몇백 발의 화살을 맞기도 하는 법이지. 모두들 더는 아무 말 말고 내 명령에 따르도록 하시오."

사람들은 더 이상 아무 말도 하지 못하고 물러났다. 하지만 그들의 근심은 더욱 깊어졌다.

그날 밤, 관우는 다시 열이 많이 나서 밤새 괴로워했다. 방덕의 활에 맞은 왼쪽 팔의 상처 때문이었다. 그 화살에는 죽은 방덕의 일념이 담겨 있었던 듯했다.

그로 인해 자연히 총공세도 연기되었고, 왕보와 관평은 사방으로 사람을 보내 의원을 찾았다. 그런데 그때 강동에서 떠돌이 행색을 한 의원이 동자 한 명과 함께 작은 배를 타고 찾아왔다. 그는 패국沛國의 초군譙郡 사람인 화타華陀라는 의원이었다.

강기슭의 감시대에 있던 장수가 화타를 데리고 관평에게 왔다.

"이 떠돌이 의원이 강동에서 왔다고 하는데, 혹시 도움이 될까 하여 데리고 왔습니다."

관평은 기뻐하며 그를 자신의 막사로 맞아들였다. 그리고 그에게 공손히 물었다.

"선생의 존함이 어떻게 되십니까?"

"자는 원화元化이며 이름은 화타라 합니다."

"그럼 오의 주태를 낫게 했다는 그분이십니까?"

"천하의 영웅호걸이 독화살을 맞아 고통을 받고 있다 하여 멀리서 배를 타고 달려왔습니다."

"아버지는 촉의 대장군이고 선생은 강동의 의원인데, 어인 연유로 멀리 오셨는지요?"

"의원에게는 국경이 없습니다. 그저 인仁을 따를 뿐입니다."

"아! 그럼 어서 아버지의 상처를 봐주십시오."

관평은 화타를 데리고 관우의 거처로 갔다. 마침 관우는 마량과 바둑을 두고 있었다.

큰 열로 입 안은 마르고 통증으로 몸은 떨렸지만, 정신력만큼은 살아 있었기에 다른 사람들이 보기에 아무렇지 않도록 태연히 바둑을 두고 있었다.

"아버지, 멀리서 오의 명의 화타가 오셨습니다. 치료를 받으시는 것이 어떻겠습니까?"

"음, 잠깐 기다려라. 마량, 내가 둘 차례인가?"

관우는 옷 한쪽을 벗어 의원에게 상처가 있는 팔을 보이고는 오른손
으로는 바둑을 두었다.

"어떤가, 마량. 묘수가 아닌가?"

"그 돌은 곧 제게 잡힐 것입니다."

두 사람 모두 바둑에 몰두하여 화타를 돌아보지도 않았다. 화타는
관우의 뒤로 돌아가서 옷의 소매를 걷어 올리고 팔의 상처를 보았다.

곁에 있던 부장들은 모두 눈을 의심했다. 상처 부위는 새빨갛게 부
풀어 올라 있었다. 화타가 한숨을 쉬었다.

"화살촉에 오독烏毒이라는 독약이 발라져 있었는데, 그 맹독이 이미
뼛속까지 스며들었습니다. 이대로 더 방치했다가는 한쪽 팔을 쓸 수
없게 될 것입니다."

관우는 그제야 화타의 얼굴을 돌아보았다.

"지금이라도 치료할 방법이 있는가?"

"있기는 있습니다만, 단지 장군께서 두려워하지 않을까 심려됩니다."

"하하하, 죽음도 두려워하지 않는 대장부가 어찌 의원의 말을 두려
워하겠는가. 그대 마음대로 치료해주시게."

관우는 한쪽 팔을 맡긴 채 다시 바둑판으로 시선을 돌리며 바둑에
열중했다.

화타는 약낭藥囊 속에서 철로 된 고리 두 개를 꺼내 하나는 기둥에
박고 또 하나는 관우의 팔에 걸고서 밧줄로 묶을 준비를 했다. 그것을
본 관우가 화타에게 어떻게 할 생각인지를 물었다.

"날카로운 칼로 살을 찢고 팔의 뼈를 드러내서 오독으로 썩은 부위

와 변색된 뼈를 깨끗하게 깎아낼 것입니다. 이 수술을 받다 정신을 잃지 않은 사람이 없었습니다. 아무리 장군이라 해도 분명 고통을 참지 못하고 괴로워할 것이 틀림없으니, 움직이지 않도록 잠시 이렇게 묶어두려는 것입니다."

"나는 괜찮으니 그냥 치료를 하시게."

관우는 의원에게 철환이 필요 없다며 그냥 수술을 하라고 했다.

화타가 상처를 절개하기 시작하자 밑에 받친 은쟁반에 피가 흘러넘쳤다. 화타의 양손과 칼도 모두 피투성이가 되었다. 이윽고 화타는 팔의 뼈를 날카로운 칼로 으드득으드득 깎아냈다.

관우는 태연히 바둑판에서 눈을 떼지 않았다. 주위에 있던 관평과 부장들은 모두 얼굴이 새파래졌다. 그중에는 참지 못하고 얼굴을 돌리고 자리를 뜨는 사람도 있었다.

마침내 수술이 끝나자 화타는 관우의 상처를 술로 씻어내고 실로 꿰맸다. 화타의 이마에는 굵은 땀방울이 맺혀 있었다.

* * *

수술을 끝내고 물러갔던 화타가 관우의 상태를 보러 왔다.

"장군, 어젯밤은 어떠하셨습니까?"

"아, 어젯밤은 정말 푹 잤소이다. 아침에 눈을 뜨니 통증도 사라졌소. 선생은 실로 천하의 명의이시오."

"저도 여태까지 많은 환자를 만나왔지만, 장군 같은 환자를 만난 적이 없습니다. 장군은 실로 천하의 명환자이십니다."

"하하하, 명의와 명환자라. 그러니 어찌 병이 우리를 이길 수 있겠소. 그럼 앞으로 양생은 어떻게 하면 좋소이까?"

"화를 내지 마셔야 합니다. 노기는 금물입니다."

"알겠소이다. 내 잘 지키겠소."

관우가 백금을 건넸지만 화타는 받지 않았다.

"대의大醫는 나라를 치료하고 인의仁醫는 사람을 치료합니다. 제게는 나라를 낫게 할 의술이 없으니 하다못해 의인의 몸이라도 치유하고자 온 것이지 돈을 벌기 위해 온 것이 아닙니다."

화타는 그렇게 말하고 작은 배를 타고 사라졌다.

그 무렵, 위왕궁을 중심으로 허창과 업군의 부는 공황 상태에 빠져 있었다.

번천 지방의 패전을 알리는 파발을 시작으로 칠군의 전멸과 방덕의 전사, 우금의 투항 등을 전하는 파발의 소식이 새어나가자 일반 백성들까지 동요하기 시작했다. 백성들 중에는 당장이라도 관우군이 쳐들어올 것이라며 도망치는 사람들도 있었다.

위의 왕궁에서는 그 문제로 대회의가 열렸다. 그 회의에서 관우를 두려워하는 사람들은 서둘러 왕궁을 옮겨야 한다며 천도를 주장했다. 하지만 사마의 중달은 나서서 불가론을 주장했다.

"이번 대패는 위군이 약해서가 아니라 관우가 홍수를 자신의 편으로 만들었기 때문입니다. 오의 손권은 관우의 세력이 커지는 것을 바라지 않습니다. 지금 오를 설득하여 관우의 배후를 공격하라 하면 손권은 반드시 수락할 것입니다."

사마의와 함께 승상부의 주부를 맡고 있는 장제蔣濟가 읍소하며 말했다.

"저와 우금은 30년 지기인데, 어찌 방덕보다 못하단 말입니까. 중달의 말이 지극히 옳으니 한시라도 빨리 오에 사자를 보내고, 합심하여 이번의 굴욕을 갚아주어야 합니다."

조조는 고민했다. 단지 말만 잘하는 세객을 보내면 오는 움직이지 않을지도 몰랐다. 어디까지나 전쟁은 위가 맡는다는 점을 확실히 밝히면서 오를 설득해야만 했다. 이에 조조는 서황을 대장으로 삼아 5만 명의 병사를 내려 급히 양릉파陽陵坡까지 진군시켰다.

서황군은 오가 수락하면 즉시 관우군을 공격하라는 조조의 명을 받고, 그곳에 대기하면서 만전을 기했다.

위의 사자는 오의 수도 건업建業에 도착해서 지금 오의 향배가 천하의 장래를 좌우할 것이라고 전한 후 오의 대답을 기다리고 있었다.

오의 건업성 회의는 좀처럼 결론이 나지 않았다. 오도 지금은 중대한 기로에 서 있었다. 얼마 전부터 오는 위가 딴 곳에 정신이 팔려 있을 때, 강북江北의 서주徐州를 빼앗을 계획을 가지고 있었다. 그런 상황에서 조조가 제시한 조건은 너무도 좋았다.

관우를 공격해서 형주를 빼앗을지, 위의 요구를 거절하고 서주를 취할지, 오는 이 둘을 놓고 결정을 내리지 못하고 있었다.

그때 상류에 있는 육구陸口의 수비를 맡고 있던 여몽이 한 가지 계책을 전하기 위해 급히 돌아왔다. 손권은 여몽을 불러 물었다.

"그대에게 어떤 계책이 있다는 것인가?"

"지금은 형주를 취하여 장강長江을 차지하고, 그곳을 촉과 위의 침략에 대비한 국경으로 삼아야 합니다. 장강 상류의 험지를 경계로 삼고 안으로 부국강병에 힘쓰면 서주는 언제라도 빼앗을 수 있습니다."

여몽은 반드시 이길 수 있는 계책도 가지고 있는 듯했다. 또한 그에게는 회의의 방침을 제시할 수 있는 충분한 힘이 있었다. 그가 지키고 있는 육구가 위, 촉, 오 삼국의 이해가 교차하는 중요한 전략지이기 때문이었다.

여몽은 그러한 요충지를 방어하는 중책을 맡은 지휘관일 뿐 아니라 동오에서 지혜와 재략이 가장 뛰어난 인물이라 할 수 있었다.

"큰 방침이 정해진 이상, 모든 것은 그대에게 일임할 터이니 적절히 대처하시오."

다시 육구로 돌아간 여몽은 형주 방면으로 염탐꾼을 보냈다. 그리고 연안 2, 30리 간격으로 요소요소에 봉화대가 설치되어 있다는 사실을 알아냈다. 오와의 경계에 이상이 생기면 즉시 봉화대를 통해 형주의 본성까지 연락하게 되어 있었던 것이다. 또한 방어망도 체계적으로 구축되어 물 샐 틈이 없었다.

여몽은 관우가 주도면밀하다는 것을 알게 된 이후 지병을 핑계로 방안에 틀어박혀버렸다. 그 소식을 전해 들은 업군의 손권은 크게 걱정하며 오군吳郡의 육손에게 여몽의 용태를 보고 오라 일렀다.

"너무 심려치 마십시오. 필시 여몽의 병은 꾀병일 것입니다."

여몽의 마음을 꿰뚫어본 육손이 그렇게 말하고 업군을 떠났다. 그가 육구에 당도해보니 진중은 정적에 휩싸여 있고 병사들은 근심에 잠겨 있었다. 여몽을 만난 육손이 웃으면서 말했다.

"장군, 이제 그만 병상에서 일어나시지요. 제가 병을 낫게 해드리겠습니다."

"그대는 병자를 놀리러 왔소이까?"

"군명을 받고 장군을 진찰하러 온 것입니다. 제가 비록 재주는 없지만 일전에 장군이 건업에 오셨을 때, 이미 심중을 헤아리고 있었습니다. 이후 이곳에 돌아오자마자 오후의 기대와는 달리 갑자기 병이 난 것은 형주의 방어가 장군의 생각과 다르기 때문이 아닙니까?"

여몽은 부스스 일어나서 주위를 둘러보았다.

"육손, 조용히 하시오. 밖에서 누가 듣고 있을지 모르오."

"괜찮습니다. 병사들도 멀리 물렸습니다. 형주의 관우는 번성과 싸우면서 오와의 경계에도 충분한 주의를 기울이고 있습니다. 오히려 평소보다 더 병력을 늘렸을 것입니다. 그리고 요소요소에 쌓고 있는 봉화대도 완성되었을 것입니다. 장군의 병은 바로 여기에 있는 듯한데 제 진맥이 틀렸는지요?"

"과연 혜안이시오. 맞소이다."

"제가 병자를 보러 온 것이 마침 잘되었습니다. 자, 그럼 큰 병에 걸렸다고 하고 저와 함께 건업으로 돌아가도록 하시지요."

"그리고 어떻게 할 생각이오?"

"이미 장군께서도 생각하고 계시겠지만, 관우가 방심하지 않는 것은 동오에서 제일 명장인 장군이 육구의 경계를 맡고 있기 때문입니다.

꾀병을 가장하여 장군은 이곳을 떠나고 이름도 없는 장수가 이곳을 지키며 형주를 무서워하는 태도를 보이면, 관우의 마음도 풀어질 것이고, 이곳의 병사들도 번성으로 돌릴 것입니다. 오의 대공세는 바로 그때가 될 것입니다."

* * *

육손은 여몽보다 열 살 아래였다. 당시 육손은 세상에 이름도 알려지지 않았고 관직도 영관領官에 불과했지만 그의 재능은 손권도 인정했고 여몽도 높이 평가하며 앞날에 큰 기대를 하고 있었다.

두 사람은 함께 배를 타고 건업으로 돌아와 오후 손권을 만나 형주의 실상을 상세히 고했다. 또한 여몽은 자신의 꾀병은 적을 속이기 위한 계책이라고 말하고 심려를 끼친 것을 사죄했다.

"이번 기회에 육구의 수비를 다른 사람에게 맡기십시오. 제가 있으면 관우는 경계를 늦추지 않을 것입니다."

"장군에게 계책이 있어 병을 핑계로 자리를 물러나는 것은 좋지만, 육구는 우리에게 중요한 요지인데, 대체 누구를 보내 지키게 하면 좋겠소이까?"

"육손이 좋을 듯합니다. 그가 아니면 맡을 자가 없습니다."

그 말에 손권이 난색을 표하며 말했다.

"지난날 주유가 오의 첫 번째 요새는 육구라 하여 수비 대장에 노숙을 천거하였고, 노숙은 다시 그대를 추천하였소. 이번이 세 번째 수장이니 조금 더 인덕과 기량을 겸비한 인물을 천거하는 것이 어떻겠소."

"그것을 겸비한 자가 바로 육손이라 할 수 있습니다. 단지 육손에게 부족한 것은 지위와 명성, 나이가 아닐까 싶습니다. 그러니 그의 이름이 아직 내외에 알려지지 않은 것이 오히려 다행이라 할 수 있습니다. 육손을 능가하는 유능하고 명성 있는 자가 그 자리를 맡는다면 관우를 속일 수 없습니다."

손권과 여몽 사이에 이야기가 오간 후 얼마 지나지 않아 육손은 일약 편장군偏將軍 우도독右都督 자리에 올랐다. 그리고 바로 육구로 발령이 났는데, 그때 누구보다 놀란 사람은 육손 자신이었다.

"저는 아직 어리고 재능이 부족하여 그런 대임을 감당해낼 수 없습니다. 부디 명을 거두어주십시오."

육손이 몇 번이고 사양했지만 손권은 듣지 않고 말 한 필과 비단 두 필, 술과 음식을 내리며 부임을 재촉했다. 육손은 어쩔 수 없이 육구로 향했다.

육손은 육구에 도착하자마자 관우에게 바로 예물과 함께 서찰을 보내 잘 부탁한다는 신임 인사를 했다.

"여몽이 병이 나 어린아이 같은 자에게 육구를 지키게 하다니, 드디어 때가 온 것인가. 이제 형주의 수비는 한시름 놓겠구나."

관우는 홀로 기뻐하며 계속 웃기만 했다. 육구로 돌아온 사자에게 관우의 반응을 전해 들은 육손 역시 관우처럼 홀로 기뻐했다.

"하하, 이것으로 되었구나."

그 후 육손은 일부러 군무를 게을리하고 오로지 관우의 동정만을 엿보았다.

이윽고 관우는 팔의 부상이 다 낫자 번성을 점령하기 위해 육구의 병력을 번성 쪽으로 움직이기 시작했다. 때가 왔다고 생각한 육손은 바로 건업에 그 소식을 전했다. 소식을 받은 손권은 즉시 여몽을 불러 명했다.

"때가 무르익었소. 육손과 함께 형주 공략을 명하니 당장 출정하시오."

손권은 특별히 후진의 부장에 자신의 아우인 손호孫皓를 붙여주었다.

3만 명의 정예병이 하룻밤 사이에 80여 척의 쾌속선과 군선에 올랐다. 참군의 장수에는 한당, 장흠, 주연朱然, 반장, 주태, 서성, 정봉 등 이름 있는 맹장만 선발되었다. 또 10여 척의 병선은 상선으로 가장하고 병사들은 상인으로 변장하고 상품을 쌓은 후 반나절 정도 먼저 강을 거슬러 올라갔다.

며칠 후 오의 위장선단은 심양강尋陽江(구강九江)의 북쪽 기슭에 도착했다. 칠흑 같은 어둠에 풍랑이 거친 밤이었지만, 돛을 내리자마자 적에게 발각되었다. 배에서 내린 일곱 사람은 그대로 적의 주둔지로 끌려갔다.

경계병은 모두 관우 휘하의 병사들이었다. 그곳 상산象山에는 봉화대가 있었는데, 요소요소의 봉우리마다 대각선으로 구축되어 형주까지 이어져 있었다.

주둔지는 봉화대가 있는 산 아래에 있었다. 일곱 명의 오군은 엄중한 조사를 받았다. 물론 그들은 오의 무장들이었지만 상인인 척 둘러댔다.

"저희는 모두 상인들로 북쪽의 특산물을 남쪽의 물자와 교환하여 다시 북으로 가는 중이었습니다. 계절마다 이렇게 강을 오르내리고 있습니다. 오늘도 평소처럼 건너편의 심양강에 들어가 내일모레 열리는 장에 물건을 내다팔 생각이었는데, 마침 풍랑이 거세 도저히 건너편 기슭으로 갈 수 없었습니다. 밤이 새고 바람이 잦아들면 당장 물러가겠사오니, 부디 널리 이해해주시고 밤이 샐 때까지만 이곳에 머물도록 허락해주십시오."

그들은 간절하게 애원했다. 그리고 배에서 가져온 남방의 술과 진미를 꺼내 번장番將에게 건넸다.

"흠, 이곳은 봉화대가 있는 요충지이다. 하나 이번만 눈감아줄 터이니, 밤이 새면 즉시 심양강 쪽으로 가거라."

상인으로 가장한 일곱 사람은 두 손을 공손히 모으며 말했다.

"감사합니다. 배에 있는 사람들에게 속히 전하겠습니다."

그중 한 사람이 강기슭으로 돌아가서 10여 명의 뱃사람을 데리고 왔다. 그들의 손에는 술항아리와 음식이 들려 있었다. 그들은 감사의 표시라며 술과 음식을 건넸다.

"흠, 잘 받겠네."

번장은 벌써 앞서 받은 술을 마셨는지 취기가 돌아 기분이 좋아진 듯 보였다. 어느덧 부하들까지 취기가 올라 있었다. 뱃사람들은 그들의 흥을 돋우며 노래와 춤을 추기 시작했다.

그때 경계병 하나가 귀를 쫑긋 세우며 번장에게 말했다.

"무슨 소리가 들린 듯한데, 아무래도 수상합니다."

밖으로 뛰어나온 경계병이 봉화대 쪽을 올려다보았다. 그곳에서 함성 소리가 들렸기 때문이다.

"앗, 적이다."

그 순간 한 무리의 기마병들이 주위를 둘러쌌다. 별동대가 산의 뒤편에서 기어올라 벌써 봉화대를 점령했던 것이다.

밤이 새자 어젯밤의 상선 외에 80여 척의 몽동艨艟이 강을 뒤덮고 있었다. 형주의 수비병들은 모두 어안이 벙벙한 얼굴로 사로잡히고 말았다.

"모두 두려워하지 말라. 너희의 목숨은 살려주겠다. 오히려 오늘 이후, 공을 세우면 너희의 출세를 보장할 것이다."

여몽이 상륙하여 달콤한 말로 포로들을 설득했다. 그런 다음 금품을 건네고는 그중에서 믿을 만한 사람을 뽑았다.

"다음 봉화대를 지키고 있는 변장을 설득하라. 만일 성공하면 큰 상을 내리겠다."

여몽의 계책은 성공이었다. 관우가 심혈을 기울여 준비한 봉화대는 그렇게 무용지물이 되었고, 여몽의 대군은 조금씩 형주로 접근해갔다. 마침내 여몽이 형주성 아래까지 이르게 되었다.

그 전에 여몽은 막대한 포상을 걸고 항복한 병사들 중 일부를 이용해 유언비어를 퍼뜨려 적을 교란시켰다. 그리고 다른 항복한 병사들을 형주성으로 보내 중요한 일이라며 성문을 열게 만들었다. 성안의 병사가 아군을 보고 문을 연 순간, 오군들이 들이닥쳐 단숨에 성을 제압해 버렸다.

형주의 본성은 너무나 쉽게 함락되었다. 관우는 전방의 전쟁에만 집중하여 후방의 내정과 방어 측면에서 큰 실수를 범하고 말았던 것이다.

봉화대를 너무 믿고 의지한 것이 그 원인 중 하나였지만, 특히 뼈아팠던 것은 형주를 지킬 만한 인물이 없었다는 점이다. 성을 지키는 대장인 반준潘濬도 평범한 인물이었고 치안을 맡은 부사인傅士仁도 경박한 범인에 불과했다.

고심 끝에 선별했지만 이들에게 성을 맡기고 출병한 이유가 있었다. 번성으로 출정하기 전 두 장수는 잘못을 범했다. 관우는 군기를 바로 잡기 위해 그 죄를 물어 징벌을 가하는 대신 출정군에서 두 사람을 제외시킨 것이었다. 출정에서 제외되는 것은 무인으로서 군벌을 받는 것보다 더 불명예스러운 일이었기 때문이다.

반준이 진정한 인재였다면 이런 불명예를 스스로 더욱 분발하는 계기로 삼았겠지만, 반준과 부사인은 관우의 휘하에서는 앞으로 출세할수 없다며 딴마음을 품었다. 그래서 내정과 군정을 소홀히 하고 있었기에 봉화대의 연락도 없이 갑자기 쳐들어온 오의 대군을 막아낼 방법이 없었던 것이다.

함부로 사람을 죽이는 자, 함부로 물건을 훔치는 자, 함부로
유언비어를 퍼뜨리는 자는 참수에 처한다.

오군대도독 여몽

22

점령 후, 오후 손권도 아직 입성하지 않았는데 거리에 이런 격문이 세워지자 백성들은 모두 여몽에게 귀순하여 복종하게 되었다. 또 형주성에 있던 관우의 가족이 여몽의 지시에 따라 정중하게 다른 거처로 옮겨져 오군의 보호를 받는 것을 본 형주의 백성들은 여몽을 칭찬했다. 그 후 여몽의 이름은 세상에 널리 알려졌다.

여몽은 매일 대여섯 명의 무사를 데리고 직접 백성들의 생활을 시찰했다. 하루는 갑자기 내린 소나기를 맞으며 시찰을 하고 있었다. 그때 여몽은 한 병사가 백성들이 쓰는 삿갓을 투구 위에 쓰고 쏜살같이 달려가는 것을 보게 되었다. 여몽은 곧장 그를 데려오라고 명령했다.

두 명의 무사가 빗속을 달려 이내 병사를 붙잡아왔다. 그런데 그 병사는 여몽도 잘 알고 있는 같은 고향 사람이었다. 하지만 여몽은 그 병사를 노려보며 말했다.

"나는 평소에 같은 고향과 같은 성을 가진 사람은 죽이지 않는다고 맹세했지만, 그것은 사적인 일로 공적인 일에서는 아니다. 너는 소나기를 만나자 백성의 삿갓을 훔쳤다. 격문에 쓰여 있는 조항을 어긴 이상, 설사 동향 사람이라고 해도 법을 어길 수는 없다. 여봐라, 저자를 참수하여 거리에 내걸도록 하라."

병사는 대경실색하여 여몽에게 애원했다.

"목숨만은 살려주십시오. 무심결에 삿갓 정도는 괜찮을 거라 가벼이 여겼습니다."

병사는 눈물을 흘리며 호소했지만 여몽은 그저 고개를 옆으로 흔들 뿐이었다.

"우발심으로 그리한 것도, 또 한낱 삿갓 하나에 지나지 않다는 것도 알고 있다. 하지만 절대로 용서할 수는 없다. 그것이 법의 엄정함이다."

병사의 목과 삿갓이 거리에 내걸렸다. 그 소식을 들은 사람들은 여몽의 공평함과 덕을 칭찬했고, 이후 오의 삼군은 길가에 떨어진 물건조차 줍지 않았다.

강 위에서 기다리고 있던 오후 손권은 제장들을 이끌고 성에 들어왔다. 그런 다음 항복한 적장 반준의 청을 받아들여 오군으로 편입시켰다. 그리고 옥중에 있는 위의 우금을 데려와 풀어주며 오를 섬기라고 했다.

* * *

오는 큰 숙원 중 하나를 이루었다. 유표가 죽은 이래 다년간의 바람이었던 형주를 손안에 넣자 손권과 오군의 기세는 하늘을 찌를 듯 높아졌다.

육구의 육손도 이를 축하하기 위해 형주성으로 왔다. 모두 모인 자리에서 여몽이 육손에게 말했다.

"형주성은 점령했지만, 아직 형주의 판도가 우리 손에 완전히 들어왔다 할 수는 없소. 공안公安 지방에는 아직 부사인이 있고, 남군南郡에는 미방이 건재하오. 혹시 그대에게 그들을 칠 좋은 계책이 있소?"

그러자 옆에 있던 우번虞翻이 일어서서 말했다.

"마음만 먹는다면 굳이 활을 쏠 필요도 없습니다."

손권이 우번의 호언에 빙그레 웃으며 물었다.

"우번, 어떤 계책이 있는지 말해보라."

"부사인은 저와 어릴 적부터 친구였으니, 제가 설득하면 그도 귀를 기울일 것입니다. 그렇게 하면 피 한 방울 흘리지 않고 공안을 취할 수 있을 것입니다."

"그렇다면 그대가 가서 설득해보라."

손권이 병사 5백 명을 내주자 우번은 자신만만해하며 공안으로 향했다. 우번은 평소부터 부사인에 대해 잘 알고 있었기 때문에 마음속으로 성공을 확신하고 있었다.

한편 근래에 부사인은 전전긍긍하고 있었다. 해자를 깊게 하고 성문을 굳게 닫아걸고 척후를 내보내는 등 신경이 극도로 예민해져 있었다. 그러던 중 친구 우번이 군사 5백 명을 이끌고 온다는 말을 듣고는 한층 의심스러운 마음이 들어 성안에서 쥐 죽은 듯 조용히 있었다.

이윽고 우번이 성문 아래 도착하여 서찰을 화살에 묶어 성안으로 쏘았다.

"화살에 서찰이 있다고? 속히 가져오너라."

부사인은 서찰을 펼쳐 읽어 내려갔다. 몇 번이고 반복해서 읽었지만 의심스러운 대목은 발견하지 못했다.

"음, 내가 이곳을 끝까지 지켜 공을 세운다 해도 관운장은 이전의 죄를 면하게 해줄 정도일 것이다. 또한 오군에게 포위당하고 관운장의 원군이 제때 오지 않는다면 우리는 자멸할 수밖에 없을 것이다. 우번이 진심으로 나를 생각하여 설득하고 있구나."

부사인은 달려나가 병사에게 성문을 열게 하고 우번을 반갑게 맞아들였다.

"내게 모두 맡기고 자네는 안심하게."

우번은 부사인을 데리고 서둘러 형주로 돌아왔다.

손권은 크게 기뻐하며 우번에게 큰 상을 내렸다. 그리고 부사인을 향해 관대하게 말했다.

"그대가 진심으로 내게 왔으니, 내 그대를 절대로 차별하여 대하는 일이 없을 것이오. 그대는 돌아가서 부하들을 잘 타일러 오에 충성하도록 한 뒤, 공안을 다스려주길 바라오."

부사인이 감사해하며 물러가자 여몽이 손권의 소매를 잡아당기며 말했다.

"저자를 저대로 돌려보낼 작정이십니까?"

"이제 와서 죽일 수도 없지 않은가."

"저자에게 한 가지 임무를 내리는 것이 좋을 듯합니다."

여몽의 말을 들은 손권이 급히 부사인을 다시 불러들여 명령했다.

"남군의 미방과는 친교가 있는가?"

"예, 있사옵니다."

"그럼 그 친교를 이용하여 미방을 설득할 수 있지 않겠나. 만일 미방을 설득하여 내 앞에 데려오면 미방을 중히 등용하고 그대에게도 큰 상을 내리겠다. 어떤가?"

"당장 남군으로 가겠습니다."

부사인은 황망히 돌아갔고, 손권은 여몽을 돌아보며 싱긋 웃었다.

그런데 부사인은 곧장 남군으로 가지 않고, 곤혹스러운 얼굴로 우번을 찾아가 푸념을 늘어놓았다.

"대단히 어려운 임무를 맡게 되었네. 아무래도 그대의 말을 들은 것이 큰 잘못인 듯하네. 오후의 명인데, 내가 미방을 설득하는 것은 무리라고 말하면 내게 딴마음이 있다고 여겨 목을 칠 것이네. 미방은 촉에서도 다른 사람들과 달리 유비가 군사를 일으켰을 때부터 함께한 장수이네. 내가 설득한다고 해서 선뜻 항복할 리가 없네."

그러자 우번이 웃으며 그의 어깨를 두드렸다.

"잘 생각해보게. 지금 자네의 앞날이 달린 문제라네. 아무리 미방이라도 사람이 아닌가. 본래 그의 일족은 호북 상인의 가문으로 큰 부자였네. 넘치는 돈을 주체하지 못하던 부자가 우연히 유비라는 풍운아의 사업에 흥미를 느껴 군자금을 대면서 두 사람은 인연을 맺었다네. 그러다 미축과 미방 형제가 유비의 휘하로 들어가게 된 것이 아닌가. 이런 사정을 헤아리면 지금 미방은 분명 속으로 주판알을 튕겨보고 있을 것이네. 명성도 생명도 돌보지 않는 자는 어쩔 수 없다 하더라도, 이해관계에 밝고 정확한 인물만큼 설득하기 쉬운 일도 없을 것이네. 자, 믿음을 갖고 이렇게 한번 해보면 어떻겠나?"

"어떻게 말인가?"

우번은 곧바로 종이 위에 무언가를 써내려갔다. 부사인은 머리를 숙이고 눈으로 읽어 내려가다 문득 깨달은 듯한 표정을 지었다.

"아, 그렇군."

부사인은 깊게 감탄하더니 벌떡 일어났다. 그리고 병사 열 명을 데리고 남군으로 출발했다.

* * *

미방은 성을 나와 부사인을 맞이하고는 먼저 관우의 소식을 물었다. 그리고 형주가 함락된 것을 한탄하며 눈물을 흘렸다.

"실은 그 일로 상의할 게 있어 온 것이네."

"상의라니, 무엇인가?"

"나도 충의를 모르는 바가 아니지만, 형주가 패했다면 만사는 수포로 돌아간 것과 마찬가지일세. 실은 병사들의 아까운 목숨을 부지시켜야 하고 백성들을 환난에 빠뜨릴 수 없어 나는 이미 오에 항복했네."

"뭐라, 항복했다고?"

"그대도 기를 내리고 나와 함께 손권을 만나러 가세. 오후는 아직 젊고 전도가 양양하네. 게다가 명군이라 할 수 있네."

"부사인, 사람을 가려서 말을 하시게. 나와 한중왕이 맺은 군신의 서약을 어찌 보고 그런 말을 하는가."

"그렇지만……."

"닥치게. 오랫동안 큰 은혜를 입어온 한중왕을 지금에 와서 배신할 내가 아니네."

그때 미방의 신하가 급히 달려왔다.

"전장의 관우가 보낸 사자가 파발을 가져왔습니다."

"불러오라."

미방이 명하자 사자가 황급히 들어왔다. 사자는 화급을 다투는 사안이라 말로 한다며 관우의 요구를 전했다.

"번천 지방의 대홍수로 인해 전황이 유리하게 전개되고 있지만, 병량이 부족하여 전군의 곤궁함은 말로 다 할 수 없다고 합니다. 그러니 남군과 공안 두 지방에서 시급히 병량 10만 석을 조달하여 장군의 진영으로 보내라 하셨습니다. 또 만일 지체하면 성도에 고해 엄벌에 처할 것이라고 하셨습니다."

미방과 부사인은 서로의 얼굴을 마주 보았다. 무리한 요구였다. 병량 10만 석도 그렇지만 형주가 함락한 지금, 그것을 운반할 방법이 없었다.

"어떻게 해야 하는가."

미방은 팔짱을 끼고 고개를 숙였다. 변심한 부사인은 이미 의논 상대가 아니었고, 관우의 명을 어기면 후일 어떤 화가 미칠지 헤아릴 수 없었다.

"으악!"

갑자기 사자가 피를 토하며 쓰러졌다. 부사인이 갑자기 칼을 빼들고 사자를 벤 것이었다. 미방은 깜짝 놀라 눈이 휘둥그레졌다. 부사인이 피가 묻은 칼을 든 채 미방에게 다가왔다.

미방은 창백한 얼굴로 몸을 부들부들 떨며 말했다.

"이 무슨 짓인가. 대체 그대는 어찌하여 관운장의 사자를 죽인 것인가?"

부사인도 새파래진 얼굴로 말했다.

"그대의 결단을 촉구하기 위해서네. 또 우리의 목숨을 부지하기 위해서이기도 하네. 그대는 관우의 속내를 모르겠는가? 관우는 불가능한 줄 알면서도 무리한 요구를 하여 나중에 형주를 빼앗긴 핑계를 우리에게 뒤집어씌울 것이네. 미방, 오후에게 가세. 손 놓고 있다 개죽음을 당할 수는 없지 않은가. 자, 성을 나가세."

부사인은 검을 칼집에 집어넣고 미방의 손을 끌어당겼다. 물론 이것은 우번이 꾸민 계책으로 관우의 전령과 사자도 거짓이었다.

미방은 얼마간 의심이 들어 한층 고민이 깊어졌다. 그런데 그때, 천지를 뒤흔드는 함성 소리와 북소리가 들려왔다. 미방이 놀라 성벽 위로 달려가보니 오의 대군이 성을 에워싸고 있었다.

"어찌 그대는 살려고 하지 않는가?"

부사인은 망연자실한 미방의 팔짱을 끼고 성을 나와 우번에게 갔다. 우번은 미방을 여몽에게 데려갔고, 여몽은 다시 미방을 손권에게 데려갔다.

한편 위의 수도에는 오의 특사가 와 있었다. 특사는 오가 이미 형주를 취했는데 위는 어찌하여 이 기회를 노려 관우를 치지 않는지를 물었다. 조조도 이런 형세를 방관만 하고 있는 것은 아니었다. 단지 오가 태도를 확실히 할 때까지 기회를 엿보고 있었던 것이다.

드디어 조조가 움직이기 시작했다. 위의 대군을 이끌고 낙양洛陽의 남쪽으로 나아갔다. 앞서 나가 있던 서황의 5만 군대가 남쪽의 양릉파陽陵坡에서 적과 대치하고 있었다.

조조의 전령이 서황의 진영에 와서 명을 전했다.

"위왕께서 적장 관우를 섬멸하기 위해 직접 출정하셨습니다. 며칠 안에 당도할 터이니, 먼저 적의 선봉을 공격하라고 하셨습니다."

서황은 즉시 서상徐商과 여건呂建의 두 부대에게 자신의 대장기를 가지고 정공법을 취하라고 했다. 그리고 서황 자신은 5백 명의 기습부대를 이끌고 면수沔水의 강을 따라 적의 중추인 언성偃城의 후방으로 우회했다.

그때 관평과 부장인 요화는 각각 언성과 사총四冢에 주둔하고 있었다. 그들은 두 진영 사이에 있는 광야에 12곳의 요새를 설치하고, 한쪽은 번성을 에워싸고, 또 한쪽은 위의 증원군에 대비하고 있었다.

언성의 병사가 관평에게 달려와 고했다.

"양릉파의 위군이 서황의 대장기를 휘날리며 갑자기 움직이기 시작했습니다."

"서황이 직접 온다면 적으로서 손색이 없을 것이다."

관평은 정예 3천 명을 이끌고 성문을 나가 유리한 지형을 선점하여 전열을 전개했다. 그리고 북과 징을 울리며 적을 기다렸다.

잠시 뒤 위의 대장기는 거짓으로 밝혀졌다. 깃발 아래 나타난 것은 서상과 여건이었다. 두 사람은 창을 휘저으며 관평을 협공했다. 그러자 관평이 맞받아쳤고, 마침내 도망치는 두 사람을 쫓아 10리를 추격했다. 얼마 후 전혀 예상하지 못했던 방면에서 한 무리의 군마가 측면을 급습하더니, 장수 한 명이 앞으로 나와 외쳤다.

"관평 너는 형주가 이미 오의 손아귀에 들어온 것을 모르는 것이냐. 집 없는 패장의 자식이 보람 없이 싸움터에서 갈팡질팡하고 있구나."

그 장수는 바로 서황이었다.

100
아아, 관운장

서황에게 패해 쫓기던 관우는 맥성에서 유봉과 맹달에게
원군을 청하고, 여몽은 계책을 써서 임저에서 관우를 사로잡는다

'형주가 함락되었다고?'

관평은 전의를 상실한 채 서황을 뒤로하고 급히 퇴각했다.

'정말일까? 설마?'

관평의 머릿속은 혼란스러웠다. 그런데 언성 부근까지 오자 성에서
검은 연기가 피어오르는 게 보였다. 아군 병사들이 불길 속에서 개미
떼처럼 도망치고 있었다. 관평이 병사 한 명을 붙잡고 무슨 일인지 묻
자 병사가 말했다.

"서황의 군사가 갑자기 성의 뒤편에서 나타나 공격을 했습니다."

"적의 계략에 속았구나."

관평은 발을 구르며 분해했지만 때는 이미 늦었다.

관평은 사총으로 말을 달렸다. 이윽고 요화가 그를 맞이하여 영중으로 들어갔다.

"형주가 오에 넘어갔다는 소리가 여기저기서 들립니다. 장군도 들으셨습니까?"

관평은 검을 빼들고 병사들 앞으로 가서 요화의 물음에 대한 답을 했다.

"형주가 함락되었다는 유언비어는 모두 적이 아군의 전의를 꺾기 위한 계략이다. 함부로 그런 말을 퍼뜨리는 자는 목을 칠 것이다."

관평은 며칠 동안 오로지 수비에만 치중하며 부근의 요새와 적의 동태를 살폈다. 사총의 앞으로는 면수의 강이 흐르고, 요로要路에는 울타리가 둘러쳐 있으며, 뒤로는 산과 계곡과 숲이 깊어 나는 새도 넘어올 수 없을 형세였다.

"척후병의 보고에 의하면 지금 서황은 승기를 타고 파죽지세로 건너편 산까지 왔다고 하오. 적이 진을 친 민둥산은 지형적으로 불리한 곳이고 반대로 우리 사총의 진지는 견고하니 소수의 병력으로도 이곳을 지킬 수 있을 것이오. 지금 그대와 내가 은밀히 나가 야습을 하면 어떻겠소?"

언성을 잃은 관평은 설욕을 하고자 하는 마음이 강했다. 그는 마침내 요화를 설득하여 정예병을 선별하고 사총을 빠져나왔다.

황야의 언덕 한 곳에 진채가 있었는데, 이른바 최전선 부대였다. 이런 소규모 부대가 가로 방향으로 길게 열두 곳에 배치되어 있었는데, 만약 이 전선이 적에게 돌파당하면 위험해진다는 것을 요화는 잘 알고 있었다. 즉 한 곳이 돌파당하면 열두 곳의 부대가 고립되기 때문이었다. 요화가 관평의 말에 동조한 것도 그러한 중요성 때문이었다.

"오늘 밤, 내가 적이 있는 산을 공격할 테니 그대는 이 전선을 지키시오. 그러다 적이 흩어져 도망가면 열두 곳의 진채가 원을 그리며 나가 적의 패잔병들을 모조리 섬멸하시오."

관평은 그렇게 말한 뒤 요화를 남겨두고 한밤에 적진을 급습했다.

그런데 산 위에는 깃발만 있을 뿐 사람의 자취도 없었다. 관평이 속은 것을 깨닫고 급히 산을 내려가려 하자, 곳곳의 동굴과 바위틈, 그리고 산 뒤쪽에서 일시에 함성이 일어났다.

여건과 서상이 관평을 쫓아오며 소리쳤다.

"꼬마야, 네 아비는 도망치는 것만 가르쳤더냐!"

관평이 산을 내려와 들판으로 나왔는데도 위의 군사는 늘어나기만 했다. 요화가 지키던 전선도 물밀듯 밀려드는 적들을 감당하지 못하고 단숨에 무너지고 말았다. 그보다 더 심각한 것은 사총의 진영에서도 불길이 치솟아 밤하늘을 환하게 밝히고 있다는 것이었다.

관평은 간신히 면수의 강까지 왔다. 그런데 저 앞을 보니, 말을 탄 서황이 아무도 강을 건너지 못하게 진을 치고 있었다. 이제 전세를 만회할 여력도 없었다. 완벽한 패배였다. 관평과 요화는 어쩔 수 없이 번성으로 내달려 관우에게 갔다.

"면목이 없습니다."

관평이 주먹으로 눈물을 훔치며 말했다.

"병가에서는 흔한 일이다."

관우는 꾸짖지 않았다. 하지만 관평이 형주의 소문을 고하자 큰 소리로 꾸짖었다.

"육구의 장은 아직 어리고 봉화대의 방비도 있어 형주는 태산보다 안전하거늘, 어찌 적의 유언비어에 속아 넘어가려 하느냐."

그 후 조조의 중군과 서황의 선봉은 쾌속으로 진군했다. 몇십만인지도 모를 대군이 산과 들을 뒤덮고 시시각각 관우의 진영으로 닥쳐오고 있었다.

"서황이 왔느냐?"

관우의 왼쪽 팔도 이제는 다 나은 듯 보였다. 관우가 왼쪽 팔로 청룡 언월도를 잡는 것은 실로 오랜만이었다.

"서황은 피하십시오."

관평이 말했지만 관우는 긴 수염을 옆으로 흔들며 말했다.

"서황은 내 오랜 벗이다. 할 말도 있고, 내가 아직 늙지 않았다는 것을 보여줄 필요도 있다."

드디어 양군이 마주했다. 관우는 말을 타고 나가 서황을 만났다. 서황은 뒤에 10여 명의 맹장을 데리고 왔다. 말 위에서 예를 나눈 뒤 서황이 말했다.

"장군과 작별한 이래 여러 해가 흐르니, 어느새 장군의 머리와 수염에도 흰 눈이 앉았습니다. 지난날 제가 젊었을 적에 두터운 가르침을 받은 일은 아직도 잊지 않고 있습니다. 오늘 이렇듯 얼굴을 뵈니 감개가 무량하여 기쁘기 그지없습니다."

"근래 그대의 용맹과 명성이 높아져 나도 기쁘게 생각하고 있었소. 그런데 어찌 내 아들인 관평에게 그리 혹독하게 구셨소? 그대가 지난 날의 친교를 잊지 않았다면 다른 자에게 공을 양보하고 후군으로 물러서는 것이 도리가 아니오?"

"장군, 잊으셨습니까? 제가 젊을 적, 장군이 제게 가르쳐주신 말 중에 대의멸친大義滅親이라는 말이 있지 않습니까. 여봐라, 누구든 관운장의 목을 베어오는 자에게는 큰 상을 내리겠다!"

갑자기 서황이 말에 채찍을 가해 도끼를 휘두르며 관우에게 달려들었다. 그러자 뒤에 있던 맹장들도 합세하여 관우를 공격했다. 관우도 청룡언월도를 휘두르며 서황 일행과 대적했다. 하지만 팔의 상처는 아직 완전히 낫지 않았고 이미 나이도 들었다.

아버지의 위험을 보다 못한 관평이 징을 울려 퇴각할 것을 알렸다. 그와 동시에 오랫동안 성에 틀어박혀 있던 번성의 병사들이 문을 열고 돌진해 포위망을 뚫었다. 마침내 관우군은 양강 기슭까지 몰리게 되었다. 양쪽에서 공격을 받은 관우군은 밤이 되자 양강의 상류를 향해 패주하기 시작했다. 하지만 위의 대군은 곳곳에서 나타나 패주하는 관우군을 공격했다. 특히 여상의 기습으로 강에 빠져 죽은 병사가 얼마인지 그 수를 헤아릴 수 없었다. 관우군은 간신히 강을 건너 양양에 들어갔다. 그곳에서 관우는 남은 아군의 수를 헤아려보고 비통해하며 눈물을 흘렸다.

관우를 더 충격에 빠뜨린 일은 형주가 함락되었다는 말이 거짓이 아니라는 것이었다. 관우는 오의 대장인 여몽의 손에 처자식과 일족이 사로잡혔다는 얘기를 듣고는 탄식하며 하늘만 올려다보았다.

어느새 위군이 강에서 마을을 거쳐 물밀듯 몰려오고 있었다. 이제 관우군은 양양에도 오래 머물 수가 없었다. 관우군이 다시 공안성을 향해 가는 도중, 도망쳐온 아군의 장수 하나가 관우에게 소식을 전했다.

"부사인이 공안성의 문을 열고 오에 항복했습니다. 그리고 남군의 미방도 부사인에게 설득당해 손권에게 항복했습니다."

그 말을 들은 관우는 어금니를 깨물고 두 눈을 부릅뜨더니 이내 말 등에 쓰러지고 말았다. 팔의 상처가 터져버린 것이었다. 사람들이 관우를 끌어내려 상처를 치료했다. 관우는 봉화대마저 여몽의 계책에 넘어 갔다는 이야기를 듣고 자신의 어리석음을 질책했다.

"내가 잘못하여 간사한 무리의 속임수에 넘어가고 말았구나. 이제 무슨 면목으로 살아서 형님을 뵐 수 있으리……."

관우는 소매에 얼굴을 묻고 흐느껴 울었다.

한편 조인은 번성을 나와 관우군을 추격하고 있었다. 그러자 사마司 馬 조엄趙嚴이 그에게 간했다.

"동오에 화근을 남겨두기 위해서라도 더 이상 관우를 쫓지 않는 것이 좋을 듯합니다."

조인은 수긍하며 병사를 거두고 조조의 중군으로 들어갔다.

조조는 서황을 이번 싸움의 최고 훈공으로 칭찬하며 평남장군平南將 軍으로 봉하고 양양을 지키게 했다.

* * *

앞에는 형주의 오군이 있고, 뒤에는 위의 대군이 있었다. 들판을 가로질러 도망치는 패군을 향해 무심하게도 황량한 바람만 불어왔다.

"대장군, 여몽에게 한번 연락을 취해보면 어떻겠습니까? 지난날 여몽이 육구에 있을 때, 그가 종종 밀서를 보내와서 때가 되면 생사를 함께하여 오를 치고 위를 멸하자고 하지 않았습니까. 어쩌면 아직도 마음속 깊이 그런 생각을 품고 있을지 모릅니다."

가신인 조루趙累가 관우에게 권했다. 한 치 앞도 분간할 수 없는 캄캄한 밤길에서 한 점의 불빛이라도 찾고 싶었던 것이다. 관우는 바로 편지를 썼다. 관우의 편지를 들고 사자가 형주로 갔다.

소식을 들은 여몽은 성 밖까지 나와 사자를 마중했다. 곧이어 관우의 사자가 왔다는 소식을 들은 형주의 백성들은 자신의 아들과 남편, 친족 등의 안부를 알고 싶어 사자의 주위로 몰려들었다. 사자는 돌아가는 길에 보자며 그들을 물리치고 간신히 성안으로 들어갔다.

관우의 서찰을 본 여몽이 말했다.

"관운장의 입장은 이해하고 있소. 또 옛정도 잊지 않고 있소이다. 하지만 옛정은 사적인 일이고, 오늘의 일은 국가의 대사이니 달리 할 말이 없소이다. 그저 무사를 빌더라고 잘 전해주시오."

여몽은 사자에게 정성스레 음식을 대접하고 그를 정중히 떠나보냈다. 돌아가는 사자를 본 형주의 백성들이 미리 써놓은 편지와 음식을 손에 들고 있다 사자에게 전하며 말했다.

"우리는 모두 여몽 장군님이 보살펴주셔서 잘 지내고 있으니 조금도 걱정하지 말라고 전해주십시오."

사자는 마음이 너무 아픈 나머지 귀를 막고 발걸음을 재촉했다. 그리고 황량한 들판에 있는 자신의 진영으로 돌아왔다. 경과를 전해 들은 관우는 긴 한숨을 내쉬었다.

"아, 나는 도저히 여몽에게 미치지 못하는구나. 지금 생각하니 모든 것이 여몽이 의도한 것이었다. 형주 백성들의 마음을 그렇게까지 사로잡다니 참으로 무서운 인물이구나."

관우는 더 이상 아무 말도 하지 못했다. 그의 눈가에 눈물이 맺혀 있었다. 이제 더는 그곳에 머무를 수 없었다. 관우는 차라리 형주로 진격하여 여몽과 일전을 겨루고자 했다.

이윽고 관우는 내일 그곳을 떠날 것을 명했다. 그런데 밤이 새고 보니 병사들 대부분이 도망치고 없었다.

"아뿔싸, 이렇게 될 줄 알았다면 형주 백성들의 말을 병사들에게 전하지 말 것을……."

사자는 그렇게 후회했다. 남아 있는 병사들의 얼굴에도 고향으로 돌아가고픈 기색이 역력하여 전의를 느낄 수가 없었다.

"떠날 자는 떠나라 하라. 나 혼자라도 형주로 갈 것이다."

관우는 비장하게 형주로 향했다. 그런데 도중에 오의 장흠과 주태가 진을 치고 그를 기다리고 있었다. 관우는 그들을 맞아 강가와 들에서 싸우다 산속까지 들어가게 되었다. 하지만 오의 서성이 복병을 데리고 산의 위아래에서 공격해왔다.

"백만의 적인들 무서우랴."

관우는 평소와 다름없이 침착하게 그들을 맞아 싸웠다. 관우의 용맹은 지칠 줄 몰랐다. 하지만 산곡 사이에 휘황찬란하게 반달이 떠오를 무렵, 메아리치는 사람들의 소리를 듣고는 천하의 관우도 마침내 싸울 힘을 잃고 말았다.

부모와 자식, 그리고 남편과 아내가 서로를 부르는 목소리가 바람 속에서 들려왔다. 여기저기서 관우의 병사들은 백기를 흔들며 형주 방향으로 달려갔다.

"아아, 이것도 여몽의 계책인가!"

관우는 멍하니 달을 바라보며 서 있었다.

날아가는 새 떼는 불러도 돌아오지 않고 흘러가는 강물은 되돌릴 수가 없었다. 설사 명장이라 해도 전의를 상실하고 가족을 찾아 도망가는 병사를 다시 깃발 아래로 불러 모을 수는 없었다. 손을 놓고 바라볼 수밖에 없었다.

"모든 것이 끝났구나."

관우는 미동도 하지 않았다. 남은 군사는 4, 5백 명 정도였다. 관평과 요화가 활로를 찾겠다며 병사를 이끌고 적의 포위망을 기습하여 간신히 한쪽을 뚫었다.

"일단 맥성麥城으로 피하는 게 좋겠습니다."

두 사람은 관우를 보호하며 산기슭을 내달렸다.

맥성은 가까운 곳에 있었지만 지금은 그저 이름만 남아 있는 전진前

秦 시대의 고성에 지나지 않았다. 오랫동안 아무도 살지 않아 성벽과 담장도 무너져 있었다.

"5백 명의 정예병이 일치단결하여 방어하면 충분히 막아낼 수 있습니다."

요화가 맥성에 들어와 사기를 돋우자 관평도 동조하며 큰소리쳤다.

"그렇소. 약해빠진 자들은 모두 도망치고 이제 일당백의 진정한 용사들만 남았소이다. 병력의 많고 적음은 문제가 되지 않소이다."

하지만 관평과 요화는 속으로 최악의 사태를 각오하고 있었다. 두 사람이 관우에게 진언했다.

"여기서 상용上庸 땅까지 멀지 않습니다. 상용성에는 촉의 유봉과 맹달이 있습니다. 도움을 청해 원군을 불러 전열을 재정비하면 십중팔구 위를 치고 형주를 되찾을 수 있을 것입니다."

"그 방법밖에 없구나."

관우는 망루에 올라 고성의 바깥을 바라보았다. 산과 들에 오의 깃발과 병사 들이 가득했다. 개미 한 마리도 빠져나갈 수 없는 포위망이었다. 게다가 그들의 사기는 하늘을 찌를 듯하고 말들의 울음소리도 힘이 넘쳤다.

관우가 돌아보며 말했다.

"누가 저 몇 겹의 포위망을 뚫고 상용에 갈 수 있겠는가?"

요화가 대답했다.

"제가 맹세코 그 임무를 완수하겠습니다. 만일 제가 실패하면 즉시 두 번째 사자를 보내십시오."

그날 밤 요화는 관우의 서찰을 품에 넣고 고성을 빠져나왔다. 하지만 이내 북소리가 울리더니 오의 대장 정보의 부하들이 요화를 발견하고 쫓았다. 이를 본 관평이 부대를 이끌고 고성을 나가 요화를 도왔다. 요화는 그 틈을 이용해 간신히 사선을 넘었다.

요화는 몇 번의 죽을 고비를 넘기고 마침내 상용에 도착했다. 그리고 성에 들어가자마자 바로 유봉을 만나 자세한 경위를 전했다.

"관운장께서 지금 맥성에 갇혀 위험한 상황에 처해 있습니다. 만일 원군이 늦으면 장군은 그곳에서 최후를 맞을지도 모릅니다. 촌각을 다투는 상황이니 당장 원군을 보내주시길 청합니다."

유봉은 고개를 끄덕이고는 말했다.

"일단 맹달과 상의를 해보겠소."

유봉은 요화를 기다리게 하고 급히 맹달을 불렀다. 이윽고 맹달이 왔다는 보고가 올라오자 유봉은 그가 있는 곳으로 달려갔다. 그리고 단둘이서 상의했다. 그 무렵 상용에서도 작은 싸움들이 벌어지고 있는 상황이라 병사들이 각지에 분산되어 있었다. 여기에 본성의 군사를 나눠 파군하는 일은 두 사람에게 있어 그다지 마음이 내키는 일이 아니었다.

맹달은 복잡한 표정으로 유봉에게 말했다.

"거절합시다. 안타깝지만 관운장의 요청에 응할 수는 없습니다. 현재 형주의 아홉 군郡에는 적어도 40만 명의 오군이 있으며, 강한江漢에는 4, 50만 명의 위군이 있습니다. 그런 곳에 불과 2, 3천 명의 구원군을 보낸다 한들 아무 도움도 되지 않을 뿐더러, 오히려 상용이 위태로워질 것입니다."

맹달의 의견은 지극히 옳았다. 하지만 유봉은 관우가 숙부인 게 마음에 걸렸다. 맹달도 그런 유봉의 마음을 알고 있는 듯 다시 말했다.

"장군은 유가劉家의 양자인데, 한중왕의 후사를 잇는 것을 방해한 자가 바로 관운장이었습니다. 애초에 한중왕께서 공명에게 누구로 하여금 후사를 잇게 하는 것이 좋은지 물으시자 공명은 한 집안의 일은 관우나 장비와 의논하라며 피했습니다. 이에 한중왕께서 관운장에게 묻자 서자로 후사를 잇게 하는 법은 없다고 하며, 유봉은 본시 양아들이니 그저 성 하나를 내어주면 된다 했습니다."

"그렇다고 지금 숙부님을 돕지 않아 돌아가시게 한다면, 세상의 비난을 어떻게 피할 수 있소이까."

"한 잔의 물로 불을 끄지 못했다 하여 어느 누가 책망하겠습니까?"

마침내 유봉은 마음을 굳혔다. 그리고 요화를 만나 거절했다. 깜짝 놀란 요화는 머리를 바닥에 박으며 통곡했다.

"만일 도와주지 않으신다면 관운장께서는 맥성에서 죽음을 맞이하실 것입니다. 그것을 눈 뜨고 보고만 계실 생각이십니까?"

"한 잔의 물로 어찌 한 수레의 땔나무에 붙은 불을 끌 수 있겠는가."

유봉은 그 말만 남기고 안으로 들어가버렸다.

요화가 맹달을 만나길 청했지만 맹달은 꾀병을 핑계로 거절했다. 요화는 발을 동동 구르며 분통을 터뜨리다 상용을 떠나 멀리 성도를 향해 말을 재촉했다. 아무리 먼 길이지만 한중왕에게 직접 도움을 청하는 방법밖에는 다른 방도가 없다는 것을 깨달았기 때문이다.

맥성은 날이 갈수록 위태로워졌다. 관우와 관평 이하의 군사 5백 명은 목을 길게 늘이고 요화가 원군을 이끌고 오기만을 기다렸다. 하지만 하늘 멀리 날아가는 새 떼밖에 보이지 않았다. 식량도 바닥나고 심신은 지쳐 묘지와 같은 고성 안은 무심히 풀만 자라났다.

관우는 어슴푸레한 방 안에서 명상을 하고 있었다. 그 앞에 조루가 엎드려 말했다.

"성의 운명도 경각에 달려 있습니다. 이제 어떻게 하면 좋겠습니까?"

"그저 마지막까지 지키는 수밖에 없다."

관우는 이 한마디밖에 하지 않았다.

그때 누군가 성문을 두드렸다. 오의 독군참모督軍參謀이자 공명의 형인 제갈근이었다.

"실로 오랜만에 뵙습니다."

제갈근은 관우를 만나 오후의 뜻을 전했다.

"자고로 명장은 때와 형세를 알고 행한다 했습니다. 형주 아홉 군 중 남은 것은 맥성 하나뿐이니 대세는 이미 기울어졌습니다. 게다가 안으로는 식량이 떨어지고 밖으로는 원군도 오지 않는 이상, 아무리 장군이 지조를 지키신다 한들 소용이 없습니다. 오후께서 정중하게 장군을 모셔오라 하셨습니다. 저와 함께 오로 가시지요."

관우는 쓴웃음을 지었다.

"오후는 참으로 사람을 보는 눈이 없으시다. 아무리 곤궁하다고 하나 나는 무가의 사람이오. 옥은 깨질지언정 그 빛은 잃지 않소이다. 오늘 성을 나가 손권과 일전을 겨룰 것이니 돌아가서 그렇게 전하시오."

"어찌 장군은 자진하여 죽음을 재촉하십니까?"

"입 다물라!"

순간 관평이 소리치며 달려와 제갈근을 덮치려고 했다. 관우가 호통을 치며 질책했다.

"멈춰라, 공명 군사의 형님이시다. 보내드려라."

관우는 제갈근을 성 밖으로 내보내고는 다시 아무 말 없이 두 눈을 감았다.

* * *

전란戰亂은 고금을 불문하고 중국 역사를 관통하는 황하의 흐름이자 장강의 파도였다. 중국 대륙은 숙명과도 같이 수천 년 동안 전란이 멈춘 적이 없었다. 그래서 중국의 대표적인 인물은 모두 전란 중에 탄생하여 전란 속에서 살 수밖에 없었다. 민중들 또한 그런 시대의 전란 속에서 삶을 영위할 수밖에 없었다.

특히 후한 시대 삼국의 대립은 중국 전토를 전란의 도가니 속으로 빠져들게 했다. 그 여파는 북으로는 내몽골(몽강蒙疆), 남으로는 지금의 운남雲南에서 인도네시아 반도까지 이르렀는데, 그야말로 대난세의 시기였다.

그때 백성과 나라를 구하고자 군사를 일으킨 사람이 유비 현덕이며, 한조의 이름을 빌려 패도의 길을 걸은 사람이 조조이며, 강남江南에서 힘을 길러 천하통일을 꾀한 사람이 손권이었다.

건안 24년, 조조는 자신의 야망을 드러내고 스스로 위왕의 자리에 올라 황제의 권위를 유린하고 있었다. 또한 유비 현덕은 공명의 권유에 따라 자신을 촉의 한중왕이라 칭하며 위와 오의 경계에 있는 형주에 관우를 두고 다스리고 있었다. 촉의 재앙은 그때 형주에서부터 일어났는데, 바로 관우의 죽음과 형주의 상실이 그것이었다.

후일의 사가史家는 이를 두고 의견이 분분하지만, 큰 관점에서 보면 촉에게 있어 재앙의 시작은 형주보다 오히려 한중에서 시작되었다고 할 수 있다.

당시 촉은 오로지 조조에게만 신경을 집중하고 있었다. 그런데 적벽 이래로 숙적이었던 조조와 오의 손권이 하룻밤 사이에 외교적 필요에 의해 우호조약을 맺게 되었다. 촉은 오의 대함대가 장강을 거슬러 올라 형주를 압박하게 될 거라고는 꿈에도 생각하지 못했던 것이다. 또 유비와 공명은 관우의 용맹과 지략을 지나치게 믿고 있었다. 관우가 당대의 명장이라는 사실은 틀림없었지만 거기에는 한계가 있었다. 일단 형주의 근거를 잃게 되자 관우는 실로 무기력해졌던 것이다.

바야흐로 중국 대륙의 전운이 절정을 향해가고 있었다. 삼국의 각축에 있어 당대의 영웅 관우의 죽음을 경계로 지금까지의 이야기를 '전삼국지前三國志'라 한다면, 앞으로의 이야기를 '후삼국지後三國志'라 불러도 좋을 것이다.

『후삼국지』는 유비의 유지遺志를 받들어 오장원五丈原에서 쓰러질 때까지 충과 의를 다한 제갈공명이 중심이 되어 펼쳐진다. 이른바 후삼국지의 백미는 공명의 출사표라 할 수 있으며, 출사표를 읽고도 눈물을 흘리지 않는 자는 남자도 아니다, 라고 하는 말이 생겼을 정도이다.

* * *

공명의 형인 제갈근은 항상 곤궁한 입장에 있었고, 또 괴로운 사자의 임무만 맡아왔다. 그 역시 당대의 인물로서는 온후하고 박식했지만, 뛰어난 아우를 둔 까닭에 아우의 그늘에 가려 이름을 떨치지 못하고 그 존재감마저 잊혀져왔다.

제갈근은 아우 공명이 촉을 섬기는데도 손권을 비롯해 오의 사람들로부터 의심을 받지 않았다. 그것만 보더라도 제갈근이 얼마나 정직하고 지조가 있는 인물인지 알 수 있었다. 그럼에도 제갈근에게 주어지는 임무는 촉과의 외교 책략이나 관우를 아군으로 끌어들이는 일처럼, 친족을 향해 활을 쏘는 것과 같은 괴롭고 어려운 것들이었다. 이전에 형주에 사자로 갔을 때나 이번에 맥성에 가서 관우를 설득할 때도 그의 마음이 얼마나 괴로웠을지는 짐작하고도 남을 일이다.

'관우는 유비와 젊을 적 도원결의를 맺고, 아우 공명도 늘 존경하던 장군이다. 아무리 감언이설로 설득하려 해도 관우가 절개를 버리고 오에 항복할 일은 없을 것이다.'

제갈근은 관우를 만나기 전부터 관우의 곧은 절개를 뼈에 사무치도록 짐작하고 있었다.

'관우도 맥성의 운명을 예감하고 있을 것이다. 식량과 병력도 없고 후방의 지원도 없다. 그는 정에 약하니 어쩌면 굶주림에 떨고 있는 부

하 5백 명을 구하기 위해서 항복할지도 모른다.'

제갈근이 생각한 한 가닥 희망이었다. 하지만 이것도 망상에 지나지 않았다. 그는 의연한 관우를 보자 사자로 온 것조차 부끄러운 생각이 들었다. 관우는 무슨 말을 해도 일소에 부칠 뿐이었고, 심지어 관평이 검을 빼들고 위협을 하니 그저 황망히 되돌아올 수밖에 없었다.

"아깝도다. 참으로 아까운 인물이다."

제갈근은 이렇게 속으로 되뇌며 돌아왔다.

본진에서 학수고대하고 있던 손권은 제갈근이 돌아오자 어찌 되었는지 물었다. 제갈근이 결과를 보고하면서 덧붙였다.

"관우의 마음은 철석같아서 움직이지 않을 듯합니다."

그러자 옆에 있던 여범이 손권을 보며 말했다.

"제가 한번 점을 쳐보겠습니다."

여범은 충성심 강한 관우를 죽이지 않고 어떻게든 자신의 휘하에 두고 싶어 하는 오후의 심정을 헤아렸다.

여범은 오후 앞에서 물러나 이내 정결한 옷으로 갈아입고 제단이 있는 방으로 들어갔다. 그리고 세 번 점을 쳐서 지수사地水師의 괘卦를 얻었다.

이미 한밤중이었지만 여범은 손권에게 가서 괘를 풀이해 고했다. 손권과 바둑을 두고 있던 여몽이 말했다.

"적이 멀리 달아난다는 그대의 괘가 내 생각과 일치하는구려. 분명 관우는 지금쯤 맥성에서 도망치려 고심하고 있을 것이오. 또한 관우는 대로를 버리고 야음을 틈타 성의 북쪽에 있는 좁고 험한 산길을 통해 돌파를 시도할 것이오."

여몽은 부처님 손바닥 들여다보듯 말했다. 손권이 손뼉을 치며 말했다.

"그때 좁은 산길에 복병을 심어놓아 관우를 사로잡으면 될 것이다."

손권이 황급히 군령을 내렸는데도, 여몽은 그저 바둑판을 바라보며 혼자 웃고 있었다.

"자, 마저 대국을 마무리하시지요. 주군께서 두실 차례입니다."

여몽이 바둑판을 사이에 두고 다음 한 수를 재촉하자 손권이 말했다.

"지금 바둑이나 두고 있을 때가 아니오. 어서 맥성의 샛길에 군사를 보내야 하지 않겠는가."

"너무 걱정하지 않으셔도 됩니다. 설사 관우에게 땅을 파고 하늘을 나는 기술이 있다 해도 절대로 도망치지 못하도록 모든 준비를 해놓았습니다."

"그럼 성의 뒤편과 뒷산 쪽에도 벌써 군사를 심어놓았단 말이오?"

"물론입니다. 자, 다음 한 수는 어떻게 하시겠습니까?"

손권은 그제야 안정을 되찾고 다시 바둑을 두기 시작했다. 그런데 이번에는 여몽이 혼잣말하듯 중얼거렸다.

"그렇다. 북문의 군사가 조금 강한 듯하구나. 누가 반장을 불러오라."

이내 반장이 들어왔다. 여몽은 바둑을 두며 말했다.

"맥성의 북문에 병사 3천 명이 있는데, 약한 병사들 7, 8백 명만 남기고, 그 이외는 모두 서북쪽 산속에 매복하도록 하라. 지금 당장 그대가 가서 실행하라."

반장이 나가자 여몽은 다시 주연朱然을 불러 명했다.

"군사 4천 명에게 맥성의 동서남 세 곳을 압박하게 하라. 그대는 따로 천 명의 군사를 이끌고 북쪽의 좁은 길과 산과 들을 구석구석 감시하도록 하라."

그러고는 유쾌한 듯이 손권에게 말했다.

"어떠신지요. 제가 이기지 않았습니까? 주공의 수로는 아직 저를 이기실 수 없을 듯합니다."

손권은 대국은 졌지만 관우를 사로잡을 수 있다는 생각에 여몽과 함께 웃었다.

이와는 반대로 맥성의 내부는 실로 비참했다. 5백 명의 병사는 3백 명으로 줄어 있었고 부상자와 탈출병이 끊이지 않았다. 밤이 되자 오의 진영에 있는 형주병들이 성 바깥에서 아는 병사의 이름을 부르며 마음을 흔들었다.

어찌해볼 방도가 없던 관우가 왕보와 조루에게 말했다.

"이젠 마지막이다. 돌아보니 이런 대패를 초래한 것은 오직 내 부덕함의 소치이다. 요화도 도중에 죽고 말았는지, 이젠 원군을 기다릴 희망도 사라졌구나."

왕보가 눈물을 흘리며 말했다.

"아닙니다. 아직 방법이 없는 것은 아닙니다. 아까부터 살펴보니 북문 쪽이 소홀한 듯합니다. 그쪽을 뚫고 북쪽의 산속으로 들어가기만 하면 촉으로 빠져나갈 수 있습니다. 탈출에 성공만 하면 오늘의 원한을 적에게 되갚아줄 수 있지 않겠습니까. 저는 목숨을 걸고 이곳을 지키겠사오니, 속히 이곳을 벗어나 촉으로 가십시오.”

이미 식량도 화살도 떨어졌다. 관우는 눈물을 머금고 왕보와 헤어졌다.

관우는 백여 명을 성안에 남겨두고 2백 명도 되지 않는 병사를 이끈 채, 달이 없는 밤중을 틈타 맥성의 북쪽에서 기습을 감행했다.

관평과 조루가 선봉에 서서 북문 부근에 있던 오의 병사를 물리치자 관우 일행은 전력으로 산을 향해 내달렸다. 맥성의 북쪽에 펼쳐진 험준한 봉우리만 넘으면 길은 촉으로 통하고 포위망도 벗어날 수 있었다.

“그곳까지 적의 복병이 나타나도 상대하지 말라. 오로지 앞만 보고 달려야 한다.”

이렇듯 관우 일행은 서로 격려하며 나아갔다. 초경初更 무렵이 되자 깜깜한 산의 샛길을 오르기 시작했다. 얼마 동안은 적병도 보이지 않고 복병이 있는 기색도 보이지 않았다. 산 하나를 넘고 또 산 하나를 넘자 서쪽으로 늪지가 펼쳐져 있었고, 그 사이에 칠흑같이 어두운 분지가 있었다.

그때 갑자기 늪지에서 무수한 불빛이 쏟아졌다. 왼쪽 산에서도 횃불의 물결이 다가오고 있었다. 오른쪽 봉우리와 뒤쪽에서도 불빛이 모여들더니 이윽고 밤하늘이 환하게 밝아졌다.

“적병이다. 복병이다.”

화살이 소나기처럼 쏟아졌다. 관우는 말 위에서 청룡언월도를 고쳐 잡으며 관평에게 길을 열라고 명했다.

"아버지, 저를 따라오십시오."

관평은 선두에 서서 몰려드는 복병들을 베며 말을 달렸다. 관우도 그 뒤를 따라 말을 달리는데 오의 대장 주연이 소리쳤다.

"관운장, 기다리시오."

관우는 얼핏 돌아보기만 하고 그대로 말을 내달렸다. 주연이 뒤를 쫓으며 소리쳤다.

"천하의 관운장이 적에게 등을 보이다니 오늘은 어찌 된 일인가?"

"그렇게까지 내 칼에 목이 떨어지고 싶은가."

관우가 말을 돌려 언월도로 찌르고 들어가자, 주연이 몸을 숙여 피하고는 힘을 다해 관우와 맞섰다. 본래 관우의 상대가 아닌 주연은 곧 도망치기 시작했다.

관우는 주연을 쫓지 않고 다시 말 머리를 돌려 달려갔지만 그만 관평을 잃어버리고 말았다. 관우는 임저臨沮의 좁은 길까지 이르렀는데, 나무꾼조차 종종 길을 헤매는 미로 같은 곳이었다.

그 순간 갑자기 사면의 바위가 무너져 내렸다. 관우를 따르던 예닐곱의 병사는 모두 바위에 깔려버렸다. 관우는 급히 말 머리를 돌렸지만, 오의 대장 반장의 복병이 횃불을 던지며 앞뒤를 막았다. 마침내 관우가 고립된 것을 확인한 반장은 일제히 북과 징을 울려 아군을 불렀다.

"아버지, 아버지."

어딘가에서 관평의 목소리가 들렸다.

"관평과 조루는 어디에 있단 말인가."

관우는 마음이 혼란스러웠다.

"관운장, 조루는 이미 목이 떨어졌다. 언제까지 고집스레 싸울 셈인 가. 이제 그만 포기하고 목숨을 오에 맡겨라."

반장이 말을 타고 나와 관우에게 소리치자 관우가 긴 수염을 휘날리 며 달려가 말했다.

"한낱 필부가 진정한 무인의 혼을 알 리가 있느냐."

두 사람의 싸움이 시작되었는데, 반장은 10여 합도 채 싸우지 않고 도망쳐버렸다. 관우가 그를 쫓아 숲 속의 샛길에 뛰어든 순간, 사방의 거목에서 쇠갈고리가 달린 밧줄과 그물이 떨어졌다. 관우가 타고 있던 말도 발에 무엇이 걸렸는지 몸부림을 쳤다. 결국 관우는 말에서 떨어 지고 말았다. 그때 반장의 부하인 마충馬忠이 갈고랑이와 장대로 관우 의 몸을 눌러 꼼짝 못 하게 한 후 밧줄로 붙들어 맸다.

* * *

관평은 관우를 찾아 헤매다 주연과 반장의 군사에게 붙잡히고 말았 다. 그는 밧줄에 묶여 손권에게 끌려가는 도중에도 끊임없이 아버지 관우를 찾아 불렀다.

다음 날 아침 일찍, 손권은 마충에게 관우를 데려오게 했다. 그리고 관우를 바라보며 말했다.

"나는 장군을 존경하여 장군의 딸을 내 며느리로 맞아들이러 한 적 이 있었소. 그때 장군은 어찌하여 그것을 거절하였소이까?"

관우가 입을 다물고 아무 말도 하지 않자 손권이 다시 말했다.

"또한 장군은 항상 천하에 자신의 적수가 없다 했는데, 내게 붙잡히고 말았소이다. 이는 내게 항복하여 오를 섬기라는 하늘의 뜻일 것이오."

관우가 조용히 얼굴을 들고 자세를 바로잡으며 말했다.

"눈이 파랗고 수염이 붉은 어린아이야, 너무 기고만장하구나. 내 말을 잘 들어라. 유비 형님과 나는 도원결의를 맺어 천하를 바로세우고자 했다. 그 이래로 수많은 싸움과 어려움을 헤쳐오면서 서로를 의심하거나 배신하는 일은 꿈에서조차 생각한 적이 없다. 오늘, 잘못하여 오의 계략에 빠져 목숨을 잃는 한이 있더라도 어찌 역적의 무리에게 항복을 하겠느냐. 참으로 가소로워 웃음밖에 나오지 않는구나. 자, 어서 내 목을 치거라."

관우는 그렇게 말하고는 다시 입을 다물고 꿈쩍도 하지 않았다.

손권은 관우의 사람됨과 기상을 아까워하며 주위에 있는 사람들에게 방법을 구했다. 그러자 주부 좌함左咸이 말했다.

"지난날 조조도 관우를 붙잡아 3일 동안 소연小宴을 베풀고 5일 동안 대연大宴을 열었습니다. 수정후壽亭侯라는 관직을 주고 열 명의 미녀를 보내 밤낮으로 기분을 살피며 자신의 사람으로 만들려 했습니다. 하지만 관우는 끝까지 이를 거절하고 오관의 대장을 벤 뒤 유비에게 돌아가지 않았습니까."

"……."

"조조도 그를 붙잡아두지 못했습니다. 그런 그가 어찌 우리 동오를 따르겠습니까. 후일 조조도 크게 후회했다 하니, 지금 그를 죽이지 않으면 머지않아 동오에 큰 화가 될 것입니다."

"……."

손권은 잠시 입을 굳게 다물고 생각에 잠긴 듯하더니, 드디어 자리를 박차고 일어나 큰 소리로 말했다.

"관우를 끌어내서 그의 목을 쳐라."

이윽고 병사들이 달려들어 관우를 밖으로 끌어냈다. 그러고는 관평과 나란히 앉히고 두 사람의 목을 쳤다.

때는 건안 24년 10월로, 늦가을 구름이 맥성의 들판을 낮게 감싸고 비인지 안개인지 모를 차갑고 뿌연 연기가 드리워졌다.

"마충에게 관우가 타던 적토마를 상으로 내리겠다. 마충은 관우에 뒤지지 않을 공을 세우도록 하라."

손권은 마충에게 적토마를 내리고 반장에게 관우의 무기인 청룡언월도를 내렸다. 오의 장수와 병사 들은 비록 적이지만 관우의 유물이라면 옷자락이든 끈이든 무엇이든 원했다. 명장을 흠모하고 그처럼 되고 싶은 마음이 있었기 때문이다.

적토마를 받은 마충은 다른 사람들의 선망의 대상이 되었다. 하지만 4, 5일이 지나자 그는 그만 낙담하고 말았다. 어쩐 일인지 관우가 죽은 그날부터 적토마가 풀을 먹지 않는 것이었다. 아무리 좋은 건초를 줘도 물가로 데려가도 고개를 저었고, 슬픈 듯 맥성 쪽을 바라보며 울부짖을 뿐이었다. 맥성에는 아직 백여 명의 관우의 병사들이 있었다.

맥성에 남아 있던 왕보는 관우의 죽음을 알았는지 오군의 공격을 받자 망루에서 뛰어내려 죽고 말았다. 또 관우의 오른팔이었던 주창도 스스로 목을 쳐서 자결하고 말았다.

관우가 죽은 후 많은 이야기들이 전해졌다. 그의 무덕武德과 절개를 깊이 아끼고 한탄한 백성들의 애달픈 마음이 입에서 입으로 전해지면서 점차 신비적인 요소가 덧붙여졌는데, 그중 다음과 같은 이야기들이 전해졌다.

형주의 옥천산玉泉山에 보정普靜이라는 노승이 있었다. 그는 본래 사수관氾水關의 진국사鎭國寺에 있던 승려로 관우와는 젊은 시절부터 알고 지내던 스승이자 심우心友였다.

달 밝은 밤에 보정이 홀로 암자에서 좌선을 하고 있는데 하늘에서 그의 이름을 부르는 소리가 들렸다.

"내 목을 돌려주시오. 내 목을 돌려주시오."

보정이 올려다보니 구름 사이로 관우의 얼굴이 선명하게 나타났고, 오른쪽에는 주창, 왼쪽에는 관평, 뒤에는 장수와 병사 들이 있었다. 보정이 큰 소리로 물었다.

"관운장, 지금 어디에 있는가?"

그러자 공중의 목소리가 말했다.

"여몽의 간계에 빠져 죽임을 당하였소. 스님, 내 목을 찾아 내 혼백을 달래주시오."

보정은 일어나서 마당으로 나가 말했다.

"장군, 어찌 그처럼 구천을 헤매고 있으신가. 장군이 오늘까지 걸어온 산과 들의 뒤편에는 장군에게 원한을 가진 수많은 백골이 널려 있지 않소이까. 도원의 결의는 이미 끝이 났으니, 이제 눈을 감고 편히 쉬도록 하시오."

그리고 보정이 불자佛子로 달을 치자 관우의 모습이 안개처럼 사라져버렸다.

그 후에도 달밤이면 암자를 두드리는 소리가 들렸다.

"스님, 제게 가르침을 주십시오."

그렇게 관우의 목소리가 자주 들리자 옥천산의 사람들은 사당을 하나 짓고 관우의 혼백을 위로했다고 한다.

한편 손권은 관우와의 싸움 후, 큰 주연을 열어 병사들의 노고를 위로했다. 하지만 그날 여몽의 모습은 보이지 않았다. 손권이 바로 여몽의 집에 사람을 보내 다음과 같이 전했다.

> 이번에 형주를 얻은 것은 모두 장군의 공인데, 모습이 보이지 않아 섭섭하오. 장군이 올 때까지 술잔을 들지 않고 기다릴 것이오.

여몽이 황송해하며 즉시 나오자 손권이 잔을 들고 말했다.

"주유는 적벽에서 조조를 물리쳤지만 불행하게도 너무 일찍 세상을 떠났소. 노숙은 제왕이 될 대계를 알고 있었지만 형주를 취하지 못하였소. 하지만 그 두 사람은 내가 이제까지 만난 영웅호걸이었소. 그런데 오늘, 형주가 내 손안에 들어오고 여몽이 아직 건재하니 이렇게 기쁜 일이 어디 있겠는가. 그대는 바로 주유와 노숙을 뛰어넘는 동오의 보물이오."

손권이 여몽에게 잔을 건넸다. 그러자 여몽이 잔을 받아들고 손권을 노려보며 말했다.

"눈이 파랗고 수염이 붉은 어린 쥐새끼야, 너무 기고만장하지 말거라."

여몽은 손권을 향해 계속해서 호통을 치고 비방을 했다. 사람들이 모두 일어나 그를 붙잡고 밖으로 데려나가려 했지만, 여몽은 무서운 힘으로 사람들을 물리쳤고 마침내 상좌를 빼앗았다. 그리고 무언가에 홀린 듯한 눈으로 말했다.

"내 전장을 종횡무진한 지 30년, 네놈들의 간계에 빠져 목숨을 잃었지만, 내 혼은 촉군에 남아 반드시 오를 멸망시키리라. 나는 바로 한漢의 수정후 관우이니라."

손권과 사람들은 모두 기겁을 하여 밖으로 도망쳤지만, 여몽은 불이 꺼진 캄캄한 방 안에 홀로 남아 있었다. 나중에 사람들이 등불을 켜고 방 안으로 들어가보니 여몽은 자신의 머리를 붙잡고 발버둥을 치고 있었다.

그것은 당시 저잣거리에 널리 퍼진 이야기 중 하나로 믿기 어려운 면이 있지만, 형주 점령 후 얼마 되지 않아 여몽이 병으로 세상을 뜬 것만은 사실이었다.

* * *

손권은 여몽이 죽자 눈물을 흘리며 여몽에게 관직을 내리고 관을 만

들어 성대하게 장례를 치렀다. 그리고 건업에 있는 여몽의 아들인 여패呂霸를 불러들였다.

여패가 장소와 함께 형주로 오자 손권이 위로하며 말했다.

"아버지의 관직을 그대로 잇도록 하라."

그때 장소가 물었다.

"관우의 장례는 어떻게 하시겠습니까?"

"참수에 처한 후 그대로 두었고 수급은 소금에 절여 보존하고 있네."

"그것을 어떻게든 해야만 할 듯합니다."

"장례를 말이오?"

"아닙니다. 후일의 방비를 말입니다. 유비, 관우, 장비는 생사를 함께 하기로 맹세한 사이입니다. 그런 관우가 죽었다는 것을 알게 되면 촉은 군사를 일으켜 복수를 하려 할 것입니다. 지략에 능한 공명, 용맹한 장비, 그리고 마초와 황충, 조자룡과 같은 맹장이 목숨을 아끼지 않고 오를 공격해올 터인데, 이를 어떻게 막아낼 것인지요."

"……."

손권의 안색이 창백해졌다. 손권도 그것을 생각하지 않은 것은 아니지만, 장소가 그렇게 걱정을 하니 새삼 문제의 심각성을 깨닫게 되었다. 장소가 다시 말했다.

"오에게 있어 더 큰 문제가 또 있습니다. 촉이 목적을 이루기 위해서라면 일시적으로 불리해지더라도 위에게 접근할 것이 분명하다는 것입니다. 촉이 땅 일부를 조조에게 건네고 제휴하여 오를 공격해온다면 큰 위협이 될 것입니다."

"그것을 미연에 막기 위해서는 어떻게 하는 게 좋겠는가?"

"그렇기 때문에 관우의 주검을 처리하는 문제가 중요합니다. 관우를 죽인 건 본래 조조의 지시에 의한 것이었다고 그 책임을 위에게 떠넘겨야 합니다. 그러기 위해서는 관우의 수급을 위에 보내야 합니다. 일찍이 조조가 오에 서찰을 보내 관우를 치라고 했으니 기뻐하며 받을 것입니다."

"그렇군."

"그런 연후에 저희는 관우를 죽인 것은 위의 조조라고 선전해야 합니다. 그러면 유비의 원한은 당연히 조조에게 향할 것이고, 오는 제삼자의 입장에 서서 앞일에 대처해가면 될 것입니다."

오에서 대외적으로 복잡하고 미묘한 정세를 이용하여 대책을 강구하는데 장소를 능가할 사람은 없었다. 손권은 장소의 계책에 따라 바로 사자를 뽑아 관우의 수급을 위로 보냈다.

그때 조조는 이미 낙양에 돌아와 있었다. 그리고 오의 사자가 관우의 수급을 바치러 왔다는 소식을 들었다.

"관운장은 죽고 나는 살아, 이렇게 오늘날 재회하게 되었구나."

조조는 관우와의 지난날을 떠올렸다.

"손권이 기특하게도 그것을 내게 보내왔구나."

조조는 기뻐하며 중신들과 함께 사자를 불러 관우의 수급을 건네받았다. 그러자 사마의 중달이 말했다.

"대왕, 오가 보내온 큰 화근을 받으시면 안 됩니다."

사람들의 눈길이 그에게 쏠렸다. 조조가 그에게 이유를 물었다.

"이는 촉의 원한을 우리에게 향하게 하려는 오의 무서운 계략입니다. 관우의 수급을 이용해 위와 촉이 싸우도록 하여 두 나라가 피폐해지기를 기다리는 오의 간계임에 틀림없습니다."

사마의 중달은 거침없이 단언했다.

위에도 지략이 뛰어난 참모들이 있다 보니 오의 계략은 위를 속이지 못했다. 사마의 중달은 철저히 오의 의도를 꿰뚫어보고 있었던 것이다.

조조는 진저리를 치며 중달의 말이 오의 의중을 간파한 것이라 여기고 고개를 끄덕였다. 그리고 관우의 수급을 그대로 오로 돌려보내려고 했다. 그러자 사마의 중달이 다시 충언했다.

"아닙니다. 그래서는 대왕의 도량이 작아 보이실 터이니, 우선 거두시고 사자를 돌려보낸 뒤, 다른 방법을 찾아보시는 게 좋을 듯합니다."

이윽고 오의 사자가 돌아가자 조조는 상을 치르고 백 일 동안 음악을 연주하지 못하게 했다. 그리고 침향목으로 관우의 시체를 만들어 수급과 함께 낙양의 남문 바깥에 있는 언덕에 묻어주었다.

장례는 왕후의 예로 치렀고, 사마의 중달이 모든 것을 맡아 거행했다. 대소 백관들이 모두 따랐고, 수백 명의 의장과 조화, 제물로 올릴 양과 소 등이 낙양 거리에 꼬리에 꼬리를 물고 이어졌다. 국장으로 치러진 장례에서 조조는 죽은 관우에게 형주왕의 지위를 내리기까지 했다.

오는 화근을 위에 전가하고 위는 그 화근을 오히려 은혜로서 촉에 베풀었다. 그렇게 삼국의 싸움은 피와 주검으로만 이루어지지 않고, 이제는 외교적 교섭과 백성들의 마음을 사로잡기 위해 치열한 허허실실의 지략으로 펼쳐지기 시작했다.

조조와 유비가 처음 세상에 나와 다투던 시대와 비교하면 전쟁의 양상과 성격이 완전히 달라졌다. 다시 말해, 부분적인 승리나 전과만으로 자신들이 이겼다며 축배를 들고 도취해 있던 시대는 지나간 것이었다. 지금이야말로 위, 촉, 오 삼국이 총력을 다해 건곤일척의 승부를 겨뤄야 하는 시대가 된 것이다. 동시에 일대일 혹은 양국이 협력하여 한 나라를 치는 외교 활동과 심리전으로 국운이 좌우되는 상태가 된 것이다. 또 이 시기에는 배후에서 책사들의 치열한 지략 싸움이 펼쳐졌다.

관우가 죽기 이전, 유비는 유모劉瑁의 미망인이자 동종인 오씨吳氏를 후궁으로 맞아들여 새로운 왕비로 삼았다. 유비가 형주에 머물 때, 손권의 동생을 아내로 맞이했지만, 그녀와 헤어진 이후 한동안 홀로 지내왔던 것이다. 그 후 유비는 젊은 오씨와의 사이에서 아들 둘을 낳게 되었다. 첫째는 자가 공수公壽고, 이름이 유영劉永이며, 둘째는 자가 봉효奉孝고, 이름이 유리劉理이다.

그 무렵 형주에서 촉으로 들어온 사람이 재미나다는 듯 이런 말을 하고 다녔다.

"근래 오의 손권이 관운장을 회유하려고 관운장의 여식을 며느리로 들이고 싶다며 사자를 보냈는데, 관운장이 호랑이 자식을 개의 자식에게 시집보낼 수 없다며 거절했다."

시간이 꽤 지난 후 그 말이 공명의 귀에 들어갔다. 공명은 형주에 변고가 일어날 것을 직감하고 유비에게 말했다.

"누군가 관우와 교대하지 않으면 형주가 위험해질 것입니다."

그때는 이미 밤낮으로 형주의 전황을 알리는 파발이 들어오고 있을 때였다. 하지만 파발들이 모두 승전보였기 때문에 유비는 오히려 기뻐하고 있었다.

가을이 깊은 10월 어느 날 밤, 유비가 탁자에 기대어 꾸벅꾸벅 졸고 있는데, 왕비 오씨가 그를 깨웠다. 유비는 불현듯 방금 꾼 꿈이 생각나 소름을 치며 주위를 둘러보았다.

*＊＊

달빛이 궁전의 차양을 넘어 유비의 무릎 언저리를 비추고 있었다.

왕비는 등불이 꺼져 있는 것을 깨닫고 시녀를 불러 불을 붙이게 한 후 유비에게 다가서서 물었다.

"무슨 일이신지요?"

"아무 일도 아니오. 탁자에 기대 책을 읽고 있었는데, 혹시 내가 소리를 치지 않았소?"

오히려 유비가 되물었다.

"예, 가위에 눌리신 듯합니다."

왕비는 웃음을 지으며 두 번이나 큰 소리가 나서 무슨 일인가 보러 왔다고 말했다.

"그랬소? 그만 잠이 들어 꿈을 꾼 듯하구려."

유비도 그제야 정신이 돌아온 듯 웃음을 지었다. 그리고 아이들을 불러 즐겁게 담소를 나누다 잠자리에 들었다.

그런데 그날 밤 새벽녘, 유비는 또 초저녁과 똑같은 꿈을 꾸었다.

꿈속에서 한쪽이 이지러진 달이 떠 있었다. 먹물처럼 차가운 바람이 끊임없이 불어 구름을 흩뜨려놓더니 구름 소리인지 바람 소리인지 분간할 수 없는 고함 소리가 들려왔다. 이내 소리가 그치더니 침소의 장막 입구 쪽에 누군가가 엎드린 모습이 보였다.

깜짝 놀란 유비는 꿈속에서 소리쳤다.

"아, 내 아우 관우가 아닌가. 이 늦은 밤에 무슨 일인가?"

틀림없이 관우였지만 평소의 관우와 달리 좀처럼 얼굴을 들지도 않고 꼼짝도 하지 않고 눈물만 흘리고 있었다. 이윽고 관우가 말했다.

"도원의 결의가 허무하게 지난날의 일이 되어버렸습니다. 형님, 어서 군사를 일으켜 이 아우의 원한을 풀어주십시오."

어느 순간 관우는 한 번 절을 하더니 장막 밖으로 나갔다.

"아우, 잠깐 기다리시게."

유비는 소리치면서 관우를 쫓아 복도까지 달려나왔다. 그 순간 하늘에 떠 있던 이지러진 달이 서쪽 산으로 기울더니 이내 사라져버렸다. 유비는 얼굴을 감싸며 그 자리에 쓰러지고 말았다. 모든 게 꿈이었지만 유비가 복도에서 쓰러진 것만은 현실이었다.

그날 아침, 평소보다 일찍 군사부에 나온 공명은 사람들의 말을 듣고 바로 유비를 찾아갔다.

"안색이 다소 좋지 않으신 듯합니다. 어젯밤 잘 주무시지 못했습니까?"

유비는 공명이 오기만을 기다렸다는 듯 답했다.

"실은 어젯밤 두 번이나 같은 꿈을 꾸어서, 군사를 부르러 사람을 보낼까 하던 참이었소."

유비가 꿈 이야기를 하자 공명이 웃으며 말했다.

"그것은 주군께서 항상 멀리 떨어져 있는 관운장이 그리워 밤낮으로 생각하시니 꿈으로 나타난 것에 지나지 않습니다. 오늘은 왕비와 공자님들과 가을 정원에 발걸음 하시어 즐겁게 보내시길 바랍니다."

공명이 물러나 중문의 복도까지 나왔을 때 태부太傅 허정이 창백한 얼굴로 뛰어왔다. 공명이 그를 불러 세워 물었다.

"태부, 무슨 일이라도 있는가?"

허정이 빠르게 고했다.

"오늘 아침 파발에 의하면 형주가 함락되었습니다."

"뭐라, 형주가?"

"관운장께서 오의 여몽의 계략에 빠져 형주를 빼앗기고 맥성으로 피신했다 합니다."

"흐음, 필시 사실일 것이오. 며칠 밤 동안 천문을 살펴보니 형주 하늘에 일말의 먹구름이 떠다니고 있었소. 아직 이 사실을 왕에게 고하지 마시오. 갑자기 놀라시면 옥체가 상하실지도 모르니 말이오."

그때 복도 끝에서 유비가 모습을 드러냈다.

"군사, 너무 걱정하지 마시오. 나는 건강하오. 또 형주가 패한 것과 관우의 변고도 어느 정도 짐작하고 있소이다."

그 후 마량과 이적이 와서 각각 형주가 함락되었다는 비보를 전했다. 그리고 그날 오후 관우의 휘하에 있던 요화가 초췌한 몰골로 성도에 도착했다.

요화가 도착하자 드디어 사태가 명확해졌다. 그리고 유비의 비통한 마음은 분노로 바뀌었다. 요화의 입을 통해 상용에 있는 유봉과 맹달이 형주가 패하고 관우가 위험한 상황에 처했다는 것을 알고도, 또 요화가 원병을 청하러 갔는데도 완강히 원병을 보내지 않고 방관만 하고 있었다는 사실을 들었기 때문이다.

"의형제 관우의 위험을 보고도 모른 체한 유봉과 맹달의 죄를 결코 용서치 않을 것이다."

유비는 삼군에게 출정 명령을 내리고 낭중閬中에 있는 장비에게도 변고가 생겼으니 당장 오라는 파발을 보냈다.

공명이 유비의 슬픔과 분노를 위로하며 말했다.

"먼저 마음을 가라앉히고 진정하십시오. 신이 직접 군사를 이끌고 가 반드시 관운장을 구하겠습니다. 그 후 유봉과 맹달을 처벌하시면 될 것입니다."

이윽고 장비가 도착했고 촉의 병마가 속속 성도로 들어왔다. 그리고 며칠간 삼엄하고 팽팽한 긴장감에 휩싸여 있던 촉을 절망의 나락으로 떨어뜨릴 비보를 가지고 마지막 파발이 도착했다.

"관운장께서 밤을 틈타 맥성을 나와 촉을 향해 오시던 중, 임저라는 곳에서 오의 대장 반장의 부하인 마충에게 붙잡히셨습니다. 그리고 그 다음 날, 관운장과 관평 두 분의 목이 떨어져 최후를 맞이하셨습니다."

그 말을 들은 유비가 고함을 치며 말했다.

"아, 관우는 이미 이 세상 사람이 아니었단 말인가."

유비는 통곡을 하다 혼절하여 사흘 동안 아무것도 먹지 않고 아무도 만나지 않았다. 하지만 공명은 끈질기게 알현을 청했다. 드디어 유비를 만나게 된 공명은 비탄에 빠져 있는 유비에게 꾸짖듯 간언했다.

"사람의 생사는 하늘에 달려 있으며 부귀영화도 하늘이 내려주는 것이라 했습니다. 도원결의가 약속이라면 죽음과 이별 또한 약속된 것이지 않겠습니까. 행여 주군까지 병고가 생기면 어쩌려고 이러십니까."

"군사, 마음껏 비웃어주시오. 나약하다 해도 어쩔 수 없소. 관우와의 정을 도저히 잊을 수 없소이다. 내 오와 같은 하늘 아래 살 수 없으니 맹세코 오에 이 원한을 갚아주겠소."

"마음속에 그런 각오를 가지고 계시면서 언제까지 눈물만 흘리시려고 합니까. 시시각각 새로운 파발이 도착하고 있는데, 방문을 닫으시고 이렇듯 꼼짝도 하지 않으시니 모두들 당혹해하고 있습니다."

"아, 알겠소이다. 내가 생각이 짧았소."

"오늘 아침에 들어온 정보에 의하면, 오는 관운장의 수급을 위에 보냈고 위에서는 관운장의 장례를 왕후의 예를 갖춰 국장으로 치렀다고 합니다."

"오의 의중은 무엇이겠소?"

"우리 촉의 원한을 두려워하여 위에 그 화를 전가하려는 속셈입니다."

"내 그런 속임수에 넘어갈 듯싶더냐. 내가 당장 출정하여 오를 쳐서 아우의 혼백을 달래야겠소."

"그것은 옳지 않습니다."

"어째서 말이오? 내가 눈물만 흘리고 있는 걸 꾸짖던 군사가 어찌 그리 말씀하시오?"

"때를 기다려야 합니다. 관운장이 살아 있다면 어떤 희생을 치러서
라도 구해야겠지만, 지금은 그렇게 성급히 움직여서는 안 됩니다. 얼마
동안 병사를 수습하고 형세를 살피면서 위와 오 사이에 불화를 조장하
여 양국이 싸우는 순간, 비로소 군사를 움직여야 합니다. 그때까지는
원한과 슬픔을 가슴속에 접어두도록 하십시오."

그날 한중왕의 이름으로 상이 치러졌다. 또 성도의 궁궐 남문에 관
우의 제사를 지낼 제단이 만들어졌다. 눈이 쌓이고 살을 에는 듯한 추
위가 이어져 제단의 조기弔旗는 꽁꽁 얼어붙어 있었다.

101
난세의 간웅, 조조의 죽음

조조는 약롱담의 신목을 칼로 버리친 후 병이 들고,
조비가 왕위에 오르자 조창은 10만 대군을 이끌고 업군을 향해 진군해온다

전쟁터에 있을 때에는 나이를 잊고 있던 조조도 개선하고 얼마간 한
가로울 때면 자주 몸이 아팠다. 아무리 조조라고 해도 올해 나이가 예
순다섯이었다. 나이가 먹으면 몸이 마음대로 되지 않는 게 자연스러운
일인데, 조조는 그것을 인정하지 않았다.

"아무래도 요즘 몸이 여의치 않은 것은 관우의 혼령이 저주를 내린
탓이 아닌가."

조조는 때때로 그렇게 말하며 신경이 날카로워져 있었다.

어느 날 대신들이 조조에게 권했다.

"여기 낙양의 행궁行宮도 지은 지 오래되어 기운이 쇠한 것이 아닌가 싶습니다. 다른 궁전을 새로 짓는 것이 어떠신지요?"

그전부터 조조는 건시전建始展이라고 이름 붙인 큰 누각을 짓고 싶어 했는데, 여태껏 그가 바라는 명장明匠을 찾지 못하고 있었다. 그러던 중 대신 하나가 말했다.

"낙양에 소월蘇越이라는 명장이 있습니다. 그라면 틀림없이 마음에 드실 것입니다."

조조는 가후에게 명해서 당장 소월에게 자신의 뜻을 전하라 했다. 그 후 소월이 가후를 통해 설계도를 보내왔다.

조조는 아홉 칸 대전을 중심으로 남북의 누각을 잇게 한 것도 안쪽 건시전의 구상도 대단히 마음에 들었다. 하지만 아홉 칸 대전에 쓸 수 있을 만큼 크고 긴 재목이 있을지 의문이 들었다. 곧바로 조조는 소월을 불러 물었다.

"그대의 설계도는 참으로 훌륭하지만 그런 큰 재목을 어디서 구할 것인가?"

"낙양에서 3천 리 떨어진 약룡담躍龍潭이라는 못에 사당 하나가 있습니다. 그곳에 천 년 된 배나무가 있는데 그 높이가 10여 길이나 되는 신목神木입니다. 이를 베어 대들보로 쓰면 어떻겠습니까?"

"배나무? 흠, 그러면 천하에 둘도 없는 건축물이 되겠구나."

나이를 먹어도 별난 것을 좋아하는 조조의 습관은 변하지 않았다. 조조는 즉시 사람들을 파견하여 배나무를 베게 했다. 하지만 배나무에 톱날과 도끼날이 들어가지 않아 며칠이 지나도 배나무를 베어내지 못했다.

그 소식을 들은 조조는 필시 그 이유는 인부들이 사당의 신목 전설에 공포를 느끼고 있기 때문이라고 생각했다. 조조는 직접 그곳에 가서 그들의 미신을 깨우쳐주겠다며 수레를 준비하라 명했다. 그리고 수백 명의 시종과 병사를 이끌고 약룡담으로 향했다.

조조가 수레에서 내려 배나무를 올려다보자 우듬지는 구름에 닿았고 뿌리는 백룡처럼 못으로 뻗어 뒤엉켜 있었다.

조조는 나무 밑동으로 다가갔다.

"하늘 아래 나를 두려워하지 않는 것이 없다. 이제 너를 베어서 내 건시전의 대들보로 삼으려 하니 너는 이를 기쁘게 받아들이길 바라노라."

조조는 검을 빼들어 배나무를 내리쳤다. 그러자 그것을 바라보고 있던 마을 촌장과 신관 등이 모두 소리를 치며 울부짖었다. 그 소리와 함께 배나무 등걸에서 피와 같은 수액이 튀었다.

"내가 처음으로 칼날을 넣었으니 만일 신목이 저주를 내린다면 내게 내릴 것이다. 그러니 이제 두려워하지 말고 베도록 하여라."

조조는 소월과 인부들에게 그렇게 말하고 바로 낙양으로 돌아갔다. 그런데 궁문에 도착하여 수레에서 내릴 때, 조조의 얼굴빛이 심상치 않았다. 조조는 기분이 좋지 않다고 말하고는 바로 침전으로 들어가버렸다.

얼마 후 의원이 조조의 침전에서 나와 눈썹을 찡그리며 말했다.

"아무래도 열이 높으신 듯합니다."

침전의 안쪽에서 이따금 헛소리가 새어 나왔다. 그때마다 시종들이 달려가 보살폈다. 그러다 문득 조조가 눈을 부릅뜨고 주위를 둘러보며 말했다.

"배나무의 신령은 어디로 갔느냐?"

대신들이 그런 것은 없다고 말해도 조조는 머리를 강하게 내저었다.

"아니다. 새하얀 옷을 입은 귀신이 자신이 배나무 신령이라 하며 몇 번이고 내 가슴을 짓눌렀다. 어서 찾아보아라."

다음 날 조조는 심한 두통을 호소했고 여전히 어제와 똑같이 배나무 신령 이야기를 했다.

의원이 여러 가지 약을 써보았지만 그의 고통은 조금도 줄어들지 않았다. 날이 지나면서 조조의 얼굴은 오래된 그림에서 물감이 벗겨지듯 홀쭉하게 야위어갔다.

그러던 어느 아침, 조조는 기분이 조금 좋아진 듯 병문안을 온 화흠과 이야기를 나누고 있었다.

"의원의 백계도 효험이 없다고 하는데, 지금 금성金城에 거주한다는 화타를 불러보십시오. 화타는 천하의 명의입니다."

화흠이 여러 차례 권하자 조조도 마음이 동했다.

"화타의 이름은 일찍부터 듣고 있었네. 패국 초군의 태생으로 이전에 오의 주태를 치료한 자가 아닌가."

"바로 그렇습니다. 명성 그대로 그의 치료를 받고 낫지 않은 병자가 없을 정도라고 합니다. 오장육부가 썩어 중병에 걸린 자에게 마폐탕麻肺湯을 마시게 한 뒤 가사 상태에 빠진 사이 칼로 배를 열고 약으로 장부를 씻어내고 다시 배를 닫아 절개 부위를 꿰맸더니, 20일이 지나자 완전히 나았다고 합니다."

"흐음, 그렇게 거칠게 치료를 한단 말인가?"

"아닙니다. 그사이에 병자는 조금도 통증을 느끼지 않는다고 합니다. 또 이런 이야기도 들었습니다. 감릉甘陵에 사는 상相 부인이 임신한 지 여섯 달 무렵, 어쩐 일인지 심한 복통이 사흘 밤낮 동안 계속되어 화타에게 진맥을 받았다고 합니다. 그 결과 상 부인은 사내아이를 임신했는데, 식독食毒으로 이미 태아의 숨이 끊어졌고, 당장 치료하지 않으면 산모의 목숨도 위험했다고 합니다. 화타가 약을 만들어 산모에게 주자 죽은 태아가 빠져나오고 이레 후에 산모의 몸도 본래로 돌아왔다고 합니다."

"그 정도로 신묘하다면 어서 불러오도록 하시오."

화흠은 서둘러 사자를 보내 멀리 금성에서 화타를 낙양으로 데려왔다.

화타가 조조에게 와서 신중하게 병세를 살피고 진맥을 하더니 말했다.

"이는 풍風으로 인한 병이 틀림없습니다."

조조가 고개를 끄덕이더니 말했다.

"그럴 것이오. 내 지병은 편두통이라 하는데, 그것이 발작하면 심하게 머리가 아프고 며칠 동안 음식도 먹을 수가 없을 정도요. 기왕 이렇게 어려운 발걸음을 하였으니, 내 지병을 치유할 방법이 있는지 찾아봐주시오."

"으음, 그러하시다면……."

화타는 다소 난감한 표정을 지으며 고민했다. 이윽고 화타가 말했다.

"방법이 없는 것도 아닙니다. 하지만 대단히 어려운 수술을 요합니다. 대왕의 지병은 그 병의 뿌리가 머릿속에 있기 때문에 약으로는 효험을 볼 수 없습니다. 단 한 가지 방법이 있는데, 이는 마폐탕을 드시고 의식과 지각을 없앤 후 머리를 열어 풍연風涎의 근원을 제거해야 합니다. 그렇게 하면 십중팔구 깨끗이 나을 수 있을 것입니다."

"만일 열 중 하나라도 잘못되면 어떻게 되는가?"

"송구스럽게도 목숨을 포기할 수밖에 없을 듯합니다."

조조는 크게 노했다.

"돌팔이 의사로다. 너는 내 목숨을 의술의 시험으로 삼으려 하느냐?"

"하하하, 저는 자신이 있습니다만 겸손하게 말씀을 올린 것입니다. 지난날, 형주의 관운장이 독화살을 맞고 괴로워할 때도 제가 가서 그의 팔을 가르고 뼈를 깎아 독을 제거하여 완치시켰습니다. 어찌 대왕께서는 그 정도 수술을 두려워하시어 제 의술을 의심하십니까."

"닥쳐라! 팔과 뇌를 어찌 똑같다 할 수 있는가. 하하, 그러고 보니 너는 관우와 친밀한 사이인 듯하구나. 그래서 내 병을 구실로 삼아 내게 접근하여 관우의 원수를 갚으려는 것이구나. 여봐라, 이자를 포박하여 옥에 처넣어라."

조조는 벌떡 일어서서 화타에게 손가락질하며 욕을 해댔다.

* * *

명의를 만났는데도 조조는 명의의 치료를 거절했다. 게다가 화타의 말을 의심하여 그를 옥에 가두고 말았다. 그것은 조조의 천수도 이제 다했다는 징조였다.

옥졸 중에 오압옥吳押獄이라는 사람이 죄가 없는데도 옥에 갇힌 화타의 처지를 동정하여 술과 음식, 그리고 침구 등을 넣어주었다. 고문을 하라는 명을 받아도 남몰래 비호하며 보고만 올렸다.

그런 그의 마음을 고맙게 여긴 화타가 사람들이 없을 때 눈물을 흘리며 말했다.

"오압옥, 자네의 마음은 고맙네만, 만약 윗사람에게 발각되면 자네는 그 즉시 쫓겨날 것이네. 나는 이미 나이를 많이 먹어서 앞으로 오래 살지 못할 것이니, 앞으로는 부디 상관치 말게나."

"아닙니다. 선생님께 죄가 있다면 저도 결코 이러지 않습니다. 저는 오에 있던 때부터 선생님의 인격과 의술을 깊이 흠모하여 왔습니다. 그러니 그런 걱정은 하지 마십시오."

"그럼, 자네는 오나라 출생인가?"

"예, 성도 오씨입니다. 젊은 시절, 의학을 좋아하여 의술을 공부한 적도 있습니다만, 뜻을 이루지 못하고 이렇게 옥졸이 되어버렸습니다."

"흐음, 그런가. 그렇다면 내가 비전秘典을 책으로 만들어 감춰놓았는데, 은혜에 보답하는 뜻으로 그것을 자네에게 주겠네. 내가 죽은 뒤, 그 의술들을 공부하여 세상의 병자를 구해주게나."

"예? 정말이십니까?"

"지금 고향집에 있는 사람에게 편지를 써놓을 테니 금성의 우리 집에 가서 그 의서를 받아오게. 편지에도 쓰겠지만 서책은 『청낭서靑囊書』라고 하는데, 서고의 깊은 곳에 은밀히 보관하여 아무에게도 보인

적이 없는 것이네."

화타는 고향집에 보낼 편지를 써서 오압옥에게 건넸다. 마침 조조가 중태라는 소식이 전해지자 궁문의 안팎과 각 관청에서 다들 바쁘게 움직였다. 그러다 보니 화타에게 편지를 받은 지도 10여 일이 훌쩍 지나고 말았다.

"위왕의 명이다. 옥문을 열어라."

화타가 있는 옥문을 열자 일곱 명의 병사들이 안으로 들어갔고, 얼마 후 안에서 비명 소리가 들렸다.

오압옥이 뛰어갔을 때에는 피가 묻은 칼을 든 병사들이 유유히 돌아서서 나오고 있었다. 병사들이 그를 돌아보며 말했다.

"오압옥, 위왕께서 매일 밤 꿈에 저자가 나타난다며 죽이라는 명을 내리셨다."

오압옥은 당장 그날 금성으로 떠났다. 그는 화타의 집을 찾아가 편지를 보여주고 『청낭서』를 받아 집으로 돌아왔다. 그가 오랜만에 술을 마시고 아내에게 말했다.

"나는 옥졸을 그만두고 이제부터 의술을 공부하여 천하의 대의가 될 것이네."

그러고는 집에서 잠이 들었다.

다음 날 아침, 오압옥이 일어나 문득 앞마당을 내다보니 아내가 마당에 떨어진 낙엽을 쌓아놓고 불을 지피고 있었다. 오압옥이 깜짝 놀라 소리를 쳤다.

"아니 그게 무슨 짓이오?"

오압옥이 급히 불을 껐지만 『청낭서』는 이미 재로 변해 있었다. 고함을 치며 화를 내는 남편을 보고 아내가 차갑게 대꾸했다.

"설사 당신이 아무리 훌륭한 의원이 된다고 해도 옥에 갇히면 그것으로 끝입니다. 저는 화근이 될 책을 태운 것입니다. 아무리 뭐라 해도 이젠 개의치 않습니다. 남편이 옥에서 죽는 걸 보고만 있을 아내는 없을 테니 말입니다."

그렇게 화타의 『청낭서』는 세상에 전해지지 못하게 되었다.

그리고 그 무렵, 조조의 병은 악화되었고, 낙양은 춥고 근심 어린 겨울을 맞이하고 있었다.

초겨울, 조조는 한차례 위독한 고비를 맞이했지만 12월에 들어서자 회복 기미를 보였다. 그즈음 오의 손권이 보낸 문안 사절이 도착했다.

위가 촉을 친다면 신臣의 군대는 언제라도 양천兩川으로 쳐들어가 대왕의 일익을 맡아 충성을 다할 것입니다.

서찰에 신하 손권이라고 쓸 정도로 손권은 자신을 낮추며 아양을 떨고 있었다.

조조는 병환 중에도 코웃음을 치며 말했다.

"풋내기 손권이 나로 하여금 불 속의 밤을 집게 하려는 수작이구나."

병상에 누워 있던 조조가 잠시 회복하는 기미를 보였다. 그러자 신하들 중 일부가 한조를 폐하고 조조를 대위황제의 자리에 오르게 하여 자신들도 부귀영화를 누리려고 은밀히 움직이기 시작했다.

하지만 조조는 자신은 주周의 문왕文王으로 만족한다고 말할 뿐, 황제의 자리에 오르려 한다는 말은 하지 않았다. 하지만 그 말의 이면에 있는 뜻을 헤아리면, 자신의 아들을 제위에 오르게 하고 자신은 건국의 태조太祖로 숭앙받으면 충분하다는 것이었다.

어느 날 사마의 중달이 조조의 머리맡으로 다가와 간언했다.

"손권이 사자를 보내 스스로를 신하라 칭하며 위에 굴복하여 왔으니, 이 기회에 손권에게 은전을 내려 이를 천하에 보이는 것도 좋지 않을까 싶습니다."

조조는 고개를 끄덕이며 명을 내렸다.

"그도 좋을 듯하구나. 손권에게 표기장군驃騎將軍 남창후男昌侯의 인수를 보내도록 하라. 그리고 형주목荊州牧으로 명한다고 발표하라."

그날 밤, 조조는 세 마리 말이 한 구유에 머리를 들이밀고 먹이를 다투고 있는 꿈을 꾸었다. 아침에 가후에게 꿈 이야기를 하자 가후가 웃으며 말했다.

"말 꿈은 길몽이 아닙니까? 민간에서는 말 꿈을 꾸면 축하를 할 정도입니다."

후일 사람들은 그 꿈이 조조 가문을 대신하여 사마의가 천하를 잡는 전조였다고 해석하기도 했다.

12월 중순부터 조조의 병세는 다시 악화되었다. 일세의 영웅도 병을 이길 수는 없었다. 조조는 밤낮으로 악몽에 시달렸다. 종종 낙양의 전각과 누각 들이 무너져 내리는 소리가 들린다고도 했다. 그리고 그때마다 먹구름 속에서 예전에 자신의 명으로 죽음을 당한 한조의 복황후와 동귀비董貴妃, 그리고 국고 동승 등의 일족이 나타나 피로 물든 백기를 펼쳐보인다고 했다. 또 어떤 때에는 수만 명의 남자와 여자가 일제히 웃다가 사라진다고 했다.

그러자 대신들이 도사를 불러 제사를 지내 화를 물리치자고 했다. 그 말에 조조가 쓴웃음을 지으며 말했다.

"영웅이 죽음에 임하여 도사에게 굿을 청했다는 얘기는 들은 적이 없네. 만약 세상 사람들이 안다면 얼마나 나를 비웃을 것인가."

그리고 얼마 후 조조는 모든 중신들을 머리맡에 불러 모았다.

"내게 네 명의 아들이 있지만, 그들이 모두 영웅호걸이라 할 수 없소. 내 평소에도 그대들에게 이야기했듯이 그대들이 내 뜻을 헤아려 충절을 지키고 나를 섬기는 것처럼 장남인 조비를 앞세워 장구한 대계를 도모하길 바라오. 모두 알겠는가?"

조조는 엄숙하게 말한 뒤, 66년의 생애를 회고하는지 눈물을 흘렸다. 그러고는 일족과 군신이 오열하는 중에 홀연히 마지막 숨을 거두었다.

때는 건안 25년 정월 하순, 낙양성에는 돌과 같은 우박이 쏟아졌다.

* * *

"조조가 죽은 뒤에야 그의 위대함을 알았다네."

"그와 같은 인물은 백 년, 아니 천 년에 한 번 나오기 힘들지."

"조조는 단점도 많았지만 장점도 많았던 간웅이었어. 만약 풍운아 조조가 없었다면 역사가 달라졌을 거야. 그가 없으니 세상이 적막하기 그지없구나."

조조가 죽자 낙양의 백성들은 모이기만 하면 조조의 죽음을 안타까워하며 생전의 일화를 이야기하고 사람됨을 평가했다.

조조는 자신을 한의 상국相國 조참曹參의 후예라고 했지만 이는 사실이 아니었다. 그의 양조부 조등曹騰은 한조의 중상시中常侍, 이른바 환관이었다. 환관이니 당연히 자식이 없었고, 그래서 조조의 부친인 조숭曹嵩을 양자로 데려온 것이었다. 그러니 그다지 좋은 가문은 아니었다. 조조와 원소가 싸울 때, 진림陣琳이 쓴 원소의 격문에서 조조에게 '간엄姦奄 유추遺醜'라고 한 것만 봐도 조조의 신분을 잘 알 수 있다.

또한 조조는 소년 시절 고향을 떠나 낙양으로 유학을 와서 대학을 나왔다. 젊은 시절부터 남자다움을 뽐내며 놀기를 좋아했다. 후일 간신히 궁문지기가 되어 오랫동안 쥐꼬리만 한 녹을 받았다. 이가 들끓는 지저분한 관복 한 벌로 버티면서도 큰소리만 치고 다녀 아무도 그를 상대하지 않았다. 그 시절 그를 본 자장子將이 다음과 같은 말을 하기도 했다.

"자네는 치세治世의 능신能臣, 난세亂世의 간웅일세."

이는 분명 조조의 성격과 생애를 상징한 명언이었다. 조조도 자장의 말을 마음에 들어 했다고 하니, 이미 그때부터 약관의 궁문지기 조조의 가슴에는 천하의 어지러움을 우러르며 저 홀로 굳게 결심한 바가 있었을 것이다.

고서에 기술된 조조의 풍채나 취향 등을 종합해보면 유비처럼 살이 찌지도 않았고 손권처럼 허리가 길고 다리가 짧은 체구도 아니었다. 마른 편으로 키가 컸다. 『조만전曹瞞轉』에는 다음과 같이 기록되어 있다.

경박하여 위엄이 없고 음악을 좋아하여 늘 옆에 악인樂人을 두었으며, 부드럽고 가벼운 비단옷을 입고 항상 수건과 잡다한 것을 넣는 작은 주머니를 차고 다녔으며, 다른 사람과 대화할 때에는 희롱하길 좋아하고 기뻐 크게 웃을 때에는 머리가 상 아래까지 내려가 상 위의 음식들이 날아갈 만큼 추태를 부린다.

이로써 조조의 일상에서의 모습을 상상할 수 있다. 그가 말랐다는 증거는 『영웅전』에서 찾아볼 수 있다. 조조 앞에 끌려온 여포가 "공은 어찌 그리 말랐는가" 하고 야유를 하자 조조가 "정란반왕靖亂反王, 즉 국사를 심려하기 때문이다"라며 오히려 마른 것을 자랑하듯 대답했다.

그리고 밤에는 경서를 읽고 아침에는 시를 읊으며, 특히 여러 가지 책을 많이 읽고, 향당鄕黨을 위해 서원과 서당 등을 세우고, 부府에는 큰 서재를 지어 고금의 병서를 소장하고 자신도 책을 쓰는 등 그는 결코 무인이라고만 할 수 없었다.

다만 조조를 위해서도 애석한 점은, 그의 간웅적인 성격이 만년에 이르러서는 충신의 직언에 귀를 기울이지 않고, 마침내 위왕을 참칭하고 한조의 제위를 찬탈하려는 데까지 이르렀다는 것이다. 그로 인해 그가 젊을 때부터 세상의 군웅들과 싸움을 벌일 때마다 내건 조정을 공경하고 백성을 구한다고 하는 '존조구민尊朝救民'의 대의명분은 자신이 패권을 잡기 위한 거짓에 지나지 않았다는 것을 만년의 조조 스스로가 폭로한 셈이 되고 말았다. 영웅도 늙으면 어리석어진다고 탄식하며 직언한 충신들도 이제 세상을 떠났다. 그렇게 위는 젊은 조비의 세대로 넘어가게 되었다.

조비는 조가의 장남이었다. 그는 조조가 죽을 때 업군성에 있었다. 그래서 업군의 위왕궁에서 부친의 관을 맞이하게 되었다. 부친이 이룬 위대한 업적과 유업을 마주한 조비는 망연자실하여 아무것도 할 수 없었다.

그때 사마부司馬孚가 조비와 중신들에게 말했다.

"태자께서는 이렇듯 슬픔에 잠겨 있을 때가 아닙니다. 좌우의 중신들은 어찌하여 사군嗣君을 위무해서 하루라도 빨리 정사를 돌보게 하거나 민심을 진정시키지 않는 것입니까?"

그 말에 중신들이 대답했다.

"저희도 잘 알고 있소이다. 하지만 무엇보다 시급한 일은 태자께서 위왕의 자리에 오르시는 일입니다. 한데 어찌 된 일인지 조정에서 이를 허락하는 칙명이 내려오지 않고 있소이다."

그러자 병부의 상서 진교陣矯가 앞으로 나서며 거친 목소리로 말했다.

"중신들의 우유부단한 말을 듣고 있자니 참으로 어처구니가 없소이다. 나라에 하루라도 주인이 없는 것은 용납하기 어려운 일입니다. 설사 칙명이 내려오지 않더라도 태자께서 왕위에 오르신다면 누가 감히 따르지 않겠소이까. 만일 이를 부당하다고 생각하는 자가 있다면 당장 내 앞으로 나와보시오."

진교가 칼을 빼들고 주위를 노려보자 중신들이 깜짝 놀라 아무런 말도 하지 못했다.

그때 조조의 심복 중 한 명인 화흠이 허창에서 파발을 보내왔다. 화흠이 업군으로 오고 있다는 소식에 중신들은 무슨 일이 생긴 것인가 하고 마른침을 삼켰다.

이윽고 업군에 도착한 화흠이 먼저 조조의 제단에 머리를 조아려 절을 했다. 그리고 태자 조비에게 백배를 하고 나서 중신들을 둘러보며 말했다.

"위왕께서 승하하셨다는 소식이 전해지자 온 나라의 백성이 하늘의 태양을 잃어버린 듯 땅을 치고 통곡하며 비탄에 잠겨 있소이다. 그대들은 오랫동안 나라의 녹을 먹으면서 오늘 이러한 때, 아무것도 하지 않고 대체 무엇을 주저하고 있는 것인가. 어찌 하루라도 빨리 태자를 왕위에 오르시게 하여 위의 건재함을 천하에 보이지 않는가?"

중신들은 입을 모아 이미 그 일에 대해 의논하고 있다고 말했다. 그리고 아직 조정에서 아무런 하교가 없어 삼가고 있던 참이라고 변명했다.

그러자 화흠이 코웃음을 치며 말했다.

"지금 한의 조정에는 그런 조신朝臣들도 없고, 허창은 정사를 돌볼 능력조차 없는데, 팔짱만 끼고 언제까지 칙명을 기다릴 참인가. 이에 내가 직접 황제께 말씀을 올려 칙명을 받아서 왔네."

화흠은 품속에서 조서를 꺼내 중신들에게 보인 다음 큰 소리로 읽어 내려갔다.

황제는 위왕 조조의 큰 공을 칭송하고 태자 조비에게 조조의 왕위를 이을 것을 명하고 있었다. 그리고 건안 25년 2월 황제의 조서라고 분명하게 써놓았다.

중신들을 비롯해 모든 사람들이 기뻐했다. 하지만 조서의 내용은 황제의 본심이 아니었다. 화흠이 강압적으로 청하여 받아온 것이었다. 어쨌거나 그렇게 해서 명분과 형식이 갖추어졌다.

마침내 조비는 문무백관의 경하를 받으며 위왕의 자리에 올랐다. 그리고 천하에 그 소식을 알렸다.

그 무렵 조비에게 파발이 도착했다.

"언릉후鄢陵侯 조창이 몸소 10만 명의 군사를 이끌고 장안長安에서 이리로 오고 있습니다."

"아니, 아우가?"

조비는 조창을 만나기도 전에 두려워했다. 조창은 조조의 둘째 아들로 형제 중에서 가장 무예가 강했다. 조비는 조창이 자신과 왕위를 다투기 위해 오는 것이라 생각하고 전전긍긍하며 대책을 강구했다.

조조에게는 네 명의 아들이 있었다.

생전에 조조가 가장 사랑스러워했던 아들은 셋째 아들 조식이었지만 조식은 가냘프고 너무나 예술적이고 섬세하기 때문에 자신의 후사를 이을 자질이 없다고 생각했다. 넷째 아들 조웅曹熊은 병이 많고, 둘째 아들 조창은 용맹하지만 세상을 다스릴 재능이 부족했다. 그래서 조조가 후계자로 생각한 아들은 장남 조비였다. 조비는 부모의 눈으로 보아도 정이 많고 겸손하며 다소 세상물정을 모르는 점이 있었지만 좋은 신하를 얻어 보필을 받으면 나라를 잘 이끌어갈 것이라고 생각했다. 그래서 조조는 중신들에게도 유언을 해두었다.

하지만 형제들은 왕위 계승 문제에 대해 각자 다른 생각을 가지고 있었다. 또 그들에게 붙어 있는 신하들 사이에서 암투가 벌어지기도 했다. 그렇다 보니 조비는 형제 중에서도 가장 성격이 거친 조창이 10만 명의 병사를 이끌고 장안에서 온다는 말을 듣고 마음이 편할 리가 없었다.

"너무 심려치 마십시오. 제가 그분의 성격을 잘 알고 있으니, 가서 본심을 알아보겠습니다."

간의대부諫議大夫 가규賈逵가 조비에게 말하고 서둘러 위성 밖으로 나가 조창을 맞이했다. 조창이 그를 보고 말했다.

"아버지의 인새印璽와 인수印綬는 어디에 있는가?"

"집에는 장남이 있고 나라에는 태자가 있으니, 선군의 인수는 마땅히 있을 곳에 있을 것입니다. 한데 어찌 그것을 물으십니까?"

조창은 입을 다물고 말았다.

잠시 뒤 조창이 궁문으로 들어가려 하자 가규가 다시 일침을 가했다.

"오늘 이곳에 오신 것은 부군의 상喪을 위해서입니까, 아니면 왕위를 다투기 위해서입니까? 또 효자로서 오신 것입니까, 아니면 대역 죄인이 되려고 오신 것입니까?"

조창이 불끈 화를 내며 말했다.

"어찌 내게 딴마음이 있겠는가. 내가 온 것은 아버지의 상 때문이다."

"그렇다면 10만 명의 군사를 이끌고 들어가실 필요는 없을 듯합니다. 모두 이곳에서 물려주십시오."

그렇게 조창은 혼자서 형인 조비를 만났고, 형제는 서로 손을 맞잡고 부친의 죽음을 슬퍼했다.

건안 25년(220년) 봄, 조비가 위왕의 자리를 이은 날부터 연호를 개원하여 연강延康 원년으로 고쳐 부르게 되었다.

화흠은 상국, 가후는 태위太尉, 왕랑王朗은 어사대부御史大夫에 올랐다. 그 외에 대소 관료와 무인 모두 포상을 받았다. 그리고 조조의 상이 끝나는 날, 고릉高陵의 분묘에는 특사가 임하여 조조의 시호諡號를 무조武祖라 칭했다.

모든 장례가 끝난 후 상국 화흠이 조비에게 말했다.

"언릉후께서는 10만 명의 군마를 모두 위성에 건네고 장안으로 돌아가셨지만, 조식 공과 조웅 공은 부친의 상에도 오지 않고 아직 즉위에 대한 축사도 없습니다. 이에 명을 내리시어 그 죄를 물을 필요가 있습니다. 그냥 넘어갈 문제가 아닙니다."

조비는 그의 말에 따라 바로 사자를 보내 조식과 조웅에게 죄를 물었다.

이윽고 조웅에게 갔던 사자가 돌아와서 눈물을 흘리며 고했다.

"병환으로 약해지셨는지 죄를 묻는 취지를 고하자 그날 밤 스스로 자결하셨습니다."

조비는 깊이 후회하고 조웅을 위해 정성스레 장사를 지내주었다. 그러는 사이 조식에게 간 사자가 돌아왔다.

* * *

사자가 조비에게 보고했다.

"제가 찾아간 날 임치후臨淄侯께서는 정의丁儀, 정이丁廙 형제와 총신들을 거느리고 전날부터 주연을 열고 계셨습니다. 형님인 위왕의 명을 받든 사자가 왔다는 소리를 들으면 삼가 받들어 맞이해야 할 터인데, 자리에서 일어서지도 않고 제게 술자리를 통과하여 오라고 했습니다. 그것으로도 모자라 신하인 정의가 저를 향해 함부로 입을 놀리지 말라고 하더니 호통을 쳤습니다. 본래 선왕이 계실 때 우리 주군을 태자로 삼으려 했는데, 간신들의 말에 현혹되어 뜻을 이루지 못하고 세상을 떠나셨다, 그런데 장례를 치른 지 얼마 되지 않아 우리 주군에게 죄를 묻는 사자를 보내는 것은 어인 일이냐, 대체 지금의 왕은 우군이란 말이냐, 주위에 좋은 신하도 없단 말이냐, 하며 거침없이 비난했습니다. 또 가신 정이는 우리 주군은 학문과 덕이 높아 세상에 따를 자가 없으며, 태어나실 때부터 왕자의 풍모를 겸비하셨으니 그대가 따르는 조비와는 그 사람됨이 다르다, 특히 너희 묘당의 신하들도 어리석은 범부들뿐이니 이것이 바로 현군과 우군의 차이일 것이다, 라고 말했습니다. 이렇듯 대놓고 저를 비방하며 떠들어대니 어쩔 수 없이 명만을 전하고 황망히 돌아올 수밖에 없었습니다."

조비는 사자의 보고를 듣고 크게 분개했다. 결국 조비의 분노는 형제간의 집안싸움으로 번지게 되었다. 조비의 엄명을 받은 허저가 정예병 3천 명을 이끌고 즉시 조식이 있는 임치로 달려갔다.

"우리는 왕의 엄명을 받은 왕의 군대이다."

허저가 소리치며 성문의 수문장을 베어버렸다. 그는 대적할 틈도 주지 않고 성안으로 밀고 들어갔다. 그러고는 주연을 열고 있던 정의와 정이를 비롯해 조식까지도 모조리 포박하여 수레에 싣고 업군성으로 끌고 왔다.

분노에 치를 떨고 있던 조비가 끌려온 그들을 보며 허저에게 고함을 쳤다.

"먼저 저 두 놈의 목을 쳐라."

순식간에 정의와 정이의 목이 땅에 떨어지자 선홍빛 피가 솟구쳤다.

그때 조비의 뒤에서 분주한 발소리가 들렸다. 이내 늙은 여인이 달려와 조비의 발아래 엎드려 울부짖었다. 조식이 새파래진 얼굴로 여인을 바라보니, 그녀는 자신들을 낳아준 친어머니 변씨卞氏였다.

"아, 어머니."

조식이 일어나서 갓난아기처럼 응석을 부리듯 손을 내밀었다. 그러자 노모가 눈물 어린 눈으로 노려보며 말했다.

"너는 어찌 선왕의 장례에도 오지 않았느냐? 너와 같은 불효자는 세상에 다시없을 것이다."

노모는 조식을 호되게 꾸짖고는 조비의 소매를 잡은 손을 놓지 않고 말했다.

"내 얼마 남지 않은 여생의 소원이니, 잠시 내 말을 들어보아라."

노모는 조비의 손을 잡아끌며 편전의 뒤편으로 데리고 갔다. 그곳에서 노모는 조비에게 형제의 정을 생각해서 조식의 목숨만은 살려달라고 눈물을 흘리며 부탁했다.

"그렇게 슬퍼하지 마십시오. 저도 제 형제를 죽일 생각은 전혀 없습니다. 그저 혼을 내주려고 한 것뿐입니다."

그 후 조비는 그대로 며칠 동안 편전에서 머물렀다. 그가 정사를 돌보는 조정에도 모습을 드러내지 않자 화흠이 와서 그의 기색을 살폈다.

"태후께서 전하께 무슨 말씀을 하셨을 터인데, 어찌 자건子建(조식의 자)을 죽이지 말라는 명을 내리지 않으시는지요?"

"상국은 어디서 그런 말을 들었소이까?"

"어디서 들은 게 아니라 짐작하고 있을 뿐입니다. 하나 대왕의 결심이 어떤지는 저도 잘 모르겠습니다."

화흠은 이어 말했다.

"자건은 재능이 있어 연못 속 이무기로 지낼 위인이 아닙니다. 만일 저대로 내버려두면 주위에서 부추길 것이 뻔하고, 후일 큰 화근이 될 것입니다."

"그렇지만 어머니에게 이미 약속을 했네."

"뭐라고 약속하셨습니까?"

"아우를 죽이는 일은 절대로 없을 거라고……."

화흠은 혀를 차며 말했다.

"사람들이 말하길 자건의 목소리는 문장을 이루어 주옥같이 아름답다 했습니다. 송구스럽게도 그런 사람들의 평판의 뒤에는 모두 대왕의 재능과 덕을 폄하하는 의도가 있습니다."

"그것은 어쩔 수 없는 일 아닌가."

"아닙니다. 이렇게 한번 해보시면 어떻겠습니까?"

화흠이 조비의 귀에 대고 속삭이자 조비의 얼굴에 아우의 재능에 대한 질투심이 끓어올랐다. 간신의 감언이 젊은 주군의 약점을 찌른 것이었다.

"지금 당장 자건을 불러 그의 시재詩才를 시험해보는 겁니다. 만일 잘
못하면 그것을 구실로 죽이고, 만약 소문대로 잘하면 멀리 귀향을 보내
이 난세에 시문에 빠져 있는 나약한 자의 본보기로 삼으면 됩니다."

"좋소. 어서 이리 부르시오."

조식이 조비의 부름을 받고 두려워하며 끌려왔다. 조비가 조식에게
차갑게 말했다.

"너와 나는 사사롭게는 형제지만 국법에 있어서는 군신지간이다. 이
에 네게 묻겠다."

"예."

"너는 선왕께서 시문을 좋아하시는 것을 알고 자주 시를 지어 아첨
을 했지. 그 덕분에 형제 중에서도 가장 귀여움을 받았고. 하지만 다른
형제들은 네 시를 두고 네가 지은 게 아니라 시문에 능한 자가 대신 지
은 거라고 말하곤 했다. 내 오늘 그 말이 참인지 거짓인지 네 시재를 시
험해보고자 한다. 만약 내 의심이 풀리면 목숨은 살려주겠지만 그렇지
못하면 선왕을 속인 죄를 물어 당장 이 자리에서 목을 칠 것이다. 알았
느냐?"

그러자 조식의 어둡던 표정이 환해졌다. 그는 알았다고 흔쾌히 대답
했다.

조비가 벽에 걸려 있는 크고 오래된 그림을 가리켰다. 두 마리 소가
싸우고 있는 수묵화에 오래된 서체로 '이두투장하일우추정사二頭鬪牆
下一牛墜井死(두 마리 소가 싸우다 한 마리가 우물에 떨어져 죽다)'라고 쓰

여 있었다. 조비는 그 글자들을 한 자도 쓰지 않고 투우에 관한 시를 지으라고 했다.

조식은 지필묵을 청한 후 즉시 시 한 편을 지어 형의 손에 건넸다. 조식은 '소[牛]'라는 글자도 '싸운다[鬪]'라는 글자도 쓰지 않고 훌륭한 시를 지었다.

조비는 물론 중신들도 혀를 내두르며 그 재능에 감탄했다. 화흠은 당황하여 무언가를 써서 몰래 조비에게 건넸다. 조비는 그것을 보고는 큰 소리로 다음 시제를 말했다.

"자, 일어서서 실내를 일곱 걸음 걸어라. 만일 일곱 걸음을 걷는 동안 시 한 편을 짓지 못하면 네 목은 여덟 걸음에 떨어질 것이다."

"예, 알겠습니다."

조식은 벽을 향해 한 발, 두 발, 세 발…… 걸음을 옮길 때마다 함께 시를 읊었다.

콩깍지를 태워 콩을 볶는데	煮豆燃豆萁
가마솥 속에서 콩이 우는구나	豆在釜中泣
본시 한 뿌리에서 나왔거늘	本是同根生
어찌 그리 심하게 볶아대는가	相煎何太急

시를 들은 조비는 물론이고 군신들 모두 눈물을 흘렸다. 조식의 시가 조식의 목숨을 구한 것이다. 그날 조식은 안향후安鄉侯로 지위가 낮춰졌고, 위왕궁에서 나와 말 한 필에 의지해 초연히 사라졌다.

102
유봉의 목을 치는 유비, 제위에 오르는 조비

유비는 관우를 돕지 않았던 양아들 유봉의 목을 치고,
조비는 헌제의 선위禪位 조서를 두 번 사양하고 황제의 자리에 오른다

한중왕 유비는 건안 25년을 기해 예순 살이 되었다. 위의 조조보다
여섯 살 아래였다.

조조의 죽음은 성도에도 전해졌고, 오랜 세월 숙적이었던 유비의 가
슴속에도 일말의 아쉬움이 남았다. 유비는 조조와의 지난 싸움을 되돌
아보면서 자신의 나이를 실감했다.

나이를 먹으면 참을성이 없어진다는 말은 이러한 심리가 무의식중
에 작용하기 때문일 것이다. 유비는 자신이 살아 있을 때, 오를 정벌하
고 위를 멸망시키고 싶은 마음에 초조해졌다.

그즈음 유비는 위의 조비가 왕위에 올라 조정을 소홀히 한다는 소문을 들었다. 어느 날 유비는 문무백관들을 불러 모아 위의 부도덕함을 질타하고 앞서 간 관우를 그리워하며 말했다.

"먼저 오에게 관우의 복수를 하고 위를 치려고 하는데 그대들의 의견은 어떠한가?"

사람들의 눈이 빛났다. 지금 촉의 국력은 충분했고 유사시에 대비한 병마도 넉넉했다. 유비의 눈빛은 그 누구도 거역할 수 없을 만큼 의지로 불타올라 있었다.

요화가 앞으로 나서며 말했다.

"관운장을 죽음으로 내몬 건 유봉과 맹달이었습니다. 오에 복수를 하기 전에 그들을 응징해야 합니다."

유비가 고개를 끄덕이며 말했다.

"단 하루도 그것을 잊은 적이 없소. 즉시 유봉과 맹달을 불러들여 처단해야겠소."

그러자 곁에 있던 공명이 간했다.

"급히 그들을 불러들이면 분명 의심할 게 뻔합니다. 우선 두 사람을 적당한 군郡의 태수로 임명한 후, 방도를 찾는 것이 좋을 듯합니다."

공명의 말에 사람들이 모두 감탄했다.

그런데 그날 군신 중에 팽의彭羲가 있었다. 그는 평소에 맹달과 아주 친밀한 사이였다. 그는 회의가 끝나자 서둘러 집으로 돌아가 맹달에게 위험을 알리는 서신을 썼다. 하지만 그 밀서를 전하러 가던 하인이 성의 남문 바깥에서 마초의 야간 검문병에게 붙잡혔다.

마초는 밀서의 내용을 보고 분명히 확인하기 위해 팽의의 집을 찾아가 그를 떠보기로 했다. 아무것도 모르는 팽의는 마초가 오자 반갑게 맞았다. 마초와 밤늦게까지 술을 마시던 팽의가 마초의 꼬임에 넘어가 넌지시 말했다.

"만일 상용의 맹달이 군사를 일으킨다면 장군도 성도에서 호응하는 것이 어떻겠소? 우리에게 충분한 승산이 있소이다. 장군과 같은 대장부가 언제까지 유비의 개 노릇에 만족하고 있을 수 없지 않겠소이까."

팽의는 마침내 속내를 털어놓고 말았다.

다음 날, 마초는 유비를 만나 팽의의 밀서를 건네고 어젯밤의 일을 전부 고했다. 유비는 당장 팽의를 붙잡아 감옥에 처넣으라고 명한 뒤 내통하고 있는 무리가 또 있는지 조사했다.

팽의는 후회하며 옥중에서 참회의 글을 써서 살려달라고 호소했다.

유비가 그 글을 보고는 마음이 움직였는지 공명에게 어떻게 하면 좋을지 물었다. 공명은 냉정하게 고개를 저으며 말했다.

"반골이 있는 자는 한때 은혜를 입어도 후일 반드시 그 반골을 드러내기 마련입니다."

그날 밤 팽의는 옥에서 죽음을 맞이했다.

팽의가 죽었다는 소식을 들은 맹달이 신변의 위험을 느끼자 그의 부하 신탐申耽과 신의申義 형제가 위로 도망치면 조비가 중용할 것이라며 항복을 권했다.

그날 밤 맹달은 유봉에게도 알리지 않고 5, 60명의 병사를 데리고 성을 빠져나갔다.

밤이 새고 맹달의 탈주 소식을 들은 유봉이 믿기지 않는다는 표정으로 말했다.

"그의 부하들도 모두 남아 있고 어제도 이상한 점이 없었으니 사냥이라도 갔을 것이다."

주위 신하들이 이런저런 수상한 점을 이야기해도 좀처럼 믿으려 하지 않았다. 그런데 국경으로부터 전령이 와서 약 50여 명의 기병이 관문을 뚫고 위로 들어갔다고 보고했다.

유봉은 당황하여 급히 추격대를 이끌고 달려갔지만 허탕을 치고 돌아왔다.

"어찌하여 맹달은 관직과 군대를 버리고 위로 도망친 것일까?"

도무지 짐작이 가지 않았던 유봉은 그저 의아해하기만 했다. 이윽고 성도의 급사가 한중왕의 명을 전하러 왔다.

맹달이 배신을 했으니 수수방관만 하지 말고 즉시 상용과 면죽綿竹의 병사들과 함께 그를 쫓아 목을 치라는 내용이었다.

이것은 공명의 계책이었다. 본래 유비는 성도의 촉군을 보내 처리하려고 했다. 하지만 공명이 유비를 설득했다.

"유봉에게 맹달을 추격하여 목을 칠 것을 명하면 두 사람 중 누가 이기고 지든 유봉은 성도로 돌아올 수밖에 없으니, 그때 유봉을 처단하는 것이 가장 좋은 방법입니다."

한편 위에 투항한 맹달은 조비에게 심문을 받았다. 조비는 내심 맹달의 투항을 환영하면서도 반신반의하며 물었다.

"유비는 그대를 각별히 대하였는데 대체 무슨 연유로 위에 왔는가?"

"주군이었던 유비는 관우군이 위기에 직면했을 때, 맥성으로 구하러 가지 않았던 일을 책망하고 있습니다. 제가 관우를 죽였다고 여기고 저를 해치려 한다는 사실을 알게 되었기 때문입니다."

그때 양양 방면에서 유봉이 군사 5만 명을 이끌고 국경을 넘어 공격해오고 있다는 급보가 들어왔다. 조비는 맹달을 시험하기 좋은 기회라 생각했다.

"양양에는 하후상과 서황 등이 있으니 걱정할 바는 없지만, 그래도 그대가 유봉의 목을 가져올 수 있겠는가? 그대를 어떻게 처리할 것인가는 그 후에 생각하겠노라."

조비는 맹달을 산기상시散騎常侍 건무장군建武將軍으로 임명하고 양양으로 보냈다.

맹달이 양양에 도착했을 때, 유봉의 군세는 이미 80여 리 밖까지 와 있었다. 맹달은 한 통의 서찰을 써서 유봉의 진영으로 보냈다.

유봉이 서찰을 펼쳐보니 다음과 같은 우정 어린 뜻이 담겨 있었다.

> 나는 생각이 있어 위의 신하가 되었소. 그대도 위에 투항하여
> 부귀를 약속받으면 어떠하시오. 그대와 한중왕은 양부자지간
> 이지만, 본래 그대는 나후자羅侯子의 아들이오. 유씨의 적통은
> 이미 한중왕의 아들이 잇게 되어 있으니, 이참에 위로 옮겨와
> 나후자의 부흥을 꾀하는 것이 어떠하시오.

유봉이 서신을 찢어발기며 말했다.

"내 오늘까지 그에게 얼마간의 우의가 남아 있었는데, 어찌 내게 이렇게 불충불효를 권할 수 있단 말인가."

유봉은 전령의 목을 베고 바로 양양성으로 진격했다.

하지만 유봉은 연전연패했다. 맹달은 항상 위군의 선두에서 유봉의 군대를 괴롭혔다. 또한 양양성에는 위의 용장인 서황과 하후상이 있기에 유봉은 도저히 위군을 이길 수 없었다.

참패를 거듭하던 유봉군은 세 장수에게 포위되어 괴멸에 가까운 타격을 입고 상용으로 패주해왔다. 하지만 상용도 어느새 위군에게 점령당한 상태였다.

유봉은 어쩔 수 없이 백여 기의 패잔병을 데리고 성도로 도망칠 수밖에 없었다. 결국 공명의 선견지명이 들어맞고 말았다.

유봉이 패하고 돌아왔다는 소식을 들은 유비는 그를 당상에 올리지 말라고 명했다. 그러고는 공명의 얼굴을 보며 탄식했다.

유비가 무거운 발걸음을 옮겨 전각 아래에 엎드려 있는 양자 유봉을 힐끗 보더니 말했다.

"욕된 아들이 무슨 면목으로 이곳으로 돌아왔느냐?"

유봉은 그제야 얼굴을 들었다.

"숙부를 위험에서 구하지 못한 것은 제 본의가 아니었습니다. 당시 맹달이 너무나 완강히 반대하여서 그만 그의 말에 속아 넘어가 원군을 보내지 못했습니다."

유비는 눈썹을 찡그리며 화를 냈다.

"닥쳐라. 지금에 와서 그런 변명이 통할 줄 알았더냐. 사람 된 도리로 맹달의 간계에 동조하여 숙부를 죽게 만들다니 참으로 짐승만도 못한 놈이구나. 꼴도 보기 싫으니 어서 썩 물러가거라."

유비는 오랜 세월 키워온 자식에 대한 정 때문에 눈물이 고였지만, 호되게 꾸짖으며 아들을 외면했다.

"오로지 제 불찰입니다. 아니 죽을죄를 지었습니다. 부디 이번 한 번만 용서해주십시오."

유봉은 눈물을 흘리며 머리를 땅에 찧어댔다. 하지만 유비는 목석처럼 혈육의 정을 억누르며 아들을 외면했다.

그러는 사이 유봉은 갓난아이처럼 울음을 터뜨리며 통곡했다. 유봉의 통곡 소리를 듣고 유비는 가슴을 도려내는 듯한 통증을 느꼈다. 마침내 유비의 성난 눈썹이 아비의 얼굴로 변하려 했다.

그때 입을 다물고 지켜보던 공명이 유비에게 눈길을 보내 약해지는 마음을 다잡게 했다. 유비는 급히 일어서며 말했다.

"여봐라, 어서 저놈을 끌고 나가 목을 치도록 하라."

유비는 좌우의 신하들에게 그렇게 말하고는 고개를 숙이고 도망치듯 안으로 들어가버렸다. 유비가 홀로 벽을 바라보고 있는데 늙은 시랑侍郎이 멈칫멈칫 들어와 말했다.

"제가 양양에서 도망쳐온 부하들에게 이것저것 물어보니 유봉 장군께서는 상용에 계실 때부터 죄를 깊이 뉘우쳤으며, 맹달이 위로 도망간 후에는 더욱 참회하셨다 합니다. 그리고 양양의 진영에서도 맹달이 보낸 항복을 권하는 서신을 찢어버리고 그 전령을 죽인 후 싸움에 임했다 하니 그 마음을 능히 헤아릴 수 있습니다. 부디 이런 점들을 헤아리시길 저희 중신들이 간절히 바라옵니다."

유비도 양아들을 살리고 싶었지만 나라의 기강을 위해서는 어쩔 수 없었다. 그도 은근히 누군가 와서 살려주라는 말을 해주길 바라던 참이었다.

"음, 그에게도 한 가닥 양심이 있었구나. 충과 효가 무엇인지 다소간 분별하고 있는 듯하다. 부덕한 자이지만 죽일 필요까진 없을 듯하구나."

유비는 늙은 시랑을 급히 보내 왕명을 전하라 했다. 그런데 그때 무사들이 유봉의 목을 쳐서 그것을 들고 왔다.

"아니, 그렇게 빨리 목을 쳐버렸더냐? 아, 내가 너무 경솔하게 또 한 사람을 죽이고 말았구나. 아아, 참으로 비통하다."

유비가 그렇게 중얼거리며 한탄하자 공명이 들어와 조용히 말했다.

"저도 목석이 아닌 이상, 주상의 마음은 잘 알고 있습니다. 하지만 나라의 대계를 생각한다면 한 명의 욕된 아들을 그리 애석해하지 마십시오. 이 정도 슬픔에 범부와 같이 통곡을 하신다면 어찌 대업의 기틀을 세울 수 있겠습니까. 주군은 한중의 왕이십니다."

"……."

유비는 고개를 끄덕였다. 하지만 후일 이 일은 예순의 노령인 그에게 병의 원인이 되고 말았다.

* * *

위는 건안 25년을 연강延康 원년으로 개원했다. 그리고 위왕 조비는

6월에 문무백관과 정예병 3만 명을 거느리고 선친인 조조의 고향과 패국沛國 초현譙縣에 있는 선조의 묘소를 찾아 제를 올렸다.

관민들은 거리를 청소하고 의장의 행렬이 지나가자 엎드려 절을 했다. 특히 고향인 초현에서는 저잣거리마다 술과 떡을 헌상했고, 사람들은 서로 축하를 나누며 말했다.

"고조高祖가 패국의 고향을 찾은 전례는 있지만, 이렇게까지 성대하지는 않았지."

그 후 조비는 하후돈이 위독하다는 연락을 받고 묘제가 끝나자마자 바로 돌아왔다. 하지만 하후돈은 이미 죽은 후였다.

조비는 선대 이래의 공신을 위해 예를 다해 장사를 지냈다.

"흉사는 뒤를 이어온다더니 올해는 정월 이래로 반년 동안 상만 치르는구나."

조비가 중얼거리자 신하들의 마음도 편치 않았다. 하지만 8월 이후로는 신기하게도 좋은 일만 이어졌다.

"석읍현石邑縣의 마을에 봉황이 나타났다고 합니다. 개원 원년에 대길이라 하여 현민의 대표가 축하를 드리기 위해 왔습니다."

그 말을 듣고 조비는 크게 기뻐했는데, 며칠 후 또 다른 길사吉事가 올라왔다.

"임치臨淄에 기린이 나타났다며 마을 사람들이 우리에 기린을 넣어 헌상하러 왔습니다."

가을이 끝나갈 무렵에도 업군의 한 지방에서 황룡이 출몰했다는 소식이 전해지는 등 길조가 끊이질 않았다. 이런 길조가 이어지던 어느 날, 중신들이 모여 의논을 했다.

"여러 가지 상서로운 길조들이 나타나는 것은 위가 한을 대신하여 천하를 다스리라는 하늘의 뜻이오. 속히 헌제를 뵙고 위왕께 제위를 선양禪讓하시도록 청해야 하오."

그들은 그렇게 공공연히 제위를 빼앗을 음모를 획책했다.

마침내 시중인 유이劉廙, 신비辛毗, 유엽劉曄, 상서령 환계桓階, 진교, 진군陳群 등 문무관 40여 명이 연판장을 들고 중신인 태위 가후와 상국인 화흠, 어사대부 왕랑을 설득했다.

"우리도 일찍부터 생각해오던 일이오. 선군인 무왕의 유언도 있고 하니 분명 위왕께서도 이견은 없을 것이오."

세 중신의 생각도 그들과 일치했다.

드디어 왕랑, 화흠, 중랑장 이복, 태사승太史丞 허지許芝 등 위의 신하들이 허도의 내전으로 들어가 황제를 만났다.

"황송하오나 이젠 한조의 기운이 다한 듯합니다. 천명에 따라 제위를 위왕께 선위禪位하시길 주청드립니다."

헌제의 나이는 아직 서른아홉밖에 되지 않았다. 아홉 살 때 동탁에게 옹립되어 황제의 자리에 올라 전란 중에 몇 번이고 피난을 가고 굶주림에 떨다 간신히 허창을 수도로 삼아 정착했다. 하지만 그 후 조조의 전횡과 위의 신하들의 무례함에 시달렸고, 그러다 보니 후한의 황실과 조정의 위엄은 없는 것이나 마찬가지였다. 그의 황제로서의 생애는 신산辛酸 그 자체였다.

"짐의 부덕으로 그저 나 자신을 원망할 수밖에 없으나, 비록 재주가 없다 하여 어찌 조종祖宗의 대업을 함부로 버릴 수 있겠소. 공의公儀에 부쳐 다시 한번 공정하게 논의하시오."

헌제는 그렇게 말하고 내전으로 들어가버렸다.

그 후에도 화흠과 이복 등이 끊임없이 황제를 찾아와 기린과 봉황의 상서로운 조짐을 이야기하며 고했다.

"신들이 밤에 천문을 보니 한의 기운은 이미 쇠하고 제왕성帝王星은 그 빛을 잃었습니다. 이에 반해 위왕의 건상乾象은 천지에 무궁하여 가득합니다. 이는 바로 위가 한을 대신한다는 징조입니다. 사천대司天臺 역관들도 모두 그리 말을 하고 있습니다. 또 지난날 삼황오제三皇五帝께서도 덕으로 제위를 양보했습니다. 그동안 이러한 천리를 거역하면 자멸을 초래하거나 다음 세대에 의해 쫓겨났습니다. 한조 4백 년이 지나 폐하의 부덕으로 그 시기가 도래하였사오니, 부디 깊이 생각하시어 주저하거나 스스로 화를 부르는 일이 없도록 하시옵소서."

위의 신하들이 협박에 가까운 말을 해도 헌제는 완고했다.

"상서로운 조짐이나 천문 등은 모두 허망한 것이며 속설에 지나지 않을 뿐이오. 한고조漢高祖께서 삼척검으로 진秦과 초楚를 멸하신 이래 짐에 이르기까지 4백 년, 내 어찌 가벼이 불후의 기업을 버릴 수 있겠는가."

헌제는 의연히 그들의 말을 물리며 굴복할 기색을 보이지 않았다. 하지만 그사이 위왕의 위력은 한층 높아졌고, 한조의 조정은 그들의 회유와 협박에 잠식되어갔다. 이미 한조의 충신 대부분이 죽거나 늙거나 조정에서 물러난 상태라 강단 있는 신하가 거의 없었다. 위의 권세에 아첨하고 두려워하고 눈치를 보는 신하들만 남아 있을 뿐이었다.

그 후 헌제가 조정에 나가도 병이나 선조의 제사를 핑계로 모습을 드러내지 않는 문무 신하들의 수만 늘어갔다. 조정에는 황제 혼자뿐이었다.

"아아, 어찌하면 좋단 말인가."

헌제는 홀로 눈물을 흘렸다. 그때 그의 뒤에서 조황후가 다가와서 말했다.

"폐하, 오라버니인 위왕께서 보낸 사자가 저를 데리러 왔습니다. 부디 옥체를 보존하소서."

조황후는 의미심장한 말을 남기고 총총히 사라졌다.

헌제는 황후가 다시 돌아오지 않을 것을 깨달았다.

"그대까지 나를 버리고 가는 것인가."

헌제가 황후의 소매를 붙잡았지만 황후는 그대로 전각 앞에 있는 수레에 올랐다. 헌제가 황후를 쫓아가자 그곳에는 화흠이 있었다.

"폐하, 어찌 소신의 간언에 따라 화를 피하지 않으시옵니까? 이러고 계시면 그 화를 피하기 어렵사옵니다."

화흠은 예도 취하지 않고 교만하게 말했다.

평소에 참을 만큼 참았던 헌제가 몸을 떨며 진노했다.

"너는 신하 된 자로서 지금 무슨 말을 하는 것인가. 짐이 황제에 오른 지 30여 년 동안 한 번도 악정을 명한 적이 없다. 만일 천하에 오늘의 정사를 원망하는 자가 있다고 한다면 그것은 오로지 위의 전횡에 의한 것이거늘, 어느 누가 짐을 원망하고 한조를 탓하겠느냐."

그러자 화흠이 황제의 옷소매를 붙잡고 거친 목소리로 말했다.

"폐하, 신들은 결코 불충한 마음으로 드리는 말이 아니옵니다. 오로지 폐하를 생각하는 마음에 만일의 사태를 걱정할 따름이옵니다. 지금은 그저 한마디만으로 족하옵니다. 윤허하시는지, 아닌지만 말씀해주시옵소서."

"……"

헌제는 떨리는 입술을 깨물고 침묵을 지켰다. 그러자 화흠이 왕랑에게 눈짓을 했다. 이를 본 헌제가 급히 편전으로 들어가버렸다.

궁중의 여기저기에서 분주한 발소리가 들리기 시작했다. 조휴와 조홍이 검을 차고 내전으로 들어가더니 소리를 지르며 황제의 옥새와 보물을 관리하는 부보랑符寶郞을 찾았다. 그러자 늙은 신하가 무서워하는 기색도 없이 두 사람 앞에 다가갔다.

"제가 부보랑 조필祖弼입니다만……."

"음, 네가 부보랑을 맡고 있는 자인가? 옥새를 우리에게 가져오라."

"그대들은 제정신으로 그런 말을 하는 것인가?"

"가져오지 않겠다는 것이냐?"

조홍이 검을 뽑아 조필의 얼굴에 들이댔다. 하지만 조필은 굴하지 않았다.

"옥새가 황제의 보물이라는 건 삼척동자도 알거늘, 어찌 신하 된 자가 가져오라 말라 할 수 있단 말이냐. 천하의 도리와 예의도 모르는 자들이로다. 어서 썩 물러가거라."

조홍과 조휴는 격분하여 조필을 밖으로 끌고 나와 목을 쳤다.

이미 궁궐 안은 갑옷을 입고 칼을 든 위의 병사들로 가득했다. 헌제가 급히 중신들을 모아 눈물을 흘리며 비장한 목소리로 말했다.

"조종 이래 역대의 업이 짐의 대에 이르러 끊기다니, 이는 다 내 부덕함 때문이오. 짐은 선제들을 뵐 면목이 없소이다. 일이 이 지경까지 이르렀으니 어찌하겠는가. 이제 짐은 위왕에게 제위를 넘기고 오로지 만민이 안온하기를 빌려 하오."

헌제가 눈물을 흘리며 말하자 중신들도 오열하며 같이 통곡했다. 그때 가후가 불쑥 들어와서는 말했다.

"폐하, 잘 결심하셨습니다. 어서 빨리 조서를 내려 궐하闕下에 피를 보는 일이 없도록 하시옵소서."

가후는 즉시 환계와 진군 등을 불러 강제로 나라를 넘긴다는 조서를 짓게 했다. 조서가 완성되자 가후는 옥새를 건네받은 후 화흠을 칙사로 하여 위왕궁에 바치게 했다.

"오, 가지고 왔는가?"

조비가 조서를 바로 받으려 하자 사마의 중달이 당황하며 간했다.

"아니 됩니다. 그렇게 가벼이 받으시면 아니 되옵니다."

그러고는 조비에게 눈짓을 하며 이어 말했다.

"무엇이든 세 번은 사양한 후 겸손히 받는 것이 세상의 예의범절입니다. 하물며 천하를 얻는 일인데, 세상의 비난을 받지 않기 위해서라도 보다 엄정하게 고사하는 모습을 보여주시는 게 좋을 것입니다."

조비는 사마의 중달의 의도를 알아차렸다.

"이 몸은 덕이 부족하여 황제의 제위를 잇기에 부족하니 따로 어진

이로 하여금 제위를 잇게 하는 게 옳은 듯싶습니다."

조비는 왕랑에게 표문을 짓게 하여 일단 옥새를 되돌려 보냈다.

조비의 표문을 받은 헌제가 당황해하자 헌제의 옆을 지키던 화흠이
말했다.

"지난날, 요제堯帝에게 아황娥皇과 여영女英이라는 두 딸이 있었습
니다. 요제가 순舜에게 세상을 넘기려 하자 순은 이를 사양했습니다.
이에 요제는 두 딸을 순왕에게 시집보내 후일 제위를 넘긴 예가 있습
니다. 폐하, 이를 잘 헤아리시옵소서."

다음 날, 헌제는 다시 고묘사高廟使 장음張音을 칙사로 삼아 두 황녀
와 함께 옥새를 위왕궁으로 보냈다.

이에 조비가 크게 기뻐하자 이번에는 가후가 안 된다며 만류했다. 조
비는 다시금 칙사를 돌려보내야 했다. 그 후 조비가 가후에게 물었다.

"요순의 일화도 있는데 어찌 이번에도 사양하라 하였소?"

"천하와 후대의 사람들이 제위를 찬탈했다고 비방하는 것을 막기
위해서라도 그렇게 서두르실 필요가 없사옵니다."

"그럼 세 번째 칙사를 기다리란 말이오?"

"아닙니다. 이번에는 화흠을 시켜 수선대受禪臺라 하여 높은 대를 만
들게 하고 길일을 택해 황제가 직접 위왕께 옥새를 내리고 제위를 물
려주는 의식을 행하도록 해야 합니다."

그해 10월, 번양繁陽에 수선대가 완성되었다. 세 겹의 높은 대와 식
전의 네 문은 휘황찬란하게 장식되었고, 조정과 왕부의 관원 수천 명
과 어림군 8천 명, 호분虎賁의 군대 30만 명이 정기와 기치를 들고 수

선대 아래 도열했다. 그 외에 흉노의 흑동黑東과 변방에 이르기까지 많은 사람이 모여들었다.

10월 경오일庚午日 인시寅時(새벽 4시), 마침내 헌제는 수선대에 올라 떨리는 목소리로 제위를 위왕에게 물려준다는 조서를 읽었다.

조비가 선위禪位의 대례의식大禮儀式 후 수선대에 올라 옥새를 받고 헌제가 눈물을 흘리며 수선대에서 내려오자 천지만물의 소리를 뒤덮는 듯 일제히 주악奏樂이 울리고 만세 소리가 하늘을 가득 메웠다. 그리고 그날 저녁 큰 우박이 비처럼 쏟아졌다.

조비, 아니 위제魏帝는 국호를 대위大魏라 정했고, 연호도 황초黃初 원년元年(220년)으로 고쳤으며, 죽은 조조의 시호를 '태조무덕황제太祖武德皇帝'라 했다.

이제 남은 문제는 헌제를 처리하는 것이었다. 위제의 사자가 헌제의 거처를 찾았다.

"인자하신 금상今上께서 너를 죽이지 않고 산양공山陽公으로 봉하셨으니, 당장 산양으로 가서 두 번 다시 모습을 보이지 말라."

산양공은 몇몇 옛 신하들과 함께 한 마리 말을 타고 겨울 하늘 아래로 사라졌다.

103
대촉 황제 유비와 장비의 죽음

제위에 오른 유비는 마침내 관우의 원수를 갚고자 대군을 이끌고 오로 출정하고,
장비의 명령에 불만을 품은 범강과 장달은 장비를 죽이고자 하는데……

　촉의 성도에 있는 유비는 조비가 대위 황제의 자리에 올랐다는 소식을 듣고는 비통해하며 통한의 눈물을 흘렸다.

　다음 해, 허창에서 쫓겨난 헌제가 죽었다는 소식이 전해지자 유비는 헌제에게 효민황제孝愍皇帝라는 시호를 올리고 정성껏 제사를 지낸 후 일체의 정무를 보지 않았다. 모든 일을 공명에게 일임한 채 음식도 제대로 먹지 않는 날이 많았다.

　공명의 가슴속에는 내외의 공무부터 촉의 앞날에 대한 근심까지 수많은 문제가 산적해 있었다. 그때 두 사람의 나이는 유비가 벌써 예순

한 살, 공명이 아직 젊은 마흔한 살이었다.

후한의 조정이 망한 다음 해 3월이었다. 양양의 장가張嘉라는 늙은 어부가 공명을 찾아왔다.

"어젯밤 양강襄江에서 그물을 치고 있었는데 한 줄기 빛이 나와 보니 이것이 있었습니다."

늙은 어부가 가져온 것은 황금 인장이었다. 인장에는 '수명우천受命于天 기수영창旣壽永昌'이라는 여덟 글자가 새겨져 있었다.

공명이 그것을 보자 깜짝 놀라며 말했다.

"이것은 한의 옥새이다. 낙양 대란 때 한의 가문에서 없어진 후 오랫동안 행방이 묘연했던 그 비보임에 틀림없다. 조비에게 건네진 것은 조정에서 임시로 만든 옥새일 것이다."

공명은 급히 태부 허정과 광록대부 초주 등을 불렀다.

"이것이야말로 한조의 종친이신 한중왕께서 한의 정통을 이어야 한다는 하늘의 계시임에 틀림없습니다."

"그러고 보니 근래 성도의 서북 하늘에 매일 밤 상서로운 기운의 빛이 솟아오르고 있었습니다."

며칠 후, 공명은 중신들과 함께 유비의 처소를 찾았다.

"지금이야말로 황제의 제위에 올라 한조의 정통을 바로 세우고 조묘祖廟의 영령을 달래고 만민의 안위를 걱정할 때입니다."

공명이 유비에게 제위에 오르기를 청하자 유비가 깜짝 놀라 말했다.

"그대들은 나를 후대에 불충불의한 자로 만들 셈인가?"

공명이 자세를 바로 하며 말했다.

"역적의 아들 조비와 주군을 동일시하는 것이 아닙니다. 대역 죄인 조비를 벌할 자는 경제의 적통을 이어받은 한중왕밖에 없습니다."

"내 비록 경제의 후손이었다고는 하나, 그 신분이 떨어져 탁군涿郡의 촌부였고, 한중왕에 올랐지만 아직 왕덕을 베풀지 못하였으며, 또 후한이 망했다고 하여 내가 그 뒤를 잇는다면 나 역시 조비와 같은 역적의 무리가 될 것이오. 그러니 두 번 다시 그런 말은 꺼내지 마시오."

공명은 아무 말 없이 물러갔다. 그리고 그날부터 병을 핑계로 일절 얼굴을 보이지 않았다.

"군사의 병이 그토록 중태인가?"

유비는 걱정이 들기 시작했다. 이윽고 더는 참지 못하고 직접 공명의 집을 방문했다.

공명은 공축하여 옷을 갈아입고 유비를 맞았다. 공명의 방으로 들어온 유비가 말했다.

"누워 있지 않고 어찌 무리하여 일어나 계시오. 어서 자리에 누우시오."

"황송하옵니다. 이처럼 누추한 곳까지 병문안을 오시니 뭐라 황송하여 여쭐 말이 없습니다."

"마른 듯하시구려. 침식寢食은 어떠하시오?"

"그다지 편치 않습니다."

"대체 무슨 병이오?"

"마음의 병입니다."

"마음의 병이라니?"

공명은 눈을 감았다. 그리고 유비가 몇 번을 물어도 별다른 대답을 하지 않았다.

"군사, 내가 일전의 진언을 물리쳐 그것이 병의 근원이 된 것이 아니오?"

"그렇습니다. 신이 초막을 나온 지 10여 년, 주군을 섬겨 이제 파촉을 취하여 간신히 하나의 이상을 이룬 듯합니다. 하나 이제 만대의 기초를 세우고 그 위업을 다져나감에 있어 어찌 된 일인지, 주군께서는 세상의 비방을 두려워하고 일신의 명분에 집착하여 천하대업의 뜻을 접으신 듯합니다. 작금의 난세를 평정하고 만대에 이르는 태평성대의 초석을 다지는 일은 하늘이 정한 자만이 이룰 수 있는 것으로 뜻만 세운다 하여 누구나 이룰 수 있는 일이 아닙니다. 불초 제갈량, 초려를 나와 주군을 섬긴 것은 주군께서 바로 그러한 인물이라고 믿었기 때문입니다. 또한 당시 분명 주군께서도 백세만민을 위해 큰 뜻을 품고 계셨습니다. 그런데 오늘에 이르러 주군께서 작은 성취에 만족하고 일신의 무사만을 도모하게 되었음을 생각하면 신의 병은 점점 더 중해지는 듯합니다."

본래 유비는 대단히 명분을 중시하는 사람이자 세상의 명예와 평판에 민감한 성격이었다. 그러니 그 문제만큼은 공명의 뜻에 쉽사리 따를 생각이 없었다. 하지만 주위의 형세와 내부의 움직임은 유비의 그런 나약함을 허락하지 않았다.

"잘 알았소. 내가 너무 편협하게 생각했던 것 같소. 이대로 잠자코 있으면 세상은 내가 조비의 즉위를 인정하는 것처럼 생각할 것이오.

군사의 병이 나으면 반드시 군사의 진언을 받아들이겠소이다."

유비는 그렇게 약속하고 돌아갔다.

며칠 후, 공명은 밝은 모습으로 나타났다. 태부 허정, 안한장군安漢將軍 미축, 청의후靑衣侯 상거尙擧, 양천후陽泉侯 유표劉豹, 치중종사治中從事 양홍楊洪, 소문박사昭文博士 이적, 학사學士 윤묵尹黙 등 모든 문무관은 날마다 회의를 하고 대전大典의 전례典例를 조사하거나 즉위식 준비를 위해 분주했다.

건안 26년 4월, 유비는 성도의 무단武担 남쪽에 큰 대를 쌓고 임금이 타는 가마인 난가鸞駕를 탄 채 궁문을 나왔다. 그러고는 수천수만의 군대와 문무관이 만세를 외치는 중에 옥새를 받았다. 이윽고 유비는 촉의 황제에 오르는 취지를 만천하에 알렸다.

대례가 끝나자 연호를 장무章武 원년으로 개원하고 국호를 대촉大蜀으로 정했다. 위에는 대위 황제가, 촉에는 대촉 황제가 탄생했으니, 하늘에 두 개의 태양은 없다는 천고의 철칙이 깨진 것이었다.

촉의 황제 자리에 오르고 난 후 유비의 기품은 한중왕 때와는 전혀 달랐다. 가장 달라진 것은 그의 기백氣魄이었다. 한때는 너무 소극적이고 명분과 도의에만 얽매여 젊을 적의 큰 뜻이 시들해진 듯했지만, 공명의 집을 찾아가 그의 병중의 간언을 듣고 나서는 무언가 깨달음을 얻었는지 만년의 도량에 있어 원숙함이 엿보였다.

어느 날 대촉의 황제 유비가 군신들을 모아놓고 선언했다.

"짐의 생애에 아직도 못다 한 숙원이 있소. 그것은 오를 정벌하는 것이오. 지난날, 도원결의를 함께한 관우의 원수를 갚아야 하오. 우리 대촉의 군비는 오로지 그것을 목적으로 매진했다고 해도 과언이 아닐 것이오. 짐이 이제 대촉의 군사를 일으켜 그 뜻을 이루려 하니 그대들은 명심하고 실행하시오."

문무백관들이 기침 소리도 내지 않고 결연한 의지를 불태웠다. 그러자 조자룡이 홀로 반대하며 간언했다.

"지금은 오를 칠 때가 아닙니다. 위를 치면 오는 저절로 멸망할 것입니다. 만일 위를 뒤로하고 오를 공격하면 반드시 위와 오는 한 몸이 될 것이며, 이로 인해 촉은 역경에 빠질 것입니다."

"조운, 무슨 말을 하는 것인가?"

유비는 조자룡을 바라보며 꾸짖듯 말했다.

"오는 불구대천의 원수이다. 짐의 의형제를 죽였을 뿐 아니라 나를 배신한 부사인, 미방, 반장, 마충 등의 무리가 넘어간 나라가 아닌가. 그들을 죽이고 구족을 멸하여 역신의 말로를 세상에 보이지 않으면 어찌 대촉의 황제에 오른 의미가 있겠는가."

"골육의 원한이나 역신의 응징은 모두 폐하의 사사로운 감정에 지나지 않습니다. 대촉의 운명이 더 무거울 것입니다."

"관우는 나라의 충신이고 마충과 부사인 등의 무리는 나라의 역적이니, 그들을 응징하고 원한을 푸는 것은 응당 나라의 뜻인데 어찌 사사로운 것이라 할 수 있는가. 그대의 말은 알겠으나 받아들일 수 없다."

그 후 유비의 칙사가 은밀히 남만南蠻을 왕래하여 마침내 남만병 5만 명을 빌리는 데 성공했다.

그사이에 장비에게 화가 생겼다. 그 무렵 장비는 거기장군영사예교

위車騎將軍領司隷校尉에 봉해져 낭중閬中(사천성 낭중)에 있었고, 낭주
목閬州牧을 겸하라는 명령을 받게 되었다.

"형님께서 황제의 자리에 오르신 후에도 이 부족한 아우를 잊지 않
고 계시는구나."

장비는 그렇게 말하며 칙사 앞에서 눈물을 흘렸다.

관우가 죽은 이래 장비는 감정이 격해져 있었다. 술을 마시면 화를
내고 술에서 깨면 욕을 하고 홀로 울며 오의 하늘을 노려보았다. 언젠가
기필코 관우의 원한을 갚아주겠다며 검을 휘두르고 이를 갈기도 했다.

그러다 보니 장비는 진중의 병사들을 자주 때렸고, 그들 사이에서
장비에게 원한을 품는 사람도 생겨났다.

유비의 명을 받은 그날, 장비는 칙사에게 접대를 하며 말했다.

"어찌하여 촉의 신하들은 황제께 청하여 하루라도 빨리 오를 치지
않는 것이오?"

장비는 마치 그것이 칙사의 탓인 것처럼 다그쳤다.

***

장비는 칙사에게 침을 튀기며 말했다.

"조정의 중신들은 그렇다 치고 대체 공명은 무얼 하고 있단 말인가.
내 듣자니, 공명은 이번에 황제를 보좌하는 승상이 되었다 하는데, 그
를 비롯하여 촉의 신하들은 벼슬에 만족하여 싸울 생각을 버린 것이
아닌가. 실로 한심스러운 자들이로다. 불초 장비까지 오늘 이처럼 황송

한 성은을 받고 감읍할 따름이지만, 지하에 있는 관우 형님을 생각하면 당장 군사를 이끌고 오에 복수를 하지 않을 수 없구나."

마침내 장비는 통곡하기 시작했다. 취하면 비분한 마음이 정점에 달해 통곡하는 것이 그의 습관이 되었다. 그렇다 해도 그의 말은 결코 취중의 허언이 아니었다. 이윽고 장비는 칙사의 뒤를 따라 성도로 향했다.

도원결의를 지켜야 한다는 마음은 황제 유비도 똑같았다. 그는 오와 더불어 한 하늘 아래에서 살 수 없다고 선언한 이래로 매일 연병장에 나가 직접 군사를 조련하고 군마를 훈련시키며 때를 기다리고 있었다.

하지만 공명을 비롯해 앞날의 종묘사직을 생각하는 문무백관은 유비가 아직 제위에 오른 지 얼마 되지 않았고, 지금 또다시 전쟁을 일으키는 것은 무리라며 반대 의견을 내놓았다. 이에 유비는 어쩔 수 없이 출정을 미루고 있는 상태였다.

그즈음 장비가 성도에 도착했다. 그날도 유비는 연병장에 있는 연무당演武堂에 있었다. 장비는 바로 그곳으로 가서 유비를 만났다.

장비가 황제 앞에 엎드려 그의 발목을 붙잡고 소리 내어 통곡했다.

"잘 왔네. 관우는 이미 이 세상에 없으니, 도원에서 맺은 의형제는 이제 우리 둘밖에 없구나. 그래 몸은 건강한가?"

유비는 장비의 등을 어루만지며 위로했다.

"폐하께서도 그 옛날의 맹세를 아직 잊지 않고 계십니까. 불초 장비도 관우 형님의 원수를 갚기 전까지는 어떠한 부귀영화에도 마음이 편치 않습니다."

장비가 주먹을 쥐며 눈물을 흘리자 유비도 함께 비통한 눈물을 흘렸다.

"내 마음도 마찬가지다. 언젠가 반드시 아우와 함께 오를 치러 갈 것이네."

"폐하께 그런 용기가 있으시다면 어찌 지금 당장 장비와 함께 오를 치러 가지 않으십니까. 무사태평함에 익숙하여 오로지 제 자신의 안위만 생각하는 자들에 둘러싸여 있으면 살아생전 한을 풀 날이 없을 것입니다."

"알았네, 알았어."

유비는 용단을 내서 장비에게 직접 대명을 내렸다.

"장비는 지금 당장 군사를 이끌고 낭중에서 남으로 출정하라. 짐 역시 대군을 이끌고 강주江州로 나가 그대와 함께 오를 칠 것이다."

장비는 머리를 조아리며 기뻐했고, 바로 낭중으로 돌아갔다.

하지만 황제의 출정에 대해 반대 여론이 들끓었고, 학사學士 진복秦宓이 부당함을 지적하며 간언했다. 그러자 유비가 말했다.

"짐과 관우는 한 몸으로, 관우가 죽어 없어졌는데, 내 어찌 오의 기고만장을 두고 볼 수 있겠는가. 더 이상 짐을 막는다면 그 목을 칠 것이다."

이미 마음을 굳힌 유비는 귀를 기울이지 않았다. 그는 온화하고 보수적인 성격이었다. 하지만 만년의 그는 완전히 다른 사람을 보는 듯했다.

"오를 치는 것은 좋으나 지금은 때가 아니옵니다."

공명도 표문을 올려 극구 간언했지만 끝내 유비의 결심을 꺾지 못했다.

촉의 장무 원년 7월 상순, 촉군 75만 명은 성도를 출발했다. 그중에는 일찍이 남만에서 원군으로 온 부대도 있었다.

유비는 공명에게 태자를 지키라며 성도에 남게 했다. 한중은 전선에 군량을 보내는 중요한 요지였다. 그러다 보니 마초, 마대 형제와 진북 장군 위연이 남아 한중의 수비를 맡았다.

성도를 떠난 촉군은 황충을 선봉으로, 풍습馮習과 장남張南을 부장으로 삼았다. 중군호위中軍護衛에는 조융趙融, 요순寥淳을 두고, 후진에는 직신直臣의 장수들을 두고 협곡 사이를 나와 남쪽으로 진군했다.

그런데 그때 촉에 또 하나의 큰 사건이 발생했다. 바로 장비의 일신에 관계되는 일이었다.

그날 이후 낭중으로 돌아온 장비는 당장 오를 집어삼킬 기세로 진영의 부장들에게 출정 준비를 명한 뒤, 하급 장수 범강范疆과 장달張達을 불렀다.

"이번 오와의 일전은 관우 형님을 애도하는 싸움이니 병선의 장막에서 무구와 깃발, 갑옷, 전포에 이르기까지 군장을 모두 흰색으로 차리고 출정할 것이다. 그러니 너희가 책임을 맡아 사흘 안에 모든 준비를 끝내도록 하라. 나흘째 새벽에 낭중을 출발할 것이니 어김없이 준비하도록 하라."

두 사람은 알았다고 대답했지만, 사실 날짜가 촉박했다. 두 사람은 아무리 생각해도 불가능하다는 것을 깨달았다. 하지만 장비의 성정을 잘 알고 있기에 일단 물러간 후 다시 장비를 찾아 사정을 호소했다.

"사흘이라는 짧은 시간 안에 도저히 불가능하니 열흘의 말미를 주십시오."

"뭐라, 불가능하다?"

장비는 버럭 소리를 질렀다. 옆에는 참모들도 있었고 이미 작전도 짜놓아서 그들의 마음은 벌써 전쟁터에 있는 듯했다.

"출정을 앞에 두고 군명을 거역한 이놈들을 징벌하라."

장비는 무사들에게 명령했다. 이윽고 두 사람은 큰 나무에 매달려 채찍질을 당했고, 비명을 지르며 자신들의 죄를 사죄했다.

"용서해주십시오. 반드시 사흘 안에 명령대로 모든 준비를 해놓겠습니다."

"거봐라, 할 수 있지 않느냐. 풀어줄 터이니 반드시 준비를 마쳐라."

장비는 그들을 풀어주었다.

병사들이 보고 있는 앞에서 징벌을 받은 범강과 장달은 심한 모욕을 느끼고 장비에게 원한을 품게 되었다.

그날 밤 장비는 부장들과 함께 술을 마시고 잠이 들었다. 그런 일은 평소에도 흔한 일이었지만, 그날 밤은 유독 크게 취하여 장중 안에 들어가자마자 바로 코를 골며 잠이 들어버렸다.

그런데 이경 무렵, 두 개의 그림자가 장비의 장막으로 숨어들었다. 범강과 장달이었다. 장비가 코를 골며 자고 있는 것을 확인한 두 사람은 품속에서 단검을 꺼내 자고 있는 장비의 목을 찔렀다.

범강과 장달은 장비의 수급을 들고 재빨리 빠져나와 낭강閬江 강가에 미리 준비해둔 배에 올라탔다. 그리고 10여 명의 일가친족과 함께 오로 도망쳤다.

　실로 안타까운 것은 장비의 죽음이었다. 아직 촉을 위해 쓰일 날이 많았던 장비는 그렇게 쉰다섯의 나이로 죽음을 맞이하고 말았다.

* * *

　7월 대서大暑, 성도를 출발한 촉의 대군 75만 명은 계속 행군을 이어 나갔다.

　"태자를 잘 부탁하오. 자, 이제 그만 돌아가시오."

　황제를 따라 백 리 밖까지 배웅을 나왔던 공명은 유비의 재촉을 받고 쓸쓸히 성도로 되돌아왔다.

　그다음 날, 야영을 하고 있던 유비에게 장비의 부하인 오반吳班이 찾아와 한 통의 표문을 올렸다. 표문을 펼쳐본 유비는 겨우 몸을 지탱한 채 그저 신음 소리만 냈다.

　유비의 손발은 떨리고 얼굴빛은 새파래지고 이마에서는 식은땀이 흘렀다.

　"어젯밤 두 번이나 잠에서 깨어 마음이 심란하더니……."

　유비는 중얼거리다 눈물을 흘리며 말했다.

　"제단을 만들어 제를 올릴 준비를 하라."

　다음 날 아침, 출발 준비를 하고 있는데 한 젊은 장수가 하얀 전포에 은백의 투구와 갑옷을 입고 한 무리의 군대를 이끌고 왔다. 그는 유비 앞으로 가 자신을 장비의 장남 장포張苞라고 밝혔다.

"오, 아비를 닮아 늠름하구나. 오반과 함께 짐의 선봉에 서겠는가?"

유비는 슬픔 속에서도 마음을 다잡는 듯했다.

이에 장포가 대답했다.

"부디 제게 선봉을 맡겨주십시오. 아버지를 대신하여 큰 공을 세우지 못한다면 지하에 계신 아버지께서 편히 눈을 감지 못할 것입니다."

그런데 같은 날, 관우의 둘째 아들 관흥도 한 무리의 군사를 이끌고 합류했다. 유비는 관우의 아들을 보고 다시 눈물을 흘렸다. 오와의 일전을 앞두고 유비가 자주 눈물을 흘리자 부장들이 유비에게 마음을 다잡기를 간했다.

유비는 예순을 넘긴 나이로 75만 명의 대군을 이끌고 천 리 원정에 나선 것이었다. 그러니 싸움이 벌어지기도 전에 마음이 흔들리고 몸이 약해지면 오를 이길 수 없었다. 유비는 이를 깨닫고 마음을 다잡았다.

유비의 일희일비가 전군의 사기에 커다란 영향을 끼침은 물론이고 병사들 사이에서는 아군의 길흉에 대한 걱정이 끊임없이 흘러나왔다.

어느 날, 진진陳震이 유비에게 고했다.

"이 부근에 청성산靑城山이라는 영봉靈峰이 있는데, 그곳에 이의李意라는 선사仙士가 천문과 지리에 능하고 점을 잘 쳐 세상 사람들이 그를 당대의 신선이라 한다 하옵니다. 그를 불러 이번 원정의 길흉을 점쳐보는 게 어떻겠사옵니까?"

유비는 그다지 마음이 내키지 않았지만, 다른 부장들까지 모두 권하자 진진을 보내 이의를 부르기로 했다.

진진은 서둘러 청성산에 올라갔다. 산길에 접어들자 그곳은 세상 사람들의 말처럼 신선이 사는 곳이라 할 만했다. 올라갈수록 길은 좁아지고 물은 계곡과 폭포를 이루고 있었다. 나무들 사이에는 상서로운 안개가 서려 있고, 봉우리마다 들려오는 새들의 울음소리에 귀와 마음이 씻겼다. 그때 저편에서 동자 한 명이 나타나더니 발걸음을 멈추고 싱긋 웃어 보였다.

"진진 선생 아니십니까?"

"어떻게 내 이름을 알고 있느냐?"

"어제 제 스승님이 말씀하셨습니다. 오늘쯤 촉제의 사자로 진진이라는 분이 산을 올라올 것이라고 말입니다."

"아니, 그럼 네 스승이 이의 선사이시냐?"

"그렇습니다. 하지만 제 스승님은 누가 오더라도 만나지 않습니다."

"그러지 말고 나를 스승님께 안내해주려무나. 만약 선사가 만나주지 않으면 나는 돌아갈 수도 없단다."

"스승님께 말씀을 올려볼 테니 따라오시지요."

동자는 앞서 걸어갔다. 몇 리를 가자 평탄한 분지가 나타났다. 동자가 암자에 들어가 스승에게 고하자 이윽고 이의가 모습을 드러냈다.

"황제의 사자께서 무슨 일이십니까?"

진진은 이제까지의 사정과 경위를 상세히 설명했다.

"황제께서 선사께 여쭙고 싶은 것이 있다고 하십니다. 그러니 저와 함께 산을 내려가 황제를 뵙기를 간청드립니다."

진진이 예를 갖춰 간청하자 이의가 마침내 승낙을 했다. 그러고는 진진을 따라 산을 내려와 유비를 만났다.

유비는 이의에게 솔직하게 물었다.

"짐이 약관의 나이 때 관우, 장비와 도원결의를 맺고, 30여 년이 지난 지금 촉을 평정했으나, 두 아우가 죽고 그 원수들이 모두 오에 있소이다. 이에 오를 치기 위해 이곳까지 진군해왔는데, 전도의 길흉이 어떠한지 선사께서 점괘를 들려주시오."

이의는 쌀쌀맞게 말했다.

"모든 것은 천수天數, 즉 하늘의 운수이니 알 수 없습니다."

"선사께서는 천수에 능통한 것으로 알고 있소이다. 부디 알려주시오."

"비천한 제가 어찌 그와 같은 대우주의 일을 알 수 있겠습니까."

"그것은 선사의 겸손임에 틀림없소. 청컨대 한 마디라도 좋으니 짐에게 가르침을 주시오."

유비가 거듭 청하자 이의는 마지못해 붓과 종이를 가져다달라 하여 무언가를 그리기 시작했다. 그는 아이들이 그린 그림처럼 병마와 무기들을 그리더니 어느새 그것을 찢어버렸다. 그런 다음 그림을 다시 그리다가 찢어버리고, 또다시 그리다가 찢어버렸다. 그는 그렇게 백여 장의 종이를 모두 써버리고 말았다. 그리고 마지막 한 장에는 하늘을 보고 누운 한 개의 인형과 그 옆에 한 사람이 땅을 파서 그 인형을 묻으려고 하는 그림을 그렸다.

이의는 잠시 붓을 멈추고 자신의 그림을 보고 있다 이윽고 그 그림 위에 '백白'이라고 쓴 후 붓을 내려놓았다. 그런 다음 유비에게 절을 하고 돌아갔다. 유비는 불쾌한 표정으로 주위를 둘러보며 말했다.

"미친 늙은이를 맞아 쓸데없이 시간을 허비했다. 이 종이들을 불태워버려라."

그때 장포가 유비를 찾아와서 고했다.

"앞쪽에 오의 군대가 나타났습니다. 부디 제게 선봉을 맡겨주시길 청합니다."

"장포, 그대의 뜻이 장하구나. 어서 가서 공을 세우라."

유비가 장포에게 선봉의 인수印綬를 내리려 하는데 한 장수가 부장들 속에서 나와 말했다.

"폐하, 잠시 기다려주십시오. 선봉의 인수를 제게 내려주십시오."

사람들이 누군가 하고 보니, 바로 관우의 둘째 아들 관흥이었다. 관흥은 땅에 엎드려 절을 하고 눈물을 흘리며 호소했다.

"돌아가신 아버지께서는 분명 지하에서 오늘의 싸움을 지켜보고 계실 것입니다. 그런데 어찌 다른 사람에게 선봉을 맡길 수 있겠습니까. 부디 선봉을 제게 맡겨주시길 청합니다."

그러자 장포가 말했다.

"관흥, 네가 무슨 재주가 있어 선봉을 맡을 수 있단 말인가."

"나는 활쏘기에 자신이 있다."

관흥의 대답에 장포도 지지 않고 말했다.

"무예라면 나는 누구에게도 지지 않을 것이다."

유비가 두 사람의 모습을 지켜보다 말했다.

"좋다. 그럼 서로 무예를 겨뤄 더 나은 자에게 인수를 내리겠다."

유비의 말을 들은 장포가 먼저 3백 보 떨어진 곳에 깃발을 늘어세우고, 그 깃발 위에 붉고 작은 과녁을 그려 넣었다. 장포가 쏜 화살들은 모두 과녁을 정확히 꿰뚫었다.

"과연 장비의 아들이구나."

사람들은 박수갈채를 보냈다. 그러자 관흥이 활을 들고 앞으로 나서며 말했다.

"과녁을 맞히는 것이 뭐 그리 대단한 것이리. 자, 어디 내 화살을 잘 보도록 하라."

관흥은 몸을 반달처럼 젖히고 공중을 향해 활시위를 팽팽하게 잡아당겼다. 때마침 하늘에서는 기러기 울음소리가 들려왔다. 잠시 숨을 참고 하늘을 노려보던 관흥이 기러기가 머리 위를 지나자 활을 쏘았다.

활시위 소리와 함께 한 마리 기러기가 화살에 맞아 땅으로 떨어졌다. 그것을 본 사람들 모두 감탄사를 연발했다.

그때 장포가 뛰어나오며 소리쳤다.

"관흥, 활만 잘 쏜다 하여 싸움에서 이길 수 있겠느냐? 너는 창을 다룰 줄 아느냐?"

관흥이 검을 뽑아 장포에게 겨누며 말했다.

"그럼 너는 검을 다룰 줄 아느냐?"

장포가 아버지의 유품인 장팔사모를 들고 관흥에게 덤벼들려는 순간 유비가 소리쳤다.

"둘은 그만 삼가라! 너희는 부친의 상도 아직 끝나지 않았는데 어찌 같은 편끼리 싸움을 하려 드느냐. 본래 너희의 아비들은 피를 나눈 의형제였다. 만일 서로에게 위해를 가한다면 황천의 부친들이 얼마나 한탄하겠느냐."

두 사람은 말에서 급히 내려 머리를 땅에 조아렸다.

"앞으로는 생전의 관우와 장비처럼 너희도 사이좋게 지내도록 하라. 둘 중 나이가 더 어린 사람이 나이가 더 많은 사람을 형님으로 모시고 깊은 교우를 나누도록 하라."

두 사람은 유비에게 절을 하고 유비의 말을 따르기로 맹세했다. 장포는 한 살 더 많은 관흥을 형으로 받아들였고, 그렇게 두 사람은 의형제를 맺었다.

적군이 가까이 왔다는 전령이 들어오자 유비는 적의 수륙 양군에 맞서 두 사람을 선봉으로 삼고, 그들의 후진이 되어 오의 경계로 진군했다.

* * *

한편 장비의 수급을 뱃전에 숨기고 촉의 상류에서 천 리를 내려간 범강과 장달은 오의 수도인 건업으로 들어가 장비의 수급을 손권에게 바치며 충성을 맹세했다.

"유비가 이끄는 촉군 70여 만 명이 곧 오를 향해 올 것이니 지금 당장 국경으로 대군을 보내야 합니다."

범강과 장달의 말을 들은 손권은 즉각 중신들을 불러 모았다.

"드디어 유비가 촉의 대군을 이끌고 공격해온다고 하오. 분명 관우의 원한이 골수에 사무쳤을 텐데, 이를 어떻게 막을 수 있겠는가?"

손권의 물음에 대답하는 사람이 없었다. 모두들 촉이 죽음을 각오하고 공격해온다는 것을 짐작하고 있었기 때문이다.

그때 제갈근이 나서며 말했다.

"제 목숨을 걸고 화친의 사자로 가겠습니다."

사람들이 냉소에 찬 얼굴로 그를 바라보았다. 모두들 제갈근이 그러한 막중한 임무를 성공시킬 리가 없다고 생각했던 것이다. 하지만 설사 성공하지 못한다 하더라도 그동안에 싸울 준비를 할 수는 있었다.

"공의 말대로 먼저 화친을 청해봅시다."

손권의 명을 받은 제갈근은 서찰을 받아 바로 배를 타고 장강을 올라갔다.

때는 장무 원년 8월 가을이었다. 그 무렵, 촉제 유비는 이미 대군과 함께 기관夔關(사천성·봉절奉節)에 도착하여 백제성白帝城을 본영으로 삼고 선봉을 천구川口 부근까지 진군시켰다.

그때 오의 사자인 제갈근이 유비를 찾아왔다. 유비는 이미 오의 속셈을 읽고 만나지 않으려 했는데, 황권黃權이 계속 사자를 만나보라고 권했다.

"사자를 만나지 않고 돌려보낸다면 적은 폐하를 두고 속이 좁다며 욕을 할 것입니다. 차라리 사자를 만나 우리 쪽의 생각을 분명히 밝힌 다음 돌려보내면 싸우는 명분도 있고, 황제의 위엄도 보일 수 있을 것입니다."

유비는 황권의 청을 받아들여 제갈근을 만났다. 제갈근이 절을 하고 말했다.

"신의 아우 공명이 오랫동안 폐하를 섬겨왔기에 다른 사람보다 제가 폐하의 심기를 거스르지 않을 듯하여 오후께서 특별히 소신을 사자로 삼아 오의 마음을 전하라 하였사옵니다."

"거두절미하고 간단히 묻겠소. 사자로 온 취지가 무엇이오?"

"먼저 관운장의 죽음에 대해 오해를 풀고자 합니다. 오는 본래 촉에 아무런 원한도 없습니다. 형주 문제도 오후의 누이동생분을 폐하의 부인으로 보내신 후부터는 폐하께서 다스린다면 오의 영지와 마찬가지라고 하시며 포기하고 있었습니다. 그런데 그곳을 지키던 관운장과 오의 여몽이 불화하여 그만 일이 그 지경까지 이르고 말았습니다. 이에 오후께서는 위가 협박하지 않았다면 절대로 관운장을 치지 않았을 것이라며 두고두고 후회하고 계십니다."

유비는 눈을 감고 한 마디도 하지 않았다. 제갈근은 말을 이었다.

"관운장의 죽음도 촉과 오의 갈등도 헤아리면 모두 위의 책략에 놀아난 것에 지나지 않습니다. 양국이 싸워 위가 어부지리를 취하게 된다면 그거야말로 어리석은 일입니다. 부디 창을 거두시고 이전의 친선을 회복하고 오에 계시는 오 부인을 다시 촉의 궁전으로 받아들이시어 오랫동안 우호를 맺기를 바랄 뿐입니다. 오후의 바람은 그것 외에는 아무것도 없습니다."

유비는 여전히 침묵을 지키고 있었다. 제갈근은 마지막으로 한 마디를 더 덧붙였다.

"폐하께서도 조비가 황제를 폐하고 제위에 오른 악행을 알고 계실 것입니다. 그런데 한조의 후예이신 폐하께서 원수를 치신다 하면서 어찌 대역죄를 저지른 위를 치지 않고 오에 창끝을 돌리십니까. 대의를 저버리고 소의에 집착하신다면 후세의 웃음거리가 될 것이니 부디 그런 점을 깊게 헤아려보시길 바라옵니다."

유비가 눈을 번쩍 뜨더니 손을 들어 제갈근의 말을 제지했다.

"이제 됐소. 그만 오로 돌아가시오. 그리고 손권에게 가까운 시일 안에 짐이 찾아갈 것이니 목을 씻고 기다리라 이르시오."

유비의 노기에 머리를 숙였던 제갈근이 얼굴을 들었을 때에는 이미 유비가 자리를 떠나고 없었다. 온후하고 인자하던 유비가 적국의 사자에게 그렇게까지 비장하게 말했던 적이 없었다. 혼신의 힘을 다해 설득하던 제갈근도 마침내 단념할 수밖에 없었다. 그리고 이번 싸움에 아우가 참가하지 않은 것을 보고 유비의 결의가 얼마나 굳은지 깨달았다.

제갈근이 돌아오자 오는 큰 충격에 휩싸였다. 이제 남은 것은 유례없는 전쟁뿐이었다.

이미 전선으로 군사들이 속속 보내졌다. 그런 분주한 와중에 중대부中大夫 조자趙咨가 사절의 임무를 띠고 위를 향해 출발했다.

대위 황제 조비는 싱긋 웃으며 오의 사절이 들고 온 표문을 읽었다. 조비는 조자를 보자 농담을 섞어가며 오의 인물과 내정에 대해 여러 가지 질문을 했다.

"사절에게 묻노니, 그대의 주인인 손권은 한마디로 어떤 인물인가?"

"총명하시고 인자하시며 지략과 용맹을 갖춘 분입니다."

코가 납작하고 몸집이 왜소한 조자가 조비를 똑바로 바라보며 대답한 후 반문했다.

"폐하, 무엇 때문에 그리 웃고 계시옵니까?"

"내 웃지 않으려 했지만 그만 참지 못하겠구나. 그대는 자신의 주군이 그토록 크게 보이는가?"

"저는 폐하의 앞이어서 삼가 말씀을 올린 것입니다. 만일 거리낌 없이 말하라 하시면 폐하께서 웃으시지 않도록 말씀드릴 수 있습니다."

"어디 마음껏 손권의 위대함을 말해보라."

"오의 대재 노숙을 범인들 속에서 등용한 것은 총聰이며, 여몽을 병졸들 중에서 발탁한 것은 밝음[明]입니다. 우금을 붙잡아 죽이지 않음은 인자함입니다. 형주를 취함에 있어 병사 한 명의 손실도 없었음은 지혜이며, 삼강에 의거하여 천하를 굽어봄은 웅雄입니다. 이제 몸을 굽혀 위를 따름은 지략智略입니다. 이를 두고 어찌 총명하고 인자하며 지략과 용맹을 갖춘 분이라 하지 않을 수 있겠습니까."

조비가 웃음을 그치고 코가 삐뚤어지고 왜소한 조자를 새삼 바라보았다. 위의 군신들도 조자의 대담함에 적잖이 놀라고 말았다.

조비는 눈을 부릅뜨고 조자를 내려다보았다. 대위 황제의 위엄이 훼손당한 것처럼 느낀 듯했다. 이윽고 조비가 조자를 향해 말했다.

"짐이 이제 오를 치려 하는데, 그것에 대해서는 어떻게 생각하느냐?"

조자는 이마를 치며 대답했다.

"큰 나라에 작은 나라를 칠 군세가 있다면 작은 나라에는 그를 막을 방책이 있을 터인데 어찌 두려워만 하겠습니까."

"흠, 동오는 위가 두렵지 않다는 말이냐?"

"지나치게 두려워하지도 않습니다만 또 그렇다고 무시하지도 않습니다. 동오의 정병 백만 명, 군선 백 척이 삼강三江의 요지를 연못처럼 자유자재로 드나드니 동오는 그저 동오를 믿을 뿐입니다."

조비는 내심 감탄하며 물었다.

"동오에는 너와 같은 인물이 얼마나 있는가?"

그러자 조자가 배를 잡고 웃으며 말했다.

"저와 같은 사람이라면 되로 퍼서 수레에 담을 만큼 넘칩니다."

조비가 또다시 감탄하며 조자를 칭찬했다.

"다른 나라에 사자로 가서 자신의 임금을 욕되게 하지 않는다는 말이 바로 그대를 두고 하는 말이로다. 참으로 기특하도다."

조자는 큰 환대를 받았을 뿐 아니라 조비의 마음까지 사로잡아 기대 이상의 외교적 성공을 거두었다.

조비는 조자에게 원조를 약속하면서 오후 손권을 오왕吳王으로 봉하고 그에게 구석九錫의 예우를 내렸다. 그러고는 태상경太尙卿 형정邢貞에게 인수를 전하고 그를 조자와 함께 오로 보냈다.

황제가 직접 명을 내리니 신하들은 아무 말도 하지 못했다. 하지만 신하들 대부분이 속으로는 황제가 조자에게 농락당했다고 생각했다. 조자가 떠나자 유엽이 황제에게 간언했다.

"오와 촉이 서로 싸우려 함은 하늘이 이들을 멸하려는 것입니다. 만일 위군이 안으로는 오를 치고 밖으로는 촉을 공격한다면 두 나라는 그 즉시 붕괴할 것입니다. 그런데 오를 돕겠다는 약조를 하시는 것은 이런 천재일우千載一遇의 기회를 놓치는 일이 될 것입니다."

"그것은 아니 될 말이오. 그리하면 천하의 신의를 잃게 될 것이오."

"하오나, 손권에게 오왕의 자리와 구석의 예까지 내리신 것은 호랑이에게 날개를 달아준 것과 같으니, 저대로 두면 오는 점점 더 강대해져 앞으로 감당할 수 없을 것입니다."

"이미 손권은 짐에게 신하의 예를 취하였으니 그를 칠 명분이 없지 않은가."

"그것은 이제까지 손권의 관위가 가볍고 표기장군標旗將軍 남창후南昌侯에 지나지 않았기 때문입니다. 하지만 앞으로는 오왕이라 칭할 것이고, 폐하와는 한 단계 차이밖에 나지 않는 신분이 됩니다. 그렇게 되면 절로 그 마음이 교만해져 어떻게 나올지 모릅니다."

"짐은 그저 가운데에서 두 나라가 싸우다 힘이 다할 때를 기다릴 생각이니, 그대는 더 이상 나서지 말고 잠자코 보고 있으라."

조자가 임무를 성공하고 손권이 오왕에 봉해졌다는 소식이 발 빠르게 건업성에 전해졌다.

이윽고 위의 칙사 형정이 배를 타고 도착했다는 소식도 전해졌다. 손권은 그들이 도착하기만을 고대하며 마중을 나가기 위해 준비를 하고 있었다. 그러자 고옹이 손권에게 말했다.

"위의 신하 따위를 직접 마중 나가실 필요는 없습니다. 주공은 이미 강동과 강남의 국주가 아니십니까. 어찌 이제 와서 타인이 내리는 관직을 감복하며 받으려 하십니까?"

"고옹, 그대의 말은 그저 협량할 뿐이오. 지난날, 한고조께서는 항우에게 봉직을 받았지만, 후일 한중漢中의 왕이 되시지 않았는가. 모두 때가 있는 법이오."

손권은 군신을 거느리고 건업성을 나섰다.

형정은 상국의 칙사라 교만하기 짝이 없었다. 그가 수레에서 내리지도 않고 성문을 지나려 하자 오의 장소가 화를 내며 말했다.

"잠깐, 수레 위에 있는 자는 오에 사람이 없다 여겨 무례를 저지르는 것인가. 아니면 오에 장수가 없다 여겨 경시하는 것인가?"

그러자 도열해 있던 군신이 한목소리로 외쳤다.

"오는 이제껏 다른 나라에 굴복한 적이 없다. 그러니 주군께서 이렇게 무례한 사자를 맞으면서까지 관작을 받을 수는 없다."

오의 군신 중에는 격노하여 우는 사람까지 있었다. 그러자 당황한 형정이 수레에서 뛰어내려 사죄하며 말했다.

"지금 울면서 소리친 자는 누구였소이까?"

그러자 한 장수가 나섰는데 바로 편장군 서성이었다.

형정은 다시 한번 서성에게 무례를 사죄했다. 그리고 오를 가벼이 봐서는 안 되겠다고 통감했다.

손권은 갖가지 예우와 환대로 사신을 대접했고 대위 황제의 이름으로 보내진 오왕의 관작을 진심으로 기뻐하며 받았다. 그리고 그날 즉시 건업성에 이를 알리고 문무백관의 경하를 받았다.

이윽고 형정이 돌아갈 날이 되자 오왕은 정성을 다해 진수성찬을 마련하여 연찬을 열고, 그에게 주옥, 금과 은, 직물, 도자기, 금으로 만든 안장을 얹은 백마 백 필을 선물로 건넸다. 대위의 궁중에서 호화와 사치에 익숙했던 형정도 손권의 막대한 선물에 입이 벌어질 정도였다.

사자 형정이 돌아가자 장소가 오왕에게 간언했다.

"위제는 분명 딴마음을 품고 있을 것인데, 형정에게 너무 과한 예물을 선물하신 듯합니다."

이에 손권이 웃으며 말했다.

"인간의 욕심은 그 끝을 모르는 법이오. 그와는 이체로써 관계를 맺을 수밖에 없으니, 앞날을 생각하면 그다지 과하다 할 수 없을 것이오. 저런 재물은 나중에 모두 돌과 흙으로 돌아갈 뿐이오."

오에서 세 명의 군주를 섬겨온 원로 장소는 아직 어리다고 생각했던 손권이 어느새 이렇듯 성장한 것을 보고는 눈물이 나올 만큼 감격했다. 나머지 신하들도 손권의 깊은 생각에 탄복하고 말았다.

104
이릉대전 서전에서 원수의 목을 치다

촉과 오의 싸움이 시작되면서 황충과 감녕은 죽음을 맞이하고,
관흥와 장포는 원수의 목을 쳐 부친의 영정 앞에 바치며 통곡한다

촉의 대군이 백제성에 주둔하면서 오와 위의 동정을 살피고 있을 무
렵 첩보가 들어왔다.

"오가 위에 급히 원군을 청한 듯한데 조비는 손권에게 오왕의 자리
를 내렸을 뿐, 아직 아무런 움직임을 보이고 있지 않습니다."

"짐의 생각이 틀리지 않다면 조비는 어부지리를 얻으려는 것이다.
그렇다면 이제……."

유비는 비로소 단호하게 명을 내렸다.

사마가沙摩柯가 남만의 정예 수만 명을 이끌고 참전하고, 동계洞溪

의 대장 두로杜路와 유녕劉寧이 군사를 일으켜 참가하자 촉군의 전의는 오를 집어삼킬 듯했다. 또 수로의 군선은 무구巫口(사천성·무산巫山), 육로의 부대는 자귀秭歸(호북성) 부근까지 진군했다.

시시각각 밀려드는 상류의 전운을 느낀 오의 손권은 남을 믿는 것이 얼마나 위험하고 어리석은 일인지 깨달았다. 위는 여전히 병사를 움직이지 않았다. 이에 손권은 마침내 동오만으로 촉과의 일전을 결의하고 군신들의 의견을 물었다. 하지만 누구 하나 자신이 나서 촉을 물리치겠다는 결의를 보이지 않았다. 그런데 그때 한편에서 분연히 외치며 나선 사람이 있었다.

"주군께서 천 일 동안 병사들을 조련하신 것은 오로지 하루의 위급을 대비하기 위해서였습니다. 제가 평소에 책상에서 읽은 병서가 도움이 될 것입니다. 비록 아직 나이는 어리지만 부디 소신을 선봉으로 삼아주십시오."

그는 손권의 조카에 해당하는 무위도위武衛都尉 손환遜桓으로 불과 스물다섯 살의 청년이었다.

"아, 내 조카구나."

손권은 기뻐하며 그의 청을 받아들였다.

"너희 가문에는 혼자서 능히 만 명을 상대한다는 용장 이이李異와 사정謝旌이 있다 하니 더욱 믿음직하구나. 노련한 호위장군虎威將軍 주연을 부장으로 삼아 선봉에 서라."

그렇게 오군 5만 명은 의도로 향했다. 주연은 우도독, 손환은 좌도독으로 각각 2만 5천 명의 병사를 이끌고 촉과 대치했다.

한편 촉군은 백제성을 나서 자귀를 거쳐 의도까지 오는 도중 각 지방을 평정하고 귀순병을 받아들이며 거칠 것 없이 진군했다.

"듣기로 오의 손환은 눈썹이 파란 젊은 장수라 합니다. 이번 일전은 제가 나서서 그와 싸우도록 하겠습니다."

관흥이 적의 진영을 바라보고 있던 유비에게 청했다. 유비는 그가 장포와 선진을 다투던 일을 떠올리고 동생인 장포를 데려가는 조건으로 허락했다.

관우의 아들과 장비의 아들은 군사를 이끌고 질풍처럼 적진으로 공격해 들어갔다. 그리고 유비는 바로 풍습馮習과 장남張南을 불러 명했다.

"조금 걱정이 되는구나. 저들은 큰 싸움이 처음이고 아직 어리니, 그대들이 군사를 이끌고 그들의 뒤를 따르도록 하라."

이번 싸움은 촉의 대승이었다. 아직 젊은 오의 대장 손환은 처음 참가한 싸움에서 관흥과 장포에게 무참히 참패를 당하고 말았다. 게다가 그가 그토록 믿고 있던 사정은 장포에게 당했고, 이이는 화살을 맞고 도망치던 중 뒤쫓아온 관흥의 청룡도에 두 동강이 났다.

그 후 적진 깊숙이 들어간 장포가 이를 깨닫고 퇴각하려 하는데 관흥의 모습이 보이지 않았다. 장포는 관흥을 찾기 위해 더욱 적진 깊숙이 들어가 소리를 치며 찾아 헤맸다. 관우와 장비도 두 사람의 우애를 봤다면 눈물을 흘렸을 것이다.

평원에 해가 떨어지고 사위가 어두워져도 장포와 관흥은 돌아오지 않았다.

"오늘의 싸움은 아군의 대승이다."

병사들의 환호성에도 유비는 전혀 기쁘지 않았다. 그는 들녘에 서서 오로지 두 사람이 돌아오기만을 기다렸다.

드디어 두 사람이 말 머리를 나란히 하고 돌아왔다. 그리고 그들은 적장 한 명을 포로로 잡아왔다. 오에서 이름 높은 맹장 담웅譚雄이었다.

관흥은 담웅을 사로잡기 위해 아군에서 멀리 떨어졌다가 장포를 만나 함께 돌아왔다고 유비에게 고했다.

"모두 부친의 이름을 부끄럽게 하지 않았구나."

유비는 두 사람의 어깨를 두드리며 칭찬했다. 그리고 담웅의 목을 친 후 화톳불을 피워 죽은 병사들의 혼백을 기리고 모두에게 술을 내렸다.

한편 손환은 서전에서 대패하고 세 명의 장수마저 적에게 목숨을 잃자 비통한 마음으로 일단 진영을 물렸다. 그리고 전열을 정비하며 다시 전의를 불태웠다.

촉군의 풍습, 장남, 장포, 관흥은 똑같은 전법으로는 승리를 장담하지 못한다며 다음 계책을 의논하고 은밀히 작전을 준비했다.

오의 육군은 패배했지만 가까운 강가에 있는 수군은 건재했다. 어느 날, 오군은 강가에서 촉의 병사 한 명을 붙잡아 수군도독부로 끌고 갔다.

"어떻게 붙잡았느냐?"

"길을 잃은 듯했습니다."

"너는 어찌 촉군의 진영에서 빠져나와 여기까지 오게 되었느냐?"

"주군인 풍습의 밀명을 받고 오늘 밤 야습을 감행하기 전 손환의 진영에 불을 지르기 위해 50명의 병사가 낮부터 이 부근에 숨어 있었습니다. 저는 기름을 나르는 도중에 그들과 떨어지게 되었습니다."

그 말을 들은 주연이 손뼉을 치며 좋아했다. 그러고는 병사를 육지로 올리고 적이 야습해올 퇴로를 끊은 뒤 협공을 하기 위해 손환에게 전령을 보냈다. 하지만 전령은 도중에 매복해 있던 촉병의 칼에 죽고 말았다. 그것은 풍습과 장남의 계략으로, 미리 전령이 통과할 길을 알고 매복을 심어두었던 것이다. 주연은 그런 줄도 모르고 이미 군사를 육지에 내려 진군하려 했다. 그러자 대장 최우崔禹가 말했다.

"아무래도 좀 이상합니다. 적병의 말만 믿고 대군을 움직이는 것은 너무 경솔한 듯합니다. 도독은 수군을 데리고 이곳에 계십시오. 제가 가겠습니다."

주연은 생각을 바꿔 자신이 수군에 남고 최우에게 만 명의 병사를 내주었다.

예상대로 이경 무렵, 손환의 진영에 커다란 불길이 치솟았다. 최우는 주연에게 화공이 있을 거라는 말은 들었지만, 아군의 전령이 도중에 촉군에게 죽임을 당한 것은 알 수가 없었다.

최우가 손환을 돕기 위해 급히 서두르자 숲에서 기다렸다는 듯이 복병이 들고일어났다. 장포와 관흥의 부대였다.

최우는 사로잡혔고, 주연은 부하들이 쫓겨오자 당황해서 모든 수군을 이끌고 5, 60리 하류로 물러났다. 손환도 두 번이나 패하고 진영까지 불에 타자 어쩔 수 없이 이릉성으로 퇴각했다.

촉은 최우의 목을 치고 기세를 올렸지만, 오의 건업성은 두 번의 패전 소식을 듣고 암담한 상태가 되었다. 그때 장소가 손권을 위로했다.

"너무 심려치 마십시오. 오의 명장들이 세상을 떠났다고 해도 아직 10여 명의 좋은 장수가 더 있습니다. 먼저 감녕을 부르십시오."

* * *

어느덧 겨울이 왔다. 연전연승의 촉군은 무협巫峽, 건평建平, 이릉夷陵에 걸친 70여 리의 전선을 견지하고 장무 2년 정월을 맞았다.

유비가 신하들과 새해를 축하하는 자리에서 술을 마시며 말했다.

"생각해보니 짐도 늙었지만 제장들도 나이를 먹고 이 겨울에 전쟁터에서 이렇듯 떨고 있구려. 하지만 관흥과 장포 두 젊은 장수가 있으니 짐의 마음은 한없이 든든하오."

그날 오후 무렵, 황충이 병사 10여 명을 데리고 오에 투항했다는 소식이 전해졌다. 유비는 그 소식을 전한 사람에게 웃으며 말했다.

"황충은 오늘 아침에 여기 있었다. 필시 늙어가는 것을 한탄한 내 말을 듣고 분발하여 오를 공격하러 간 게 틀림없을 것이다. 내가 무심결에 내뱉은 말로 황충을 잃으면 안 되니, 관흥과 장포는 당장 가서 그를 구하라."

유비의 추측은 들어맞았다. 황충은 불과 10여 명의 병사를 이끌고 아군의 이릉 진영을 통과했다. 풍습과 장남이 황충을 보고 어디를 가는지 묻자 황충은 말에서 내리지도 않고 분연히 아침에 유비가 했던 이야기를 했다.

"오늘 아침에 황제께서 휘하의 여러 장수가 늙어서 쓸모가 없다고 말씀하셨네. 내 비록 일흔이 넘었지만 아직 열 근의 고기를 먹고 어깨에 이석궁二石弓을 메고 다니네. 이에 내 오군을 한바탕 들쑤셔놓고 황제의 근심을 덜어드리려 하네."

"노장군, 그것은 무모한 행동입니다."

장남이 극구 만류하며 말했다.

"지금 오의 진영은 작년과 상황이 일변했습니다. 젊은 손환을 후방으로 돌리고 전선에는 건업에서 새로 대군을 이끌고 온 한당과 주태 등의 노련한 장수를 배치하고, 선봉에 반장, 후진에 능통, 그리고 오에서 가장 싸움에 능하다는 감녕이 전군을 지휘하고 있습니다. 게다가 그 수가 10만 명인데 불과 10여 기병으로는 아무것도 할 수 없으니 그만두십시오."

하지만 황충은 그 말에 귀 기울이지 않고 구경이나 하고 있으라는 말을 남기고 가버렸다. 장남과 풍습은 어처구니없는 얼굴로 바라보다 그냥 두고만 볼 수 없어서 황망히 일군의 군사를 뒤따라 보냈다.

마침내 황충은 오의 반장의 진중에 이르렀고 태연히 중군까지 통과했다. 이상하게 생각한 보초가 아군을 불렀을 때 황충은 이미 적장 반장과 싸우고 있었다. 황충이 반장의 진중 안으로 들어가서 관운장의 원수를 갚기 위해 노장 황충이 왔다고 소리쳤던 것이다.

전선에는 아무런 이상이 없었고, 중군 내부에서 일어난 싸움이었다. 반장의 선진은 모두 전방을 버리고 중심부로 몰려들었다. 이윽고 장남의 일군이 황충을 구하러 왔다. 관흥과 장포도 수천 명의 기병을 이끌고 들이닥쳤다. 결국 반장의 부대는 패배했고, 촉군은 또다시 승리했다.

"무사하셔서 다행입니다. 자, 이제 그만 돌아가시지요."

장포와 관흥이 황충에게 퇴각을 권했지만 황충은 듣지 않았다.

"관운장의 원수를 갚을 때까지 내일도, 또 그다음 날도 싸울 것이네."

다음 날 황충은 다시 선봉에 서서 반장을 부르며 휘젓고 다녔다. 하지만 오의 진영에서 싸움을 대비하고 있었기 때문에 황충은 지리가 나쁜 험지에 빠지고 말았다. 활로를 뚫고 피하려 하는데 사방에서 돌이 날아왔다. 그리고 오른쪽 산에서 주태, 왼쪽 계류에서 한당, 뒤편의 골짜기에서 마충과 반장이 황충의 퇴로를 끊어버렸다.

호기롭던 황충도 이제는 어떻게 할 수 없었다. 황충은 화살에 맞고 말은 돌에 맞아 쓰러졌다. 그는 기력이 다하고 눈도 희미해지자 이제 끝이라는 생각에 스스로 목을 찔러 죽으려고 했다. 그때 오의 대장 마충이 말을 내달려왔다. 그것을 본 황충은 마충을 저승길 길동무로 삼으려고 마지막 남은 힘을 다해 마충의 앞에 우뚝 섰다.

"아직도 흰머리를 아쉬워하느냐?"

황충은 마충이 찌른 창을 부여잡고 필사적으로 놓지 않았다. 그때 갑자기 사방의 오군이 소란스러워졌고, 마충이 한눈을 판 사이 황충이 창을 빼앗아 마충을 찔렀다.

마침내 관흥과 장포가 산간에 황충이 갇혀 있는 것을 알고는 구하러 왔다. 마충은 위험을 감지하고는 황충을 버리고 계곡 쪽으로 도망쳤다.

"노장군, 이제 안심하십시오."

그 말을 끝으로 황충은 아무것도 기억할 수 없었다. 그 후 황충은 아군 진영에 누워서 관흥과 장포의 간호를 받고 조금 정신을 차렸다. 유비가 황충의 등을 어루만지며 말했다.

"노장군, 짐의 과오를 용서하시오."

황충은 깜짝 놀라 일어서려 했지만 심한 출혈과 기력이 쇠진하여 꼼짝도 할 수 없었다.

"당치 않습니다, 폐하. 폐하와 같이 덕이 높은 분을 곁에서 오랫동안 섬길 수 있었던 것만으로도 과분할 따름입니다. 이 한목숨 이제 무엇이 아깝겠습니까. 폐하께서는 옥체를 보존하소서."

말을 마치자마자 황충은 그만 숨이 끊어지고 말았다. 진중 밖에서는 한밤의 눈보라가 휘몰아치고 있었다.

"아아, 또 한 명의 오호대장군이 숨을 거두었구나."

성도로 황충의 주검을 보내는 날, 유비는 황야에 서서 눈이 내리는 회색빛 하늘을 한동안 우러르고 있었다.

유비는 마음을 추스르며 얼어붙은 황제의 깃발을 앞세우고 어림군을 이끌고 다시 효정猇亭(호북성·의도의 서쪽)까지 진출했다.

그리고 뜻하지 않게 그 부근에서 오의 한당군과 조우하여 일전을 벌였다. 장포는 한당의 부하 하순夏恂을 무찌르고 관흥은 주태의 아우인 주평의 목을 쳤다. 유비는 그 모습을 보고 과연 호랑이의 자식들이라며 감탄했다. 촉군은 다시 강을 건너 진군했다.

오의 수군을 통솔하고 있던 감녕은 건업을 떠나올 때부터 몸이 온전치 않았다. 이윽고 겨울이 되자 그는 지병이 도졌고, 퇴각하는 육군과 함께 어쩔 수 없이 이동을 해야만 했다. 그런데 도중에 매복하고 있던 촉군의 남만 부대에게 공격을 당하게 되었다. 감녕의 군은 대부분 배 위에 있었기 때문에 그를 호위하는 병사는 극히 소수였다. 게다가 남 만군의 대장인 사마가는 그 용맹함이 악귀나 나찰과 같았다. 결국 오 군은 살아남은 사람이 없을 정도로 섬멸당하고 말았다.

감녕은 병상에서 사마가가 쏜 화살에 어깨를 맞고 부지구富池口(호 북성·공안의 남쪽)로 혼자 도망쳤다. 하지만 최후를 예감했는지 말을 세 우고 큰 나무 아래에 앉았다. 그리고 얼마 후 숨을 거두었다.

2월에 접어들자 효정 방면에서는 한층 치열한 싸움이 반복되었다. 촉군의 병사들에게는 필승의 신념이 있었고, 오군의 병사들에게는 싸 우면 반드시 진다는 두려움이 있었다.

그날의 싸움에서도 촉군은 개가를 올리고 돌아왔다. 그런데 어찌 된 일인지 밤이 되어도 관흥 혼자만 돌아오지 않고 있었다.

"누군가 살펴보고 오라."

유비는 장포와 장수들에게 명을 내린 후 밤늦게까지 잠자리에 들지 않았다.

* * *

관흥은 돌아가는 것도 잊은 채 오의 군사를 뒤쫓았다. 그리고 마침 내 아버지 관우를 죽인 반장과 조우하게 되었다. 그는 도망치는 반장 을 놓칠세라 뒤쫓았다. 하지만 원수를 놓치고 산속까지 들어가게 되었다. 그는 길을 잃고 한밤중에 산속을 헤맸다.

그러다 산속에서 집 한 채를 발견했다. 그는 주인에게 밥 한 끼와 하룻밤 재워줄 것을 청했다. 그러자 한 늙은 남자가 사립문을 열고 안으로 이끌었다. 안으로 들어간 관흥은 그만 깜짝 놀라 엎드리고 말았다. 정면의 작은 단에 등불이 켜져 있었고, 자신의 아비인 관우의 초상이 걸려 있었던 것이다.

"노옹, 제 부친과 이 집과는 무슨 연고가 있습니까?"

"아니, 그럼 당신이 관우 장군님의 자제분 되십니까?"

"예, 그렇습니다. 제가 관흥입니다."

"이곳은 일찍이 장군님께서 다스린 영지였습니다. 장군님이 살아 계실 때 저희는 그분의 은덕을 칭송하고 집집마다 아침저녁으로 절을 올렸습니다. 하물며 장군님께서 돌아가신 지금에야 말할 것이 무에 있겠습니까."

노옹은 그렇게 말하고 관흥을 위로하며 마루 아래에 저장해둔 술병을 꺼내 밤새도록 환대했다. 그런데 한밤중에 밖에서 문을 세차게 두드리는 사람이 있었다.

"문을 열라. 나는 오의 대장 반장이다. 길을 잃어서 아침까지 머물다 가겠노라."

그 소리에 관흥은 벌떡 일어서며 말했다.

"이는 분명 돌아가신 아버지께서 보내신 것이다."

관흥이 밖으로 뛰쳐나가며 말했다.

"아버지의 원수, 반장. 이젠 놓치지 않겠다."

관흥은 반장을 향해 달려들었다. 예상치도 못한 곳에서 뛰어나와 달려든 관흥에게 깔린 반장은 마침내 목이 떨어지고 말았다.

관흥은 기뻐하며 반장의 수급을 안장 옆에 매달고 노옹에게 작별을 고했다.

관흥이 산을 내려가는데, 산기슭 쪽에서 반장의 부하인 마충이 올라왔다. 마충이 앞서 오는 젊은 장수를 자세히 살펴보니, 안장에는 주군 반장의 목을 매달고 손에는 반장이 관우를 죽인 공으로 오왕에게 받은 청룡언월도를 들고 있었다.

마충은 고함을 치며 관흥에게 달려들었다. 관흥은 마충 역시 부친의 원수와 마찬가지라 여겨 전력으로 맞서 싸웠다. 그때 한 무리의 군사가 횃불을 흔들며 올라왔다. 유비의 명을 받고 관흥을 찾으러 온 장포의 부대였다. 그들을 본 마충은 쏜살같이 도망쳤다. 장포와 관흥은 함께 본진으로 돌아와 유비에게 반장의 수급을 바쳤다.

싸울 때마다 연전연패를 거듭하는 데다 반장마저 죽고 나자 오군의 병사들 사이에서 촉은 도저히 이길 수 없는 상대라는 분위기가 팽배해졌다.

오군의 병사들 중에는 예전에 관우를 떠나 오의 여몽에게 투항한 형주병이 많았다. 그렇다 보니 촉의 황제에 대해서는 싸우기 전부터 일종의 경외감을 품고 있었다. 그중에는 딴마음을 품고 있는 사람도 상당히 많았다.

"촉의 황제가 미워하는 것은 촉을 배신하고 관운장을 적에게 팔아넘긴 미방과 부사인 두 사람이다. 그러니 그 두 사람의 목을 쳐서 촉제의 진영에 바치면 분명히 후하게 은전을 내리실 것이 틀림없다."

그들은 끼리끼리 모여 그런 말들을 했고, 미방과 부사인도 그런 위험을 감지했다.

"아군 진영에서 언제 폭동이 일어날지 모르오. 촉의 황제가 벼르고 있는 것은 오히려 마충일 것이니, 지금 우리가 마충의 목을 가지고 황제에게 가서 전죄를 빌면 분명 용서해주실 것이오."

두 사람은 자신의 목이 떨어지기 전에 자고 있는 마충의 목을 쳤다. 그리고 그 수급을 가지고 촉의 진영으로 도망쳤다.

유비는 미방과 부사인을 보자 불같이 화를 냈다.

"무슨 면목으로 이곳에 왔느냐. 자신들의 안위를 위해 관우를 오에 팔아넘기더니, 이제 다시 자신들의 안위를 위해 오를 배신하고 마충의 목을 가지고 오다니. 참으로 비열하고 짐승만도 못한 자들이로다. 만일 네놈들을 용서한다면 세상의 절의가 땅에 떨어질 것이다. 또한 관우의 영정 앞에 결코 살려둘 수 없도다. 관흥, 이 죄인들을 그대에게 내릴 터이니 목을 쳐서 부친의 혼백을 달래도록 하라."

관흥은 양손으로 두 사람의 목덜미를 잡고 관우의 영정 앞으로 끌고 갔다. 그리고 목을 쳐서 아버지 관우에게 바쳤다.

부친의 원한을 갚고 기뻐하는 관흥과는 달리 장포는 풀이 죽어 있었다. 유비는 그런 장포의 마음을 헤아리며 말했다.

"아직 자네 부친의 혼백은 달래지 못했지만, 곧 오를 공격하고 건업성을 함락시키면 반드시 장비의 원한도 갚을 수 있을 것이다. 그러니너무 슬퍼하지 말라."

그런데 그 무렵, 범강과 장달은 오의 건업에서 쇠사슬에 묶여 저잣거리 백성들의 구경거리가 되고 있었다. 그리고 오의 건업에서는 계속되는 패전으로 일부 보수적인 중신들 쪽에서 급격히 화평론이 대두되고 있었다. 그들의 주장은 다음과 같았다.

"본래 촉은 오와 화평을 유지하고 싶어 합니다. 그런데 적개심에 불타 대군을 일으켜 공격해온 것은 여몽과 반장, 부사인, 미방 등에 대한 분노 때문입니다. 이제 그들도 모두 죽고 남은 것은 범강과 장달 두 사람뿐입니다. 오가 그 두 사람을 위해 혹독한 대가를 치를 이유가 털끝만큼도 없으니, 장비의 수급과 함께 두 사람을 촉으로 돌려보내야 합니다. 그리고 형주 땅과 오 부인을 유비에게 돌려주고 화평을 구한다면 촉군은 당장 병사를 거두고 오를 공격하지 않을 것입니다. 만약 이대로 손을 놓고 있으면 촉군이 건업성 아래로 들이닥칠 것이고 후일을 장담할 수 없습니다."

주전파는 화평파의 주장을 맹렬히 반박했지만, 결국 손권은 화평파의 손을 들어주었다. 이에 정병程秉을 사자로 삼았고, 정병은 친서를 가지고 효정으로 향했다.

정병은 유비 앞에 나가 침향목 상자에 소금과 함께 넣어두었던 장비의 수급을 바쳤다. 그리고 끌고 온 범강과 장달도 건넸다.

유비는 상자를 받아들고 장포에게 범강과 장달을 건넸다. 장포는 기뻐하며 수레의 문을 열고 한 명씩 끌어내 칼로 쳐 죽였다. 그리고 두 사람의 목을 부친의 영정에 바치고 엉엉 소리를 내며 통곡했다. 오의 사자인 정병은 그것을 바라보며 두려움에 떨었다.

정병이 침묵을 지키고 있던 유비에게 고했다.

"주군께서는 오 부인도 돌려보내시고 다시 예전처럼 화친을 맺고 싶어 하십니다."

유비는 일언지하에 오의 제안을 거절하며 분명하게 선언했다.

"짐의 바람은 오를 치고 위를 평정하여 천하를 하나로 통합하는 것이다."

105
육손의 화계火計와 공명의 석병팔진石兵八陣

유비는 7백 리에 마흔 곳이 넘는 진채를 세우고 수로를 따라 오를 공략하고, 육손은 화공을 써서 일시에 촉군을 섬멸한다

정병이 도망치듯 서둘러 동오로 돌아와 유비의 말을 고했다. 이윽고 손권은 모든 문무백관들을 불러 모아 회의를 열었다. 감택이 나서며 말했다.

"무엇을 그리 두려워하는가. 오에는 다행히 나라의 기둥이랄 수 있는 큰 인물이 있소이다. 어찌 그대들은 왕에게 그를 천거하여 촉을 물리치려 하지 않는 것인가."

손권이 반기듯 물었다.

"우리 오에 그러한 큰 인물이 있다는 것은 나도 모르고 있었소. 지금 오는 존망의 기로에 서 있소. 만일 나라를 구할 큰 인물이 재야에 있다면 나는 그 사람을 위해 무슨 일이든 할 것이오."

감택이 대답했다.

"그는 바로 형주에 있는 육손입니다."

감택의 말에 회의장 안이 어수선해졌다. 개중에는 비웃는 사람도 있었다. 그런 모습에 손권은 고개를 갸웃거리며 생각에 잠겼다. 그러자 장소와 고옹 등의 중신들이 쓴웃음을 지으며 반대했다.

"지난날 동오의 기둥이라고 할 수 있는 사람은 주랑이었고, 그 뒤를 노자경이 이어받았습니다. 그리고 불과 얼마 전까지는 여몽이 나라의 대사를 맡아 처리했고, 저희 모두 그를 믿고 따랐습니다. 그들을 기리는 마음이 간절하기에 일개 서생에 지나지 않는 육손을 나라를 구할 영걸로 생각하는 사람은 한 명도 없을 것입니다."

고옹도 거들었다.

"육손은 본래 문자文字 사람으로 군사軍事에 아무런 재주가 없습니다. 게다가 나이도 어리고 유약합니다. 또한 특별히 높이 살 만한 재주가 없어 부하들도 그를 따르지 않을 것입니다. 그러하니 그를 등용하여 촉을 물리칠 수 있다는 생각은 참으로 어리석은 망상에 지나지 않을 뿐입니다."

그 외에도 반대하는 사람이 많았지만 손권은 그들의 반대를 물리치며 형주로 파발을 보내 육손을 불러들였다.

그처럼 손권이 결단을 내린 데는 두 가지 이유가 있었다. 감택이 만일 자신의 말에 잘못이 있다면 목을 바치겠다고 장담한 데다 여몽이 생전에 육손을 칭찬했기 때문이다. 손권은 여몽이 자신을 대신해 형주의 경계를 지킬 사람으로 육손을 발탁할 정도라면 나이는 젊지만 무언가 믿을 만한 점이 있는 인물임에 틀림없다고 생각한 것이다.

육손은 오왕의 부름을 받고 급히 건업으로 왔다. 그리고 왕으로부터 대임을 받았다.

"기대에 부응할 자신이 있느냐?"

"국가 존망이 갈리는 일인데, 어찌 이를 사양하겠습니까. 신명을 바치겠습니다. 바라옵건대 문무백관들을 모두 부르신 뒤 엄숙하게 의식을 거행하시어 대왕의 어명을 상징하는 검을 신에게 내려주십시오."

손권은 승낙하고 건업성의 북쪽 정원에 누대를 쌓고 백관을 도열시킨 후 육손을 단에 오르게 했다. 오왕 손권은 육손에게 직접 검을 내리고 백모황월白旄黃鉞과 인수병부印綬兵符 일체를 일임한 후 고했다.

"이제 그대를 대도독 호군護軍 진서장군으로 삼고 누후屢侯로 봉하니, 앞으로 6군 18주를 위시하여 형주의 군마를 모두 지휘하라."

육손이 새로운 총사령관으로 부임한다는 소식이 전해지자 오의 전선에 있는 각 진영의 장수들이 한결같이 불만을 토로했다.

"그런 어린아이가 대도독 호군장군에 임명되다니 대체 어찌 된 일인가."

"저렇게 문약한 자가 어찌 군을 지휘할 수 있단 말인가."

"대왕의 심중을 이해할 수 없구나. 이는 분명 주위에 있는 자의 간계 때문일 것이다."

그중에는 오의 붕괴까지 입에 담는 사람이 있었다.

그때 육손이 부임하여 형주의 모든 장수와 군사를 불러 모았다. 그리고 새로 가세한 정봉, 서성 등과 함께 전열을 정비했다.

각 장수들은 육손을 달갑게 여기지 않았다. 그렇다 보니 축하 인사를 전하러 오는 사람조차 없었다. 하지만 육손은 조금도 신경을 쓰지 않았다.

어느 날 육손은 장수들을 부른 뒤, 한 단 높은 대에 올라 고했다.

"내가 건업을 떠나올 때, 오왕께서 친히 내게 보검과 인수를 내리시며 성안의 일은 왕께서 관장하시고 밖의 일은 내게 맡기셨소. 만일 이를 거역하는 자가 있다면 먼저 목을 치고 후에 고해도 좋다고 명하셨소."

육손은 잠시 숨을 고른 뒤 다시 말을 이었다.

"군중에는 군법이 있는 법이오. 공들은 군율을 엄격히 지키길 바라오. 만일 이를 어길 시에는 적을 치기 전에 먼저 내부의 적을 벨 것이오."

부장들은 아무 말 없이 그저 다른 곳만 바라보고 있었다. 그때 불만을 품고 있던 주태가 육손에게 물었다.

"앞서 전선에 와서 악전고투를 하고 있는 손환은 이릉성에 고립되어 안으로는 병량이 떨어지고 밖으로는 촉병에 포위되어 있습니다. 한데 다행히 대도독께서 부임하였으니, 하루라도 빨리 묘책을 세워 먼저 손환을 구해 저희의 사기를 높여주길 바랍니다. 과연 대도독께 그런 묘책이 있는지요?"

육손이 그 일은 별로 문제가 되지 않는다는 듯 말했다.

"이릉성은 곁가지에 불과하오. 또한 손환은 부하를 잘 다루는 장수이니 반드시 병사들을 규합하여 성을 지켜낼 것이오. 급하게 구하려

하지 않아도 성이 함락될 걱정은 없소. 내가 치려고 하는 것은 촉군의 중추이오. 적의 중추가 무너지면 이릉의 포위는 저절로 풀릴 것이오."

그 말을 들은 부장들은 속으로 생각했다.

'육손에게는 아무런 계책이 없구나.'

한당과 주태는 안색이 창백해지기까지 했다.

'저런 자를 대도독으로 모시다가는 아군은 괴멸당하고 말겠구나.'

다음 날, 육손은 각 부대에 '오로지 굳게 지키고 누구라도 나가서 싸우는 것을 금한다'는 명을 내렸다. 부장들은 더 이상 참지 못하고 무리를 지어 육손에게 갔다.

"우리는 이미 목숨을 버리고 전쟁에 임했는데, 도독은 대체 무슨 생각으로 그런 명령을 내리시는 겁니까? 대왕께서도 그런 취지로 도독을 임명한 것이 아닐 것입니다."

한당과 주태가 육손의 명을 반대하자 육손이 검을 뽑아들며 말했다.

"나는 일개 서생에 지나지 않지만 오의 왕을 대신하여 그대들에게 명을 내리는 자이다. 또다시 명을 거역하면 그 누구라도 목을 쳐 군율의 지엄함을 보일 것이다."

부장들은 아무 말도 하지 못하고 모두 돌아가야만 했다. 하지만 어느 누구도 육손에게 굴복한 것은 아니었다. 오히려 더 큰 반감을 품게 되었다.

"젊은 서생 놈이 권력을 손에 넣더니 저리 오만방자하구나."

그사이 사기가 충천한 촉의 대군은 효정에서 천구에 이르는 광대한 지역에 40여 개의 진채와 해자를 만들고 위세를 떨치고 있었다.

"이번 오군의 총사령관에 부임한 육손이라는 자는 들어본 적이 없는 인물인데, 누가 아는 사람이 없는가?"

유비가 좌우의 신하들에게 묻자 마량이 대답했다.

"육손은 강동의 일개 서생에 지나지 않고 나이도 어리지만, 오의 여몽은 그를 선생이라 존중하며 절대로 서생 취급을 하지 않았다고 합니다. 재주가 많고 계략에 능하여 가늠할 수 없는 자입니다."

"그런 자를 오는 어찌 여태까지 중용하지 않았단 말이오?"

"필시 그와 친한 자들도 그에게 그런 재주가 있는 걸 전혀 몰랐던 것이 아닌가 싶습니다. 여몽은 사람을 보는 눈이 뛰어나 일찍부터 그를 중용하였는데, 오군이 형주를 공격한 것도, 관운장을 속인 것도 여몽의 계략이라고 알고 있지만, 실은 모두 육손의 머리에서 나온 것이라 합니다."

"그럼 육손이 내 아우를 죽인 원수가 아닌가?"

"그렇다고 할 수 있습니다."

"어찌 일찍 그 말을 하지 않았나. 내 당장 그를 치리라."

"잠시 고정하십시오. 육손의 재주는 여몽에게도 뒤지지 않고 주유보다도 못하지 않습니다."

"그대는 짐의 병법이 저 어린 서생에 미치지 못한다는 것인가?"

마량은 그에 답할 말을 찾지 못했다. 유비는 곧장 부장들에게 전진할 것을 명했다.

내부 분란으로 뒤숭숭하던 오의 진영도 촉의 대군을 눈앞에 맞닥뜨리자 더 이상 개인적인 의견과 불만을 내세울 수 없었다. 부장들은 모두 총사령부에 모여 어떻게 적을 맞아 싸울 것인지 육손의 명령을 기다렸다.

"오로지 지금의 상태를 굳게 유지하고 함부로 움직이지 말라."

육손은 그렇게 말한 후 말을 타고 한당의 진영이 있는 산 위로 올라갔다.

"한당, 경솔히 산을 내려오지 말라."

육손은 당장이라도 군사를 이끌고 산을 내려와 적진으로 돌격하려는 한당을 제지했다.

"대도독, 저것이 보이지 않습니까? 들판에 펄럭이는 누런 비단 산개傘蓋가 바로 유비가 있는 곳입니다. 눈앞에서 뻔히 그것을 보며 숨죽이고 있을 바에는 차라리 싸움을 포기하고 물러가는 편이 좋을 것입니다."

"적의 겉모습만 보고 그렇게 생각하는 것도 무리는 아니오. 촉의 유비가 눈에 보이는 포진으로 스스로 우리의 진영 앞에 나타날 리 없소. 그의 함정이 분명하오. 다행히 지금은 한여름 염천이니, 우리가 나가 싸우지 않고 지키면서 시간을 끌면 그는 뜨거운 날씨에 기력을 소진하고 마침내 포진을 거둬 숲의 그늘로 옮길 것이오. 그때가 되면 반드시 내 명령을 내려 적을 공격할 것이오. 그러니 시원한 곳에 들어가 적의 도발을 그저 웃으며 구경하고 있으시오."

한당은 어쩔 수 없이 육손의 명대로 꼼짝도 하지 않고 자리를 지키고 있었다. 그리고 촉군은 점점 더 험담과 욕설을 해대며 끊임없이 오를 부추겼다.

***

　적을 유인하기 위해 욕설과 비방으로 적의 화를 돋우는 것은 이제 너무 낡은 병법이었다. 그래서 촉군은 일부러 허점을 보이거나 약한 병사를 앞에 세워 적을 유인하려 했지만 오는 여전히 자신의 진영에서 한 발도 나오지 않았다.

　나무 그늘 한 점 없는 광야였다. 밤은 그렇다 쳐도 낮의 혹독한 더위에 풀은 메마르고 땅은 불로 달군 강철 같았다. 게다가 물은 멀리에서 구해야 했고, 병자는 속출하고, 사기는 땅에 떨어져 더 이상 수습할 수 없는 상태에 이르렀다.

　"일단 진영을 시원한 산그늘이 있는 곳이나 물이 있는 계곡으로 옮기도록 하라."

　마침내 유비는 명령을 내렸다. 그러자 마량이 간했다.

　"한 번에 이 많은 군을 물리는 것은 위험합니다. 반드시 육손이 추격해올 것입니다."

　"너무 걱정하지 말라. 약하고 늙은 병사를 후미에 남기고 거짓으로 패한 척 도망친 후 만일 적이 쫓아오면 정예병을 숨겨놓았다가 적을 칠 것이다. 우리에게 계략이 있다는 걸 알면 저들은 함부로 추격해오지는 못할 것이다."

　부장들은 유비의 묘책을 칭찬했다. 하지만 마량만은 여전히 불안한 듯 말했다.

"근래 공명 승상께서 한중까지 나와 있다 합니다. 한중은 그리 멀지 않으니 이곳의 지형과 포진을 그려 보내 군사의 의견을 들어본 후에 진영을 옮겨도 그리 늦지 않을 듯합니다."

"짐도 병법을 모르지 않소. 원정을 나와 어찌 일일이 공명에게 물어볼 수 있겠소. 하지만 마침 공명이 한중까지 나와 있다 하니, 그대가 가서 짐의 근황과 전황을 전하는 것도 좋을 듯하오."

유비는 마량을 사자로 명했다. 마량은 적과 아군의 포진에서 지형에 이르기까지 상세하게 그린 사지팔도四至八道를 가지고 출발했다.

다음 날, 산 위에 있던 오의 경계병이 단숨에 산을 내려와 한당과 주태에게 보고했다.

"촉의 대군이 멀리 있는 산세 쪽으로 진영을 옮기기 시작했습니다."

두 사람은 즉시 육손에게 가서 그 사실을 고했다. 보고를 받은 육손은 마른하늘에 비구름을 본 것처럼 무어라 표현할 수 없는 기쁜 표정을 지었다.

"대도독, 당장 전군에 추격의 명을 내려주십시오."

육손은 그들을 데리고 높은 지대로 말을 달려 올라갔다. 그러고는 보고만으로는 섣불리 군사를 움직일 수 없다는 듯 직접 자신의 눈으로 광야를 건너다보았다.

"흠, 과연 그렇구나."

육손은 감탄을 했다. 군사를 물리는 것은 나아가는 것 이상의 전술이 필요했다. 촉의 대군은 대부분 물러간 상태였다. 그리고 오와 대치한 전방에는 만 명 정도의 후진만이 남아 있었다.

주태가 발을 동동 구르며 말했다.

"아뿔싸, 싸울 시기는 한순간에 지나간다 하더니 대도독의 느긋함으로 절호의 기회를 놓치고 말았구나. 이렇게 된 이상, 내가 한당과 함께 남은 촉군이라도 토벌하지 않으면 분이 풀리지 않을 것이다."

육손은 그런 주태를 제지하며 앞으로 사흘을 더 기다리라 말했다. 그러자 주태가 상대도 하기도 싫은 듯 땅에 침을 뱉으며 말했다.

"지금도 시기를 놓쳤는데 앞으로 사흘이나 더 기다리라니 대체 무슨 생각이십니까?"

"저편의 골짜기와 앞쪽 산에 살기가 서려 있소. 필시 촉의 복병일 것이오. 적이 후진에 늙고 노쇠한 병사들만 남기고 멀리 물러난 것은 우리를 유인하려는 계략임에 틀림없소."

육손은 채찍을 든 채 전방을 가리키며 말했다. 그러고는 다시 한번 출정을 엄하게 금하고 본진으로 돌아갔다.

부장들은 육손이 겁약하다며 비웃고 이젠 될 대로 되라는 듯 자포자기 심정으로 진영에 틀어박혔다.

촉의 노병들은 오의 진영 앞에서 일부러 갑옷을 풀어헤치고 낮잠을 자거나 하품을 하며 욕설을 해댔다.

사흘째 되는 날, 주태와 한당 등이 다시 무리를 지어 육손을 찾아갔지만 육손은 여전히 그들의 말을 듣지 않았다. 이에 주태가 육손을 다그치듯 말했다.

"만약 촉군이 전부 멀리 퇴각하면 어떻게 하시겠습니까?"

"그것은 내가 바라는 바이오."

그 말에 사람들은 어이가 없다는 듯 크게 실소를 터뜨렸다. 그때 척후병이 와서 육손에게 보고를 했다.

"아침 무렵, 남아 있던 만 명의 적병들이 퇴각하여 자취를 감췄는데, 얼마 되지 않아 갑자기 산골짜기에서 7, 8천 명의 촉병들이 나타나더니 누런 비단 산개를 호위하고 물러가는 것을 보았습니다."

"아! 그것이 바로 유비다."

부장들이 그렇게 말하며 아쉬워하자 육손이 그들을 달래며 말했다.

"유비는 일세의 영웅이오. 그러니 우리가 아무리 절치부심切齒腐心해도 그가 대비하여 포진을 펼치고 있으면 그것을 깰 수가 없소. 오로지 장기전으로 끌어들여야 하오. 무더운 날씨에 지치고 병자가 속출하고 사기가 떨어지니 그도 어쩔 수 없이 물가로 진을 옮긴 것이오. 그렇지만 신중을 기해 계책을 깔아놓았소. 바로 우리를 유인하기 위해 약한 노병들을 남기고 정예병을 골짜기에 매복시켜놓은 것이오. 하지만 사흘이나 기다려도 우리가 움직이지 않자 마침내 지쳐 물러간 것이오. 이제 전세는 우리에게 유리해졌소. 앞으로 열흘이 지나지 않아 촉군은 사분오열하여 무너질 것이오."

부장들은 육손의 말을 귀담아듣지 않았다. 하물며 한당은 분통을 터뜨리며 조롱하듯 말했다.

"과연 우리 대도독은 훌륭한 이론가이십니다."

육손은 그들을 거들떠보지도 않고 이내 손권에게 보내는 서찰 한 통을 써내려갔다.

촉군이 전멸할 날이 가까워졌습니다. 대왕과 건업성의 신하
와 백성 모두 베개를 높이 베고 주무실 수 있을 것이옵니다.

한편 촉군은 주력을 수군으로 옮기기 시작했다. 유비는 육손이 좀처
럼 움직이지 않자 성급한 마음이 들었다. 즉, 수로를 이용해 오의 본토
로 들어가 손권과 결전을 치를 결심을 한 것이다. 며칠 동안 촉의 군선
은 속속 장강을 따라 내려가 강기슭 곳곳에 있는 적을 쫓아내고는 그
곳에 수채를 쌓았다.

촉과 오가 싸우자 위는 기뻐할 수밖에 없었다. 대위 황제 조비는 하
늘을 보며 웃었다.

"촉은 수군에 힘을 쏟아 매일 백 리 이상 오를 향해 전진하고 있다고
하는데, 드디어 유비가 죽을 날이 가까워진 듯하구나."

측신들이 의아해하며 물었다.

"어찌 그렇게 말씀하시는지요?"

"그대들은 모르는가? 촉군은 이미 육지에 마흔 곳의 진채를 쌓았는
데, 이제 다시 수로로 수백 리를 전진하고 있다. 장장 8백 리에 걸친 전
선에 대군을 배치하려고 하면 촉의 75만 명의 병력도 한없이 약해질
것이다. 여기에 육손의 군사를 버려두고 수로로 나선 것은 유비의 운
이 다한 것이라 할 만하다. 옛말에 물을 낀 습한 평원이나 거칠고 험한
땅에 군사를 주둔하는 것은 병가에서 꺼려야 한다고 했다. 유비는 바
로 그러한 금기를 범한 것과 같다. 두고 보아라, 가까운 시일 안에 촉은
대패를 당할 것이다."

하지만 군신들은 믿지 못하겠다는 듯, 오히려 촉의 위세를 두려워하며 국경의 방비를 걱정했다. 그러자 조비가 단호하게 말했다.

"오는 촉을 이기면 그 여세를 몰아 촉으로 쳐들어갈 것이다. 우리는 바로 그때를 노려 오를 취할 것이다."

이윽고 조비는 조인을 유수濡須로, 조휴를 동구洞口 방면으로, 조진曹眞을 남군으로 보냈다. 위군은 그렇게 세 곳에서 오의 정세를 살피며 때를 기다렸다.

그즈음 촉의 마량이 한중에 도착했다.

"황제의 명령으로 승상의 의견을 들으러 왔습니다. 지금 군은 8백 리 사이에 산과 강을 따라 마흔 곳에 진채를 세워 연결하고, 선봉은 군선을 타고 동오로 진군하고 있습니다."

마량은 사지팔도를 꺼내 상세하게 전황을 전했다. 공명이 무릎을 치며 탄식했다.

"누가 이런 작전을 권하였는가?"

"황제께서 직접 펼치신 포진입니다."

"흐음, 한조의 운명이 다한 것인가!"

"어찌 그렇게 낙담하시는 것입니까?"

"강물의 흐름을 타고 진군하는 것은 쉬우나, 물을 거슬러 물러나는 것은 어렵네. 또 물을 낀 습한 평원이나 거칠고 험한 지형에 진채를 세워 연결하는 것은 병가의 금기이며, 다음으로 전선을 길게 하면 그 힘이 분산되니 위태롭기 그지없는 포진이네. 마량, 그대는 급히 서둘러 전장으로 돌아가서 내 말을 전하고 반드시 화를 피하도록 간언하게."

"만일 그사이에 육손의 군대에게 패하게 되면 어떻게 해야겠습니까?"

"육손은 깊이 쫓아오지는 않을 것이네. 육손도 위가 기회를 엿보고 있다는 사실을 모를 리 없네. 만일 위급한 상황이 오면 황제를 백제성으로 모시고 가게. 예전에 내가 촉으로 들어올 때, 후일을 위해 어복포漁腹浦에 병사 10만 명을 준비해놓았네. 만일 육손이 무심결에 쫓아온다면 그는 사로잡히고 말 것이네."

"어복포라면 몇 번이나 왕래한 적이 있지만 한 명의 병사도 보지 못했습니다. 정말이십니까?"

"곧 알게 될 것이네."

공명은 바로 성도로 돌아갔고 마량은 다시 전장으로 말을 달렸다.

오의 육손은 이미 움직이고 있었다. 드디어 때가 왔다며 우선 강남에 있는 촉군의 네 번째 진채를 공격하기로 했다. 그곳은 촉의 장수 부동傅彤이 지키고 있는 곳이었다.

오의 능통과 주태, 한당 등이 자신이 야습을 하겠다며 선봉을 자원했다. 하지만 육손은 순우단淳于丹에게 병사 5천 명을 내리며 선봉을 맡겼고, 서성과 정봉을 후진으로 내보냈다.

그날 밤, 야습의 임무를 띠고 촉의 네 번째 진채를 공격한 순우단은 예상치도 못한 남만 군사와 적장 부동에게 패하여 목숨마저 위태롭게 되었다. 하지만 다행히도 후진의 정봉과 서성의 부대가 와서 도와주었고, 순우단은 가까스로 돌아올 수 있었다.

"면목이 없습니다. 군율로 다스려주십시오."

순우단은 온몸에 맞은 화살을 뽑지도 못한 채, 육손 앞에 엎드려 사죄했다.

"그대의 죄가 아니오."

육손은 그에게 책임을 묻지 않고 오히려 책임을 자신에게 돌렸다.

"어젯밤 기습은 촉의 허실을 파악하기 위해 순우단으로 하여금 시험해본 것에 지나지 않소. 하지만 그로 인해 나는 촉을 깰 방법을 깨달았소."

서성이 재빨리 물었다.

"어젯밤과 같은 일을 반복하면 아군의 손실이 클 것입니다. 그 방법이 무엇입니까?"

"그것은 세상에서 오직 제갈량만이 알 수 있으나 다행히 이번 싸움에 공명은 없소. 이는 하늘이 우리를 돕고 있기 때문이오."

육손은 모든 장수와 병사를 불러 모은 뒤 부장들에게 명령을 내렸다.

"우리가 싸우지 않은 지 백여 일이 지났다. 이제 때가 무르익어 천지 사방이 우리를 돕고 있다. 먼저 주연은 마른 갈대와 건초 등을 배에 싣고 강 상류로 나가 바람을 기다리라. 분명 내일 오시午時를 지날 무렵부터 동남풍이 물결을 일으킬 것이다. 바람이 불면 강북의 적진으로 접근하여 유황과 염초를 던져 적의 진채들을 불태우라. 또 한당은 일군을 이끌고 동시에 강북의 기슭으로 상륙하라. 주태는 강남의 기슭을 공격하라. 다른 군사들은 상황에 따라 내 명령을 기다리라. 유비는 내일 밤을 넘기지 못하고 우리 수중에 들어올 것이다."

육손이 대도독으로 부임한 이래 이처럼 적극적으로 명령을 내린 것은 처음이었다. 주연과 한당, 주태 등은 기뻐하며 준비에 들어갔다.

다음 날 오시 무렵부터 정말로 강 상류 일대에 풍랑이 일기 시작했다. 그러자 촉의 중군에 드높이 펄럭이던 깃발이 부러졌다.

유비가 눈썹을 찡그리자 정기程畿가 고했다.

"이는 예부터 야습의 징조라고 하였습니다."

그때 강기슭에서 망을 보고 있던 병사가 와서 고했다.

"어젯밤부터 강 상류에 많은 배가 떠 있는데, 바람이 세차게 부는데도 물러가지 않습니다."

유비가 고개를 끄덕이며 말했다.

"이미 알고 있는 일이다. 의병계擬兵計일 것이다. 명이 있을 때까지 섣불리 움직이지 말라고 수군에게 엄히 일러두라."

얼마 후 또 다른 소식이 전해졌다.

"오군의 일부가 동쪽으로 이동하고 있다고 합니다."

"유인책일 것이니 아직 움직일 때가 아니다."

해가 질 무렵, 강북의 진영에서 연기가 솟았다. 실수로 불이 난 것이라 생각하고 살펴보니 조금 아래쪽 진채에서 또 불이 일었다.

"바람이 이리 세니 걱정이 되는구나. 관흥, 가서 살펴보고 오라."

밤이 되어도 불은 꺼지지 않았다. 아니 북쪽 강기슭뿐 아니라 남쪽 강기슭에서도 불길이 치솟았다. 유비는 바로 장포를 보냈다.

어느새 밤하늘이 새빨갛게 불타올랐다.

"불이다!"

누군가 본진 근처에서 소리쳤다. 메말라 있던 나무 밑동에서 빨간

불씨가 피어오르고 있었다. 유비의 막사가 있는 부근의 숲이었다.

휘하의 부장들이 당황해서 뛰어나왔을 때에는 적인지 아군인지 구분할 수 없는 그림자들이 우왕좌왕하며 연기 속을 뛰어다니고 있었다.

"적이다. 오군이다."

유비의 눈앞에서 치열한 싸움이 벌어졌다. 유비는 부장들의 도움으로 말 등에 오를 수 있었다. 유비가 아군인 풍습의 진영까지 달리는 중에도 전포의 소매와 말의 안장에 불이 붙었다. 어느새 천지사방에서 불길이 솟아올랐다.

풍습의 진영도 혼란에 빠져 있기는 마찬가지였다. 그곳은 불뿐만 아니라 오의 서성이 기습하여 공격을 하고 있었다. 유비는 혼란스러웠다. 적의 계략에 빠져 있을 때에는 자신의 위치를 정확히 파악하기 어려운 법인데, 유비의 심중이 바로 그와 같았다.

"이곳도 위험합니다. 이렇게 된 이상, 어서 빨리 백제성으로 가셔야 합니다."

유비는 얼떨결에 말을 내달렸다. 풍습이 10여 명의 병사를 이끌고 유비의 뒤를 따랐지만, 서성의 공격을 받고 모두 죽고 말았다.

"유비를 사로잡아라."

풍습의 목을 친 서성이 여세를 몰아 유비의 뒤를 쫓았다.

얼마 후 오의 정봉의 군사들이 매복해 있다 유비의 앞을 가로막았다. 그때 다행히 부동과 장포가 나타났다. 유비는 때를 맞춰 뒤쫓아온 아군들의 호위를 받으며 마안산馬鞍山으로 도망쳤다.

유비는 산의 정상까지 오르고 나서야 비로소 정신을 되찾았다. 산

위에서 아래를 내려다보니 놀랍게도 70리에 걸쳐 불길이 솟아오르고 있었다. 그제야 유비는 육손의 화공을 이용한 계책의 전모를 알 수 있었다.

"육손은 실로 무서운 자로다."

하지만 때는 이미 늦었다. 유비가 하늘을 우러르며 탄식할 때, 육손의 군사는 마안산 기슭을 두껍게 에워싸고 있었다. 그리고 마안산도 불로 태울 작정인지 사방의 산길에서 불을 놓았다. 수많은 불길이 산 정상을 향해 밀려오고 있었다.

북소리와 함성 소리가 가까이 들려와도 유비 일행은 멍하니 바라볼 수밖에 없었다. 그래도 혈기왕성한 관흥과 장포가 강기슭으로 이어지는 불길이 약한 산길을 이용해 일행을 데리고 내려갔다. 하지만 그 길에도 육손의 복병이 기다리고 있었다. 다행히 그들을 물리치고 위험에서 벗어났지만 복병의 수는 점점 더 늘어났다.

"화공에는 화공으로 맞서야 하오."

그때 누군가 임기응변의 지혜로 산길에 불을 놓았다. 하지만 불길이 너무 약했다. 그러자 촉군은 궁여지책으로 화살을 부러뜨리고 갑옷을 벗어 던지고 깃대까지 불태워 불길을 살렸다.

이윽고 불길이 나무들로 옮겨붙어 맹렬히 타올랐고, 추격해오는 오의 군사를 간신히 막아낼 수 있었다.

그렇게 해서 강기슭까지 나왔는데, 또다시 새로운 적이 나타났다. 오의 대장 주연이 기다리고 있었던 것이다. 유비 일행이 말을 돌려 골짜기로 피하자 골짜기에서 함성 소리와 함께 육손의 깃발이 일제히 치솟

왔다.

"이제 여기서 죽겠구나."

유비가 절망 어린 신음을 흘린 순간, 예상치도 못한 원군이 모습을 드러냈다. 상산 조자룡이었다. 조자룡이 있던 강주江州는 한중이나 다른 곳보다 전쟁터와 가장 가까웠다. 공명이 마량과 헤어지고 성도로 돌아갈 때, 조자룡에게 즉시 유비를 도우라는 서신을 보냈던 것이다.

조자룡은 관흥과 장포 등과 함께 유비를 백제성까지 무사히 호위하여 들어갔다. 그리고 아군과 규합하기 위해 바로 성을 나와 말을 내달렸다.

* * *

오의 동시다발적 공격에 무너지기 시작한 7백여 리에 펼쳐져 있던 촉군의 진영은 홍수에 고립된 섬과 같았다. 각 진영은 서로 연락이 끊어졌고, 오의 공격을 막아내기에 급급했다. 하룻밤 사이에 목숨을 잃은 장수의 수는 헤아릴 수도 없었다.

오의 정봉이 부동을 포위한 후 그에게 항복을 권했다.

"승산이 없는 싸움이니 목숨을 귀히 여겨 오에 항복하라."

"한의 대장이 어찌 오의 개에게 항복하랴."

부동은 적진으로 뛰어들어 장렬하게 싸우다 옥쇄하고 말았다.

촉의 좨주祭酒 정기는 10여 명밖에 남지 않은 군사를 이끌고 강기슭까지 도망쳤다. 하지만 이미 그곳도 오의 수군이 점령한 상태였다. 오의 장수가 그에게 말했다.

"땅과 강, 이제 어느 곳에도 촉의 깃발은 꽂혀 있지 않으니, 말에서 내려 항복하라."

"내 이제까지 주군을 따라 전쟁에 나서 물러섬을 모르고, 적을 만나면 오직 맞서 싸울 뿐이었다."

정기는 그렇게 고함을 치며 말을 타고 싸우다 스스로 목을 찔러 죽음을 맞았다.

한편 촉의 선봉 장남은 이릉성을 포위한 채 오의 손환을 공격하고 있었다. 그런데 아군인 조융趙融이 와서 중군이 패하여 전선이 무너지고 황제의 행방도 알 수 없다고 전했다. 장남은 급히 포위망을 풀고 유비를 찾기 위해 중군으로 합류했다.

성안의 손환은 그때를 놓치지 않고 성 밖의 오군들과 합류하여 추격에 나섰고, 얼마 후 장남과 조융의 앞길을 막았다. 그 자리에서 장남과 조융은 결국 죽고 말았다.

그렇게 촉군의 장수들은 하나둘 죽음을 맞이했다. 그리고 멀리 남만에서 원정에 참가한 사마가도 오의 주태에게 사로잡혀 목이 떨어졌다. 반면 촉장 두로와 유녕 등은 군사를 이끌고 오의 본영으로 가 항복했다.

오의 총사령관 육손은 직접 대군을 이끌며 물밀듯 유비를 쫓았다. 그러다 어복포의 오래된 성 앞에 이르렀다. 그는 병사들을 쉬게 한 후 관문 위에서 전방을 바라보았다. 그리고 얼마 뒤 육손은 놀란 듯 좌우의 부장을 돌아보며 물었다.

"저 멀리 산과 강을 따라 일진의 살기가 하늘을 찌를 듯하구나. 필시 적의 복병이 있는 듯하다."

육손은 급히 10리 정도 진영을 물리고 척후병들을 보내 세심히 살펴보게 했다. 얼마 후 척후병들이 와서 차례로 보고를 하는데 모두 똑같은 말을 했다.

"적으로 보이는 자들은 한 명도 없습니다."

육손이 괴이하게 여겨 다시 산에 올라 전방의 하늘을 물끄러미 바라보았다. 그러고는 신음 소리를 내며 내려왔다.

"저토록 살기가 등등하게 피어오르는데 어찌 복병들이 보이지 않는단 말인가. 척후가 잘못 본 것이 틀림없다. 노련하고 날랜 자들을 뽑아 다시 면밀히 살펴보게 하라."

날이 저물어 밤으로 접어들었는데도 육손은 몇 번이고 진영 앞으로 나가 어복포의 밤하늘을 올려다보았다.

"참으로 이상하구나. 밤이 되니 낮보다 살기가 더욱 충만하다."

육손은 밤새 마음이 불안하여 잠을 이루지 못했다. 동이 틀 무렵 척후병이 돌아와 보고했다.

"아무리 면밀히 살펴봐도 적병이 없는 것은 확실합니다. 그런데 강가의 둔치에서 산과 산 사이의 좁고 험한 길을 따라 크고 작은 수천 개의 돌이 쌓여 있습니다. 그곳에서 소슬한 바람이 일어 한기가 느껴졌습니다."

육손은 즉시 10여 명의 병사를 데리고 직접 어복포를 살펴보러 갔다. 몇 명의 어부를 발견한 육손이 말을 멈추고 물었다.

"그대들은 이곳 사람들이니 강가의 둔치에서 산을 따라 돌들이 쌓

여겨 있는 이유를 아는가?"

그중에 나이가 지긋한 어부가 대답했다.

"예전에 제갈공명이 서천으로 가는 도중 이곳에 많은 병사를 내리게 한 다음, 며칠 동안 훈련을 하고 진세를 펼쳐놓았습니다. 그들이 돌아간 뒤에 보니 이 부근에 저토록 석문과 석탑이 만들어져 있었습니다. 그 이래로 강물도 이상하게 흐르고 때때로 회오리바람이 불기도 하여 아무도 석진石陣 안으로 들어가지 않게 되었습니다."

그 말을 듣고 육손은 다시 말을 달려 제방 위로 올라갔다. 높이 올라 내려다보니 곳곳의 석진마다 제각각 포석을 깔아놓았는데 길을 따라 사방팔면四方八面에 문이 있었다.

"이는 그저 사람을 현혹하기 위한 사술에 지나지 않다. 내 이것 때문에 어제부터 마음이 불안했다니 부끄럽구나."

육손은 크게 웃으며 강과 산을 따라 펼쳐진 석진 속으로 들어갔다. 그리고 그곳을 둘러본 후 본영으로 돌아가려고 했지만 길을 찾지 못했다.

"이곳은 막다른 곳인가?"

"이쪽입니다."

"아니오. 그 길은 방금 우리가 왔던 길이오."

육손과 10여 명의 병사는 여우에 홀린 듯 여기저기 헤매기 시작했다. 그들은 어지럽게 세워진 석진에서 쉽게 벗어날 수가 없었다.

그사이 날이 어두워지더니 광풍이 불어 모래가 날리고 강물이 요동치며 일렁였다. 하늘과 땅의 형상마저 험상궂게 보였다.

"저건 북소리가 아닌가?"

"아닙니다. 물결 소리입니다."

"아, 내가 경솔하여 그만 제갈량의 계략에 빠졌구나. 밤이 되어 풍랑이 더 거칠어지면 이곳은 물에 잠길 것이다."

"해가 지기 전에 출구를 찾아야 합니다."

병사들은 혈안이 되어 출구를 찾았지만 석진을 벗어날 수 없었다. 그런데 그때 백발노인이 어디선가 나타나 그들을 보며 웃고 있었다. 병사들이 누구인지 물었다.

"나는 제갈량의 장인인 황승언黃承彦의 친구로 오랫동안 저 앞의 산에 살고 있습니다."

육손이 예를 갖추며 길을 물었다.

"필시 길을 잃은 듯하여 산을 내려와 이곳에 왔습니다. 자, 이리로 나가십시오."

노인은 지팡이를 짚고 앞장을 섰다. 그러자 육손과 병사들은 어려움 없이 팔진八陣 밖으로 나올 수 있었다.

"제가 팔진에서 그대들을 구해주었다고 아무에게도 말하지 마십시오."

백발노인은 그렇게 말하고 어느새 자취를 감추었다.

"사냥감을 쫓는 사냥꾼이 산을 보지 못하다니. 내가 어리석어 공명의 팔진도에 빠졌구나. 더 이상 유비를 쫓아서는 안 되겠다."

육손은 급히 전군에 명령을 내려 오로 물러갔다.

106
백제성에서 쓰러진 도원결의

위의 조비가 군사를 일으켜 오를 공격하자 육손은 이를 격퇴하고,
백제성으로 쫓겨간 유비는 공명에게 후사를 부탁하고 숨을 거둔다

촉을 무찌른 것은 질풍노도와 같았지만 물러나는 것은 전광석화와
같이 신속했다. 승세를 굳혀가던 오의 장수들이 육손에게 힐난하듯 물
었다.

"어렵사리 백제성까지 육박했는데 돌로 만든 팔진을 보고 급히 물
러난 것은 대체 무슨 까닭입니까? 실제로 공명이 나타난 것도 아니지
않습니까?"

육손은 진지하게 답했다.

"그렇소. 내가 공명을 두려워한 것은 사실이오. 하지만 물러난 까닭

은 다른 데 있소. 오늘이나 내일 중으로 공들도 그 연유를 알게 될 것
이오."

사람들은 육손이 궁색한 변명을 한다고 생각했다.

이틀째 되는 날, 오의 곳곳에서 본영으로 급보가 날아왔다. 위의 조
휴가 동구에서, 조진이 남군의 경계에서, 조인이 유수에서 대군을 이끌
고 남하하고 있다는 것이었다. 육손은 자신의 예상이 틀리지 않은 것
을 기뻐하며 즉시 대비에 들어갔다.

한편 대패를 당하고 백제성으로 피신한 유비는 성도의 군신들을 볼
면목이 없다며 실의에 빠져 있었다. 그때 한중에서 공명을 만나고 온
마량이 공명의 말을 전하자 유비가 되뇌었다.

"지금에 와서 후회해도 소용이 없지만, 승상의 말을 따랐다면 오늘
과 같은 치욕을 겪지 않았을 것을……."

유비는 한탄하며 공명을 그리워했다. 하지만 여전히 성도로 돌아갈
마음은 없는지 백제성을 영안궁永安宮이라 부르며 그곳에 머물렀다.

그 무렵 촉의 수군 대장 황권이 위의 조비에게 항복했다는 소문이
들렸다. 그러자 촉의 측신들이 유비에게 그의 처자 일가를 죽여야 한
다고 고했다.

"황권이 위에 투항한 것은 오군에 의해 퇴로가 끊겨 나아가지도 물
러서지도 못했기 때문일 것이오. 황권이 나를 버린 것이 아니라 내가
그를 버린 것이나 마찬가지이오."

유비는 오히려 그의 가족을 보호하라는 명을 내렸다.

조비가 항복해온 황권에게 진남장군으로 봉하겠다고 하자 황권은 눈

물을 흘릴 뿐 조금도 기뻐하지 않았다. 이에 조비가 그 이유를 물었다.

"패장이 목숨을 구하였으니 그보다 큰 은혜가 없습니다."

황권이 한사코 조비의 청을 거절하자 위의 신하 한 명이 큰 소리로 말했다.

"지금 촉에서 돌아온 첩자의 보고에 의하면 유비가 분노하여 황권의 처자 일족을 모조리 처형했다고 합니다."

그 말을 들은 황권이 쓴웃음을 지으며 말했다.

"그것은 분명 잘못된 보고이거나 거짓임에 분명합니다. 주군께서는 절대로 그런 분이 아닙니다."

조비는 더 이상 아무 말도 하지 않고 그를 물러가게 했다. 그리고 이내 삼국의 지도를 펼치고 은밀히 가후를 불렀다.

"가후, 짐이 천하를 통일하려면 촉을 먼저 쳐야겠는가, 아니면 오를 먼저 쳐야겠는가?"

가후가 한참 생각을 하더니 답했다.

"촉도 어렵고, 오도 어려우니 두 나라의 허를 도모할 수밖에 없습니다. 하오나 폐하께서는 반드시 숙원을 이루실 날이 올 것입니다."

"지금 우리 위군이 그 허를 틈타 세 곳에서 오를 향해 가고 있소. 이는 어찌 되겠는가?"

"필시 아무런 이득도 없습니다."

"전에는 오를 치라고 해놓고 지금은 불가하다 하니, 그대의 말은 일관되지 못한 것이 아닌가?"

조비는 머리가 상당히 영리했다. 때때로 책사인 가후도 당해내지 못할 때가 있었다.

가후가 조비에게 말했다.

"그렇습니다. 오가 촉에 패하여 패퇴를 계속하던 때라면, 오를 치는데 이보다 좋은 때가 없을 것입니다. 하지만 지금은 형세가 역전되어 육손이 촉을 물리치고 오의 사기는 날로 충천하여 불패를 자랑하고 있습니다. 따라서 지금은 오를 치기도 어렵고 오히려 불리하다 할 수 있습니다."

"어림의 군사가 이미 오의 경계에 진출했고, 짐도 이미 마음을 정했으니 더 이상 아무 말도 하지 말라."

조비는 귀를 기울이지 않았다. 그리고 세 방향의 대군을 보강하고 직접 싸움을 독려하러 나섰다.

오는 육손의 용병술과 지휘로 세 방향의 위군을 맞아 선전하고 있었다. 그중에서도 특히 오에게 가장 중요한 방어선은 주도인 건업에서 가까운 유수성이었다.

위는 유수성을 공략하기 위해 조인을 보냈다. 조인은 휘하의 대장 왕쌍王雙과 제갈건諸葛虔에게 군사 5만 명을 내려 유수를 포위하게 했다.

"이곳만 함락시키면 적의 주도인 건업의 한복판에 비수를 꽂는 것과 같다. 전군은 진력을 다해 큰 공을 세우라."

조비가 유수성으로 와서 직접 군사들을 독려했다.

유수의 방어를 맡은 오의 대장은 스물일곱 살의 주환朱桓이었다. 주환은 젊지만 담력과 용기가 있는 장수였다. 일전에 선계羨溪를 지키기 위해 성의 병사 중 5천 명을 보냈기 때문에 성안에 남은 병사가 적었다. 이에 사람들이 말했다.

"이 정도 군사로는 도저히 위의 대군을 막아낼 수 없습니다. 지금이라도 퇴각하여 후진과 합류하든지, 후진을 맞아들이고 건업에 청하여 후진에 새로운 군사를 보내달라 해야 합니다."

주환이 두려움에 떨고 있는 부장들을 모아놓고 고했다.

"위의 대군의 수가 많다고는 하나 그들 모두 이 무더위에 먼 길을 달려와 지쳐 있고, 머지않아 오히려 많은 군세로 인해 전염병이 돌고 식량난을 겪을 때가 올 것이다. 그에 반해 우리는 병수는 적지만 산 위의 시원한 곳에 있고 철벽같은 요새가 있다. 또 남으로는 큰 강을 끼고 있고 북으로는 험준한 산세를 이고 있다. 이는 편안히 앉아 수고로운 적을 기다리는 형상이다. 병법에 이르길, 공격하는 군사의 수가 배이고 지키는 군사의 수가 그 반이면 지키는 군사가 능히 공격하는 군사를 물리칠 수 있다고 했다. 이에 두려워할 것은 사기를 떨어뜨리는 것이니, 그대들은 내 지휘를 믿고 백전백승의 신념을 갖도록 하라. 내가 내일 성을 나가 그대들에게 그 증거를 똑똑히 보여줄 것이다."

다음 날, 주환은 일부러 허를 보이고 적의 군사를 가까이 유인했다. 그러자 위의 상조常雕가 군사를 이끌고 성문을 향해 공격해 들어왔다. 그런데 문 안쪽은 조용했고 병사도 보이지 않았다.

"적들이 전의를 잃은 듯하다. 아니면 벌써 성을 버리고 도망쳤을지도 모른다."

위의 군사들은 성급히 성벽을 타고 올랐다. 상조도 해자 근처까지 말을 몰고 나와 지휘를 했다. 그때 갑자기 굉음이 들리고 수백 개의 깃발이 성 곳곳에서 솟아올랐다.

위군의 머리 위로 석궁과 화살이 쏟아졌다. 성문이 활짝 열리고 주환이 단기필마로 적진 속으로 뛰어들더니 상조를 단칼에 베었다.

중군의 조인이 위급한 상황을 알고 바로 대군을 이끌고 달려왔다. 하지만 오군이 갑자기 선계의 골짜기에서 구름처럼 몰려오더니 퇴로를 끊어버렸다. 그날의 패전 이후 위군은 연전연패하여 도저히 주환을 이기지 못했다.

동구와 남군 두 방면에서도 패전을 알리는 급보가 전해졌다. 잘못하면 조비가 돌아가는 길조차 위험해질 지경이었다. 마침내 조비는 분루를 삼키며 단념하고 위로 돌아갔다.

* * *

영안궁에 있던 유비는 4월에 병을 얻은 후 자리에 누워 있는 날이 많았다.

"지금 몇 시인가?"

유비의 머리맡에서 등불을 밝히고 자리를 지키던 신하와 의원이 삼경이라고 답했다.

병상에서 희미한 등불을 바라보던 유비가 되뇌었다.

"아, 그럼 그것이 꿈이었던가."

유비는 날이 샐 때까지 신하들에게 죽은 관우와 장비와의 옛 이야기를 들려주었다. 신하들이 유비에게 성도로 돌아가 요양할 것을 권하자 유비가 말했다.

"패장이 무슨 면목으로 성도의 만신과 백성을 볼 수 있겠는가."

유비는 여전히 오에 패한 것을 부끄럽게 여기고 있었다.

이윽고 유비는 자신의 목숨이 얼마 남지 않은 걸 깨달았는지 공명을 만나고 싶다고 했다.

이미 그때 황제가 위독하다는 전령이 성도에 도착한 상태였고, 소식을 들은 공명은 바로 행장을 갖추었다. 공명은 태자 유선을 남겨두고 아직 어린 유영劉永과 유리劉理 두 왕자를 데리고 밤낮으로 길을 재촉하여 영안궁에 도착했다.

공명은 몰라보게 변한 유비의 모습을 마주하고는 바닥에 엎드려 통곡했다.

"이리 가까이 오시오."

유비가 신하들에게 일러 용상 위에 자리를 만들었다. 그러고는 엎드린 공명의 등을 향해 메마른 손을 뻗으며 말했다.

"승상, 용서하시오. 부박한 짐의 재주로 제업을 이룰 수 있었던 것은 오로지 승상이 곁에 있었기 때문이었소. 그런데 내 승상의 간언을 듣지 않아 이렇듯 오에 패하고 병을 얻고 말았구려. 짐이 죽으면 안팎의 대사를 모두 승상에게 맡길 수밖에 없을 듯하오. 세상에 공명이 있다는 그 사실 하나만 믿고 이 유현덕은 그만 가려 하오."

"폐하, 옥체를 보존하시옵소서."

공명이 흐느껴 울며 고하자 유비는 간신히 얼굴을 옆으로 흔들었다.

그러고는 주위의 사람들을 모두 밖으로 물렸다.

그중에는 마량의 아우인 마속馬謖도 있었는데, 눈물을 너무 많이 흘려 눈이 새빨갛고 비통한 모습이었다. 유비가 공명에게 물었다.

"승상은 평소에 마속의 재주를 어떻게 생각하시었소?"

"그는 실로 믿음직한 자로 장차 영웅의 기질을 가지고 있습니다."

"아니오. 병중에 유심히 살펴보니 담력과 용기와 재주가 부족하더이다. 그러니 주의해서 쓰도록 하시오."

유비는 평상시처럼 이런저런 말을 했다. 황혼녘에 가까워질 무렵 유비는 용태가 갑자기 좋아진 듯 사람들이 모두 있는지를 물었다. 공명이 신하들이 모두 대령해 있다고 하자 문을 열라고 했다.

유비는 용상에서 중신들에게 마지막 가르침을 전했다. 그리고 태자 유선에게 유언을 전하며 반드시 어김이 있어서는 안 된다고 덧붙였다. 그러고는 한동안 두 눈을 감고 있었다.

이윽고 눈을 뜬 유비가 공명을 바라보았다.

"짐은 가난한 선비로 자라 서책을 많이 읽지 않았지만, 이 나이가 되어 인생이 무엇인지 알게 되었소. 그러니 너무 슬퍼하지 마시오."

유비는 마지막 유언을 고하려는 듯 입술을 굳게 다물고 숨을 고르고 있었다.

공명이 황제의 용상에 엎드려 눈물을 흘리며 말했다.

"하시고 싶은 말씀이 있으면 모두 하십시오. 제 목숨이 붙어 있는 한 폐하의 뜻을 가슴에 새기고 반드시 받들겠습니다."

"죽음을 앞두고 돌아보니 이제 내가 이룰 일은 모두 이루었소이다.

내 승상의 충절을 믿고 대사에 관해 한마디만 남기면 이제 아무런 근심이 없을 것이오."

"대사에 관한 한마디라 하심은?"

"승상, 내 말을 듣고 너무 겸양하여서는 아니 되오. 그대의 재는 조비보다 열 배 이상 뛰어나오. 또 손권과 같은 자와는 비견할 수도 없소. 그러니 촉을 잘 보살피고 오랫동안 기업을 이룰 것이오. 한 가지 태자 유선이 아직 어려 앞날을 알 수가 없소. 만일 유선이 좋은 황제가 될 자질이 있다면 그대가 잘 보필해주시오. 그러면 그보다 더 기쁜 일은 없을 것이오. 하지만 그에게 자질이 없어 황제의 그릇이 아닐 시에는 승상, 그대가 직접 촉의 황제가 되어 만민을 다스리시오."

공명은 바닥에 머리를 짓찧고 피눈물을 흘리며 통곡했다.

유비는 어린 왕자인 유영과 유리를 곁으로 불렀다.

"이 아비가 죽어도 너희 형제는 공명을 아버지처럼 섬겨야 한다. 알겠느냐?"

유비는 잠시 두 아들을 바라보다 다시 공명에게 말했다.

"승상, 짐의 아들들이 새아버지에게 절을 올리려 하니 그곳에 앉으시오."

두 왕자는 공명의 앞에서 그를 따를 것을 맹세하고 두 번 절을 했다. 그 모습을 본 유비가 이제 안심이 된다는 듯 심호흡을 하고 옆에 있던 조자룡을 돌아보며 말했다.

"장군과는 오랫동안 온갖 고난과 역경을 함께해왔는데, 오늘에 이르러 이렇게 헤어지게 되었구려. 그대의 절개에 참으로 감사하오. 이제부터는 승상과 어린 왕자들을 잘 부탁하오."

유비는 이엄에게도 같은 말을 한 후 다른 문무백관에게 고했다.

"그대들은 내 명을 명심하시오. 내 모두에게 유언을 남기지 못하지만 그대들은 모두 일심으로 사직을 받들고 스스로를 아끼고 사랑하라."

유비는 그렇게 말을 마친 후 홀연히 숨을 거두었다. 그때 그의 나이는 예순셋이며, 그날은 촉의 무장 3년 4월 14일이었다.

공명은 유비의 영구靈柩를 모시고 성도로 돌아갔다. 태자 유선은 성을 나와 눈물을 흘리며 황제의 영구를 맞이하여 제를 올렸다. 그리고 아버지의 유조遺詔를 펼쳐서 읽고 그 뜻을 받들 것을 맹세했다. 촉의 신하들도 선제의 유언을 어김없이 받들 것을 공명에게 약속했다.

공명은 나라에 하루라도 주인이 없으면 안 된다며 백관들과 의논하여 그해 태자 유선을 황제의 자리에 올렸다. 그리고 한의 정통을 잇는 의식을 거행하고, 무장 3년을 건흥建興 원년으로 개원했다.

촉제 유선의 자는 공사公嗣, 나이는 열일곱이었다. 그는 아버지의 유조에 따라 공명을 공경하고 그의 말을 존경했다. 촉제 유선은 공명을 무경후武卿侯로 봉하고 익주목으로 삼았다.

그해 8월, 혜릉惠陵에서 선제의 장사를 지낸 후 유비에게 소열황제昭烈皇帝라는 시호를 올리고 대사면령을 내렸다. 그러자 백성들은 모두 소열황제의 공덕을 칭송하고 새로운 황제를 축하했다.

107
다시 손을 잡는 촉과 오

유선이 제위에 오르자 조비는 사마의의 계책에 따라 다섯 방향에서
촉을 공격하고, 공명은 등지를 사자로 보내 다시 오와 동맹을 맺는다

유비의 죽음은 많은 일에 영향을 미쳤다. 촉제가 죽었다는 소식에
가장 기뻐한 사람은 위제 조비였다.

"이번 기회에 대군을 일으켜 성도로 쳐들어가면 함락시킬 수 있지
않겠는가?"

조비는 그렇게 호시탐탐 군신들에게 물었다. 하지만 가후는 공명이
아직도 건재하다며 완강히 반대했다.

"이처럼 좋은 기회를 놓친다면 언제 촉을 칠 수 있단 말인가?"

사마의 중달이 앞으로 나서며 조비의 말에 힘을 실어주었다. 조비는 내심 미소를 지으며 사마의에게 계책이 있는지 물었다.

"유비가 죽고 그의 아들인 유선이 제위에 오른 지 얼마 되지 않았지만, 중원에서 군사를 일으킨다고 해도 반드시 아군에게 유리하다고 할 수 없습니다. 그러니 5로五路의 대군이 쳐들어가면 공명은 머리와 꼬리를 서로 구할 수 없게 될 것이며, 위는 곧바로 촉을 취할 수 있게 될 것입니다."

"5로란 어떤 전법인가?"

"먼저 요동의 선비鮮卑 국왕에게 사자를 보내 요서의 오랑캐 10만 명의 군사로 서평관西平關을 치도록 하는 것이 제1로一路입니다."

"흠, 2로는?"

"멀리 남만국의 국왕인 맹획孟獲에게 밀서를 보내 장차 큰 이득을 약속하고, 남만의 군사 10만 명에게 익주의 영창과 월준 등을 치게 하여 남쪽에서 촉을 위협하는 것입니다. 이것이 제2로입니다."

사마의는 거침없이 말을 이어나갔다.

"제3로는 바로 화친책을 이용하여 오를 움직여 양천兩川과 협구峽口를 치게 하는 것이고, 제4로는 항복한 촉장 맹달에게 명하여 상용을 중심으로 10만 명의 병사를 꾸려 부성을 취하게 하는 것입니다. 제5로는 조진 장군을 중원대도독으로 삼아 양평관에서 정면으로 촉을 공격하는 것입니다. 이렇게 대군을 편제한 후 다섯 방향에서 50만 명의 대군이 일시에 쳐들어가면 공명이 아무리 지략을 펼친다 하여도 이를 막아낼 수 없을 것입니다."

조비는 대단히 만족하며 즉시 사마의의 계략을 받아들였다. 이윽고 사자들이 다섯 방향으로 급히 파견되었다. 그리고 위의 병부에는 팽팽한 긴장감이 휩싸였다.

단지 일말의 아쉬움이 있다면, 조조 대의 공신인 장료와 서황 등의 장수들이 모두 열후에 봉해져 노후를 보내고 있다는 점이었다. 그렇다고 새로 나타난 용장과 맹장이 결코 적은 건 아니었다. 조조 이래로 오랫동안 문관으로 있던 사마의가 그 무렵 한층 두각을 나타내고 있던 점도 새로운 시대의 도래를 알리고 있는 것이었다.

한편 그 무렵 촉의 성도의 정세는 공명이 모든 정무를 맡아보면서 문무백관들이 결속하여 유비의 사후에도 조금의 흐트러짐이 없었다.

어린 황제 유선은 열다섯 살이 된 장비의 딸을 황후로 맞이하게 되었다. 그 후 며칠이 지나지 않아 위의 대군이 5로에서 촉을 향해 오고 있다는 급보가 전해졌다. 그런데 승상 공명은 어찌 된 일인지 며칠간 조정에 모습을 보이지 않고 있었다.

국경의 다섯 방면에서 위급을 알리는 파발들이 성도의 관문을 질풍처럼 통과했다. 그때마다 사태는 더욱 급박해졌고, 조정의 불안도 커져만 갔다.

위의 대군이 밀려오는 5로의 정황은 다음과 같았다. 제1로에는 요동의 선비국(요녕성療寧省)의 5만 명의 군사가 서평관(감숙성甘肅省·서녕西寧)을 침범하여 사천으로 진군해오고 있었다. 제2로에는 남만왕(귀주貴州·운남雲南·지금의 미얀마 일부) 맹획이 군사 7만 명을 이끌고 익주의 남부를 공략하러 오고 있었다. 제3로에는 오의 손권이 장강을 올라와 협구에서 양천을 공격해오고 있었다. 제4로에는 위에 투항한 맹달을 중심으로 한 상용의 병력 4만 명이 한중을 치러 오고 있었다. 제5로에는 대도독 조진의 위군이 양평관을 돌파하고 동서남북의 아군과 호응하여 일시에 촉으로 들어와 성도를 공략하러 오고 있었다. 이와 같이 5로의 군을 합하면 적의 수는 총 5, 60만 명이 넘는다고 했다.

어린 황제인 유선은 선제인 유비가 죽은 지 얼마 되지 않았고, 촉의 황제 자리에 오른 지 불과 며칠 되지 않았던 터라 두려움에 떨 수밖에 없었다.

"승상은 어찌 보이지 않는가? 어서 승상을 부르라."

유선은 몇 번이고 오직 공명만을 찾았다. 물론 공명을 찾는 전령이 수차례 궁문을 빠져나갔다. 하지만 공명은 병을 이유로 모습을 드러내지 않았다.

후주後主 유선은 다시 황문시랑黃門侍郞 동윤董允과 간의대부諫議大夫 두경杜瓊을 공명에게 보냈다.

두 사람은 서둘러 승상부를 찾았다. 그런데 듣던 대로 문은 닫혀 있었고, 보초를 서는 병사는 안으로 들어가는 것을 막았다. 어쩔 수 없이 두 사람은 문밖에서 큰 소리로 고함을 쳤다.

"위의 조비가 5로에서 병을 일으켰습니다. 지금 나라가 다섯 방면에서 위험에 처해 있는데, 승상이라는 분이 병을 핑계로 조정에도 나오지 않으시니, 대체 무슨 생각이십니까? 선제께서 승상께 어린 황제를 맡기신 지 얼마 지나지도 않았고, 혜릉의 분묘의 흙도 아직 마르지 않았습니다."

그러자 안쪽에서 내원을 가로질러 달려오는 발소리가 들렸고, 이내

문 앞에서 멈추더니 누군가 말했다.

"승상께서 내일 아침 조정에 나간다고 하시니 오늘은 그만 물러가라 하십니다."

두 사람은 어쩔 수 없이 발길을 돌려 황제에게 그대로 고했다.

다음 날 아침, 문무백관들이 모두 조정에 모였다. 그런데 오후가 지나고 날이 저물어도 끝내 공명은 오지 않았다. 유선은 이루 말할 수 없을 만큼 비통해했고, 백관들은 공명을 원망하고 비난한 후 초저녁이 되어 모두 물러갔다.

유선은 다음 날 날이 밝자마자 두경을 불러 물었다.

"사태가 급박한데 공명이 오늘도 조정에 나오지 않으니, 어떻게 하면 좋겠소?"

"어쩔 수 없습니다. 이렇게 된 이상, 황제께서 몸소 승상부에 왕림하여 물어보시는 수밖에 없을 듯합니다."

유선이 태후를 만나 경위를 설명하고 공명에게 가려고 하자 태후가 놀라며 말했다.

"이는 공명이 선제의 유지를 어기려 하는 것이 아닌가. 내가 직접 공명을 만나 물어보아야겠다."

유선은 태후를 만류하고 직접 승상부로 갔다. 문을 지키던 아졸과 병사 들은 몸 둘 바를 모르고 엎드려 절하며 어가를 맞이했다.

"승상은 어디에 있느냐?"

유선이 어가에서 내려 삼중의 문까지 걸어와 묻자 사졸이 엎드려 대답했다.

"안쪽 정원의 연못가에서 하루 종일 고기가 놀고 있는 것을 바라보고 계십니다. 아마 지금도 그곳에 계시는 듯합니다."

유선은 혼자서 뚜벅뚜벅 안쪽의 정원으로 걸어갔다. 그런데 과연 연못가에 서서 대나무 지팡이를 짚고 물끄러미 수면을 바라보고 있는 사람이 있었다.

"승상, 무엇을 하고 계십니까?"

유선이 뒤에서 말을 걸자 공명이 지팡이를 던지며 잔디 위에 엎드렸다.

"삼가 전하가 오신 줄도 모르고…… 제 죄를 용서해주십시오."

"그런 사소한 일은 접어두시지요. 지금 위의 대군이 5로로 우리 국경을 넘어오려 하고 있습니다. 승상은 이를 모르십니까?"

"선제께서 붕어하실 때 소신에게 폐하와 국사를 부탁하셨는데, 어찌 그러한 대사를 모르겠습니까."

"그럼 어찌하여 조정에도 나오시지 않는 것입니까?"

"한 나라의 재상이라는 자가 아무런 대책도 없이 조정에 나가면 오히려 중신들의 불안만 조장할 뿐이니, 홀로 깊이 생각을 하고 있었던 것입니다. 이렇게 매일 연못가에 서서 물고기의 생태를 바라보며 파문의 허虛와 어유魚游의 실實을 세상사에 빗대어 고민하던 중에 오늘 문득, 한 가지 안案이 떠올랐습니다. 폐하, 이젠 안심하십시오."

공명은 황제를 내당으로 이끈 후 사람들을 멀리 물리고 은밀히 대책을 설명했다.

"우리 촉의 마초는 본래 서량 출생으로 오랑캐 강족 사이에서는 신위천장군神威天將軍이라고 칭송받고 지금도 선망의 대상입니다. 그러니 마초를 보내 서평관을 지키게 하면서 임기응변하여 강족의 군사를 회유하면 1로는 결코 걱정할 것이 없습니다."

공명은 나머지 방비에 대해서 다음과 같이 설명했다.

"예부터 남만의 군사는 용맹하기는 하나 진취적인 기상이 약하고 서로 시기하고 의심이 많으며 떠들썩했습니다. 그러니 지혜로 속이기 쉽다는 약점을 가지고 있습니다. 하여 이미 신이 위연에게 격문을 보내 의병계疑兵計를 내리고, 익주의 남방 요소요소에 방비를 내렸으니 이 또한 심려하실 필요가 없습니다. 또 제4로에서 상용의 맹달이 한중을 공격하려 하지만, 그는 본래 촉의 장수였으며 시서詩書에 밝고 아군의 이엄과 심우였던 인물입니다. 의를 알고 시서를 읽는 사람에게는 양심이 있습니다. 그러니 생사의 교류를 나누던 이엄에게 맹달을 막으라 하고, 제가 쓴 글을 이엄이 쓴 것처럼 해서 맹달에게 전할 것입니다. 그러면 맹달은 양심의 가책을 느끼고 앞으로 나가지도 못하고 뒤로 물러나기도 어려워져 결국 꾀병을 부리며 허망하게 날을 보낼 것입니다. 다음은 제5로에서 위의 중군인 조진의 공격을 막기 위한 양평관의 방비인데, 양평관은 지세가 험준한 요새이고 조자룡이 지키고 있으니 그리 적정하지 않아도 괜찮습니다. 그러니 이상의 4로는 걱정할 필요가 없습니다. 이번 위의 작전은 동시다발적이고 대규모이기는 하지만, 제게는 그저 어린아이의 전쟁놀이에 지나지 않는다 할 수 있습니다. 하지만 신중을 기해야 하니, 신이 미리 관흥과 장포에게 각각 2만 명의 군사를 주어 네 곳에서 만일의 경우가 생기면 즉각 도우라고 밀명을 내려두었습니다."

그렇게 공명은 유선에게 만반의 준비가 되어 있다고 밝혔다. 그리고 잠시 숨을 고른 후 말을 이었다.

"그런데 한 가지 문제는 제3로인 바로 오의 동향입니다. 오는 위가 군사를 재촉해도 예전부터 악감정을 지니고 있어 절대로 가벼이 그 명에 따르지 않을 것입니다. 하나 한 가지 위험 요소가 있다면, 촉의 국경 4로의 전황이 위에 유리하게 전개되어 촉이 위태로워지는 경우입니다. 그때에는 오도 군사를 일으켜 협구를 공격해올 것입니다. 하지만 촉의 방비가 요지부동, 철벽을 이루고 있다면 오는 움직이지 않을 것입니다. 그래서 지금 제가 고민하고 있는 것은 '이 중대한 사명을 성공시킬 수 있는 사람이 누구인가, 누구를 사자로 삼아 오로 보내야 하는가'입니다."

공명을 만나러 간 황제가 시간이 지나도 나오지 않자 문 앞에서 기다리던 대신들의 마음이 초조해졌다. 그때 황제와 그 뒤로 공명이 뒤따라오는 것이 보였다. 황제는 이곳에 올 때와는 완전히 다른 사람처럼 밝게 웃고 있었다. 백관들은 그런 황제의 모습을 보면서 필시 좋은 일이 있었다는 것을 직감했다.

그런데 백관들 중에서 홀로 하늘을 향해 웃으면서 기뻐하는 사람이 있었다. 공명이 그런 그를 흘낏 쳐다보고는 뒤에 남으라고 했다. 공명은 어가가 떠나는 것을 지켜본 후, 그를 안으로 데리고 들어왔다. 공명이 그에게 자리를 권하며 물었다.

"그대는 고향이 어디인가?"

"의양義陽의 신야新野입니다."

"이름은 무엇인가?"

"자는 백묘伯苗이고 이름은 등지鄧芝라 합니다."

"어떤 관직을 맡고 있는가?"

"호부상서戶部尙書를 맡고 있으며 촉의 호적을 조사하고 있습니다."

"호적을 조사하는 일은 그대에게 적임이 아닐 것이네."

"그런 생각을 한 적은 없습니다."

"그대는 어찌 아까 백관들 속에서 홀로 웃고 있었는가?"

"실로 유쾌하여 참을 수가 없었습니다."

"뭐가 그리 즐거웠던가?"

"위의 5로 공격을 막아낼 대책을 세우신 게 분명한데, 촉의 백성으로 어찌 즐겁고 기쁘지 않겠습니까."

공명은 등지를 노려보듯 응시했다. 하지만 그것은 등지의 재능을 기특하게 여기는 눈빛이었다.

"만약 그대가 대책을 세운다면 어떤 방책을 취하겠는가?"

"제가 헤아리기로는 4로의 방비는 쉽습니다. 문제는 바로 동오에 어떤 수를 쓸 것인가입니다."

그때 갑자기 공명이 등지를 내당 안으로 데리고 들어갔다. 그리고 한참 동안 밀담을 나누고 술을 대접한 후 되돌려 보냈다.

다음 날, 공명은 조정에 나가 후주 유선을 알현하고 오로 보낼 사자로 등지를 천거했다. 유선이 즉시 등지를 불러 명을 내리자 등지가 말했다.

"신, 신명을 바쳐 반드시 일을 성사시키겠습니다."

등지는 바로 그날 오로 출발했다.

한편 오는 연호를 황무黃武 원년으로 개원하고 강국의 위상을 높이고 있었다. 그즈음 위의 조비가 사자를 보내왔다.

> 짐이 4로의 대계로 촉을 치려 하는데, 동오도 대군을 일으켜
> 강을 올라가 함께 촉을 친 후 그 땅을 반씩 나누는 것이 어떻
> 겠는가.

오의 내부는 위의 요청에 대해 가부 양론으로 나뉘었고, 쉽사리 결론을 내리지 못했다. 손권도 결단을 내리지 못하고 육손을 불러 그의 의중을 들어보기로 했다.

육손이 손권에게 말했다.

"지금 위의 요청을 물리치면 위는 반드시 원한을 품게 될 것입니다. 아니면 촉과 일시적으로 휴전을 맺고 창끝을 우리에게 돌릴지도 모릅니다. 그렇다고 하여 위에 굴복하여 촉을 치는 것은 막대한 국력의 소모를 감당해야 하며, 이는 나라의 피폐로 이어질 것입니다. 또한 위에 인재가 많다고는 하나 촉에 제갈량이 있는 이상, 촉은 쉽사리 무너지지 않을 것입니다. 그러하오니 우리는 그의 요구에 응하는 듯하면서 나머지 4로의 전황을 살펴야 합니다. 만일 전황이 위에 유리하게 전개되면 우리도 즉시 군사를 일으켜 촉을 공격해야 할 것입니다."

***

　다시 말해 육손의 방책은 위의 요구를 거스르지 않으면서 나머지 4로의 전황을 살피며 자국의 국방을 충실히 한 후 전황에 따라 행동하는 것이었다.

　그 후 오는 군사를 일으켰지만 싸우지 않고 정탐꾼들을 풀어 정보를 모으고 촉과 위, 양측의 전황을 살피기만 했다. 그런데 4로의 전황은 조비의 계산대로 유리하게 전개되지 않았다. 먼저 요동 군사는 서평관 경계에서 촉의 마초에게 패퇴하고, 남만군은 익주 남쪽에서 촉군의 의병계에 패하고, 상용의 맹달은 참인지 거짓인지 병을 핑계로 움직이지 않았으며, 중군 조진도 조자룡에게 요충지를 선점당하고 양평관에서 패한 후 야곡斜谷에서도 물러나고 말았다.

　그러한 위의 패전 형세는 손권에게도 전해졌다.

　"만약 육손의 말을 듣지 않고 군사를 일으켰더라면 큰일 날 뻔했구나. 육손의 선견은 실로 신산神算이라 할 수 있다."

　육손에 대한 손권의 신뢰는 더욱 두터워졌다.

　그때 촉에서 등지가 사자로 왔다는 소식이 전해졌다. 장소가 손권에게 말했다.

　"이는 분명 공명이 보낸 자임이 틀림없습니다."

　"어떻게 대하면 좋겠소?"

　"먼저 사자가 어떤 인물인지 시험해보십시오. 사자의 제의에 대해 어떻게 답할지는 그다음입니다."

손권은 무사에게 명하여 궁전 앞에 큰 가마솥을 걸어두고 기름 수백 근을 부은 다음 장작을 쌓고 끓이게 했다.

"촉의 사자를 들여보내라."

손권은 군신들과 함께 계단 위에서 사자를 기다리고 있었다. 천여 명의 무사는 계단 아래에서 궁문에 이르기까지 창과 칼 등을 들고 도열해 있었다.

그날 객관을 나서서 처음으로 궁문으로 인도된 등지는 지극히 평범한 의관을 하고 있었다. 등지는 오의 궁성 안을 가득 메우고 있는 창칼을 보고도 아무런 감정의 변화를 보이지 않았다. 이윽고 등지가 계단 아래로 와서 손권을 올려다보았다.

손권이 발을 걷고 내려다보며 큰 소리로 꾸짖었다.

"그대는 어찌 내게 절을 하지 않는 것이냐?"

"상국의 칙사는 소국의 국왕에게 절을 하지 않는 것이 관례이오."

"네놈이 세 치 혀를 놀려 역이기酈食其가 제왕齊王을 설득하던 일을 흉내 내려 하는 것이냐. 설사 네놈에게 지난날 수하隨何나 육가陸賈와 같은 재주가 있다 해도 이 손권의 마음을 움직일 수 있을 성싶으냐? 돌아가라."

"하하하."

"네놈이 어찌 웃느냐?"

"오에는 호걸도 많고 현자도 많다 들었는데, 어찌 일개 선비를 이리도 무서워한단 말인가."

"닥쳐라. 누가 네놈을 무서워한단 말이냐."

"그럼 어찌하여 내 혀를 근심하시오?"

"제갈량이 너를 세객으로 삼아 오와 위의 관계를 이간질하고 촉과 손잡게 하려는 것이 아니더냐."

"나는 촉국에서 사신으로 뽑혀 온 선비이오. 그러한데 사신을 창칼과 가마솥의 끓는 기름으로 맞이하는 것은 무슨 일이오. 오왕을 비롯하여 건업성의 신하들은 이 한 사람의 사신을 맞아들일 도량이 없단 말인가. 실로 통탄스럽구나."

등지의 말에 중신들도 부끄러워하고 손권도 자신의 속이 좁았다는 것을 깨달았다. 손권은 급히 무사들을 물리고 그제야 등지를 계단 위로 올라오게 하여 자리를 권했다.

"다시 한번 정식으로 묻겠소. 그대는 촉의 세객으로 무엇을 설득하러 온 것이오?"

"대왕이 말씀하신 대로 촉과 오의 수교를 청하러 왔습니다."

"이미 촉주 유현덕은 세상을 떠났고, 후주는 아직 어리니 앞으로 촉이 나라를 온전히 보전할 수 있을지 내가 염려하는 것은 바로 그것이오."

손권이 솔직히 자신의 심정을 밝히자 등지는 속으로 확신을 가졌다.

"대왕께서도 일세의 영웅이시며, 제갈량도 일대의 준걸입니다. 촉에는 험한 산천이 있고 오에는 삼강이 있습니다. 서로 순치의 관계를 맺으면 무엇이 부족하고 무엇이 불안하겠습니까. 대왕께서는 강대한 국력을 보유하고 있으면서도 스스로 위의 신하라 칭하고 계십니다. 하나 위는 언젠가 반드시 왕자를 인질로 요구해올 것입니다. 그때 만일 위의 명에 따르지 않으면 위는 대군을 일으켜 오를 공격할 것이고, 저희 촉에게는 좋은 조건을 제시하며 군사동맹을 청할 것입니다. 만일 촉이 위의 제안을 받아들인다면 오는 절대로 안전하다고 장담할 수 없습니다."

"……."

"대왕께서는 어떻게 생각하십니까?"

"……."

"대왕께서는 처음부터 저를 세객으로 보고 궤변에 속아 넘어가지 않으려는 마음이 앞서고 계십니다. 저는 결코 제 개인의 공을 위해 이런 말씀을 드리는 것이 아닙니다. 촉과 오 양국의 평화를 바라고 성심성의를 다해 말씀을 드린 것입니다. 대왕의 답은 사자를 보내 촉에 전해주시길 바랍니다. 이제 저는 사자로서의 임무가 끝났으니 스스로 목숨을 끊어 거짓이 아님을 증명해보이겠습니다."

등지는 그렇게 말하고는 자리에서 일어나더니 기름이 끓고 있는 가마솥으로 뛰어들려고 했다.

"아니, 무슨 짓인가. 잠시 기다리시오."

손권이 소리치자 당상의 신하들이 가마솥으로 들어가려는 등지를 붙잡았다.

"내 선생의 진심을 알았소이다. 다른 나라에 사자로 와서 군명을 더럽히지 않는 신하가 있고, 또 그런 인물을 중용한 재상이 있으니, 촉의 전도는 이것만으로 충분히 알 수 있소. 선생, 우선 상빈의 자리에 앉으시오. 귀국의 제안을 잘 숙고해보겠소이다."

손권은 즉시 대신들에게 명하여 후당에 연회를 준비하라 일렀다. 그 자리에서 손권은 양국의 국교 회복을 확약했다. 사자로서의 사명을 성공시킨 등지는 그 후 열흘 동안 건업에 머물렀다.

등지가 돌아가는 날, 답례의 사신으로 오의 장온張蘊이 등지와 함께 촉으로 가게 되었다. 촉에서는 일단 동오와의 강화가 성공을 거두었다고 여기고, 장온이 성문에 도착한 날 크게 환영했다. 그런 모습을 본 장온은 촉의 백관을 경시하며 황제의 왼쪽에 앉아 교만한 태도를 취했다.

사흘째 되는 날, 장온을 환영하는 연회가 성도궁의 성운전星雲展에서 열렸다. 그날 밤도 장온은 안하무인으로 행동했고, 공명은 그가 하는 대로 내버려두었다.

이윽고 공명이 장온에게 말했다.

"선제의 뒤를 이은 주상은 오왕의 덕을 깊이 흠모하고 계십니다. 부디 돌아가셔서 오왕께 우리 촉과 오랫동안 우호를 맺어 함께 위를 칠 날이 빨리 올 수 있기를 바란다고 잘 말씀드려주시오."

"흐음, 글쎄요. 앞날을 어찌 알 수 있겠습니까."

장온은 곁눈으로 공명을 쳐다보며 일부러 화제를 돌리고는 거만하게 웃었다.

드디어 장온이 돌아갈 날이 가까워지자, 공명과 문무백관들이 비단과 금은 보물을 장온에게 선물했고, 장온은 좋아서 어쩔 줄 몰라 하며 싱글벙글했다.

그리고 공명의 저택에서 마지막 만찬이 열렸다. 그런데 만찬 중에

한 사람이 들어오더니 잔을 내밀며 장온에게 말했다.

"드디어 내일이면 돌아가시는데 선생은 우리 촉을 어떻게 보셨습니까? 하하하. 자, 우선 한잔 주시지요."

장온은 권위가 훼손당한 듯 불쾌한 얼굴로 공명을 보며 말했다.

"이자는 누구입니까?"

공명이 익주의 학사인 진복秦宓으로 자는 자칙子勅이라고 소개하자 장온이 혀를 차며 말했다.

"요즘 젊은 학사들이란……."

그러자 진복이 얼굴빛을 바꾸며 장온에게 물었다.

"젊다고 말씀하셨는데, 저희 촉에서는 세 살배기 아이 때부터 학문을 배웁니다. 그래서 스무 살이 넘으면 모두 일가를 이룰 만큼 학문에 능합니다."

"그럼 그대는 무엇을 배웠소이까?"

"위로는 천문에서 아래로는 지리에 이르기까지 삼교구류三敎九流와 제자백가諸子百家, 고금의 흥망과 성현들의 서책까지 보지 않은 것이 없습니다."

진복은 일부러 더 호언장담을 했다.

"한데 오에서는 대체 몇 살이 되어야 학사로 인정하는지요? 육십, 칠십이 되어서야 학문다운 학문을 갖춘다 하면 세상에 도움을 줄 날이 얼마 없지 않습니까?"

장온의 얼굴에는 불쾌한 기색이 역력했다. 그러더니 그는 진복을 얕잡아보고 시험 삼아 묻겠다며, 천문, 지리, 경서, 사서, 병법 등에 대해 어려운 문제를 냈다. 그런데 진복은 장온이 낸 문제에 일일이 고금의 예를 들고 책 속의 어구와 문장을 암송하면서 대답했다. 그의 답은 듣는 사람들을 모두 감탄시키기에 충분했다.

어느새 장온의 얼굴에서는 취기가 완전히 사라졌다.

"촉에는 이런 인재가 많은 듯합니다."

장온은 그렇게 말하고는 스스로 부끄러웠는지 아무 말도 하지 않고 자리를 떴다. 하지만 공명은 장온이 부끄러운 마음을 가지고 촉을 떠나서는 안 된다고 여기며 장온을 별실로 데리고 갔다.

"선생은 이미 천하를 돌보고 나라를 경영하는 학식을 갖추고 있지만, 진복과 같은 자는 아직 학문을 학문으로밖에 보지 못하는 젊은이에 불과하오. 이른바 어른과 아이의 차이라 할 수 있고 그저 술자리의 농담으로 생각하고 너그럽게 보아주시오."

공명이 깊이 사과하며 달래자 장온의 마음이 풀린 듯했다.

다음 날, 장온이 오로 돌아갈 때 촉의 답례로 다시 등지가 사신으로 동행했다. 그리고 얼마 후 촉과 오는 정식으로 동맹을 맺게 되었다.

* * *

얼마 전 위는 두 명의 중신을 잃었다. 대사마大司馬 조인과 책사 가후가 병으로 죽은 것이었다.

"오가 촉과 동맹을 맺었습니다."

시중 신비에게 그 말을 들은 조비는 믿지 않았다. 하지만 계속 보고가 올라오자 드디어 화를 내며 즉시 대군을 남하하여 일제히 오를 공격하도록 명령했다.

이에 신비가 간했다.

"촉을 공격하던 5로의 작전도 실패했는데, 다시 오를 치기 위해 군사를 일으키면 대내적으로 좋지 않습니다."

"닥쳐라. 촉과 오가 동맹을 맺은 것은 바로 위를 공격하기 위함이 아니더냐. 그런데 어찌 한가하게 그것을 기다리고 있으란 말이냐."

그때 사마의가 나서며 말했다.

"오의 방비는 장강을 생명으로 합니다. 수군을 주축으로 삼아 강력한 병선을 갖추지 못하면 이길 수가 없을 것입니다."

사마의의 말은 조비의 생각과 일치했다. 그때까지 위의 수군은 약 2천 명의 병선과 백여 척의 함정을 보유하고 있었는데, 그날부터 수십 개의 조선소에서 밤낮으로 병선을 건조했다. 특히 이번 건함 계획에서는 종래에 볼 수 없었던 획기적이고 거대한 병선을 건조했다. 용골의 길이는 20여 장에 이르고 병사 2천 명을 태울 수 있는 용함龍艦이라 명명한 대함이었다.

황초黃初 8년 가을, 위는 10여 척의 용함의 진수가 끝나자 다른 함정 3천 척과 함께 오로 향했다. 수로는 장강을 버리고, 채하蔡河와 영수潁水에서 호북의 회수淮水로 나가 수춘壽春과 광릉廣陵에 이르러 이곳의 양자강을 끼고 오의 수군과 수상전을 벌인 후, 즉시 건너편 남서南徐를 상륙하여 건업으로 향하는 작전을 선택했다.

선봉에는 조진을 대장으로 장료, 장합, 문빙, 서황 등의 노장이 그를 보좌했고, 조비가 직접 대군을 이끌고 자리한 중군에는 산개와 정기를 한가운데 세우고 허저와 여건이 중군호위로서 보좌했다.

그 소식을 들은 오는 큰 충격을 받았다.

"이렇게 빠른 시일 안에 위가 공격해올 줄은 몰랐다."

손권과 중신들이 당황해하자 고옹이 말했다.

"이번 전쟁은 오와 촉의 동맹으로 인한 것이니, 촉은 오를 도울 의무가 있습니다. 공명에게 알려 당장 촉군으로 하여금 장안 방면을 공격하게 하고, 우리는 남서의 요새를 견고히 해야 합니다."

하지만 손권은 그것만으로는 위를 막기 어렵다고 여겼다. 그래서 급히 형주에 있는 육손을 부르려고 하자 서성이 원망스러운 듯 말했다.

"대왕, 어찌 대왕께서는 저희 수족 같은 신하들을 경시하십니까."

서성徐盛은 자가 문향文嚮이며, 낭야군琅邪郡 거현莒縣 사람으로 일찍부터 무략武略으로 명성을 얻어왔다. 손권이 서성을 보며 말했다.

"오, 서성이 있었는가. 만일 그대가 강남의 방비를 맡는다면 무슨 걱정을 하겠소. 그대를 도독으로 임명하고 건업 남서의 군사를 내리겠소."

"불초 서성, 대왕의 명에 신명을 다해 위의 대군을 물리치겠습니다. 만일 패한다면 구족을 멸하는 죄를 물으신다 해도 절대로 원망하지 않겠습니다."

위가 전력을 기울여 만든 대함대가 채하와 영수에서 회수로 내려왔으며, 이미 그 선진은 수춘(하남성·남양)을 향해 접근 중이라는 소식이 전해졌다. 그러자 오의 전군 역시 총력을 집결시켰다. 그런데 새롭게 총사령을 맡은 서성의 명령에 반발하는 사람이 나타났다. 손권의 조카이자 자가 공례公禮인 손소孫韶였다.

손소는 평소에 한시라도 빨리 군마를 이끌고 강북을 건너 위의 수군을 회남淮南(하남·회수의 남쪽 기슭)에서 격파해야 한다고 주장했다. 그리고 소극적으로 적을 기다리기만 하다 위의 대군이 상륙하기라도 한다면 백성들이 동요하여 수습할 수 없는 결과를 초래할 것이라고 주장했다.

하지만 서성은 손소의 주장에 대해 반대했다. 강을 건너 싸운다는 것 자체가 이미 아군에게 불리하며, 위의 선진은 모두가 노회한 명장들로 이루어져 있어 서툰 기습으로 물리칠 상대가 아니라는 것이었다. 그러니 그들이 강을 건너 집결할 때가 바로 오가 위를 섬멸시킬 때라고 주장하며 그 방침에 따라 만반의 준비를 해나갔다.

위의 수군들이 회수에 상륙했다는 소식이 전해지자 손소는 가만히 두고 볼 수 없었다. 그는 서성의 소극적인 전술을 비난하며 자신에게 군사를 준다면 강북을 건너 조비의 목을 가지고 오겠다고 재촉했다. 그리고 만일 군사를 내주지 않는다면 따로 군사를 모아서라도 가겠다고 했다.

마침내 서성도 더는 참지 못하고 군율을 어지럽히는 손소의 목을 치라고 명령했다.

"저와 같은 자를 가만히 둔다면 내 어찌 군사를 이끌 수 있으며 명이 서겠는가. 손소의 목을 치라."

무사들이 손소를 잡아 진문 밖으로 데려갔다. 하지만 그들은 대왕이 아끼는 조카인 손소에게 형을 집행하지 못하고 서로 미루기만 했다. 그사이 누군가 손권에게 그 사실을 알렸는지, 놀란 손권이 말을 타고 달려왔다.

손권의 도움으로 목숨을 부지한 손소는 다시 손권에게 호소했다.

"저는 예전에 광릉에 있었던 적이 있습니다. 그러다 보니 그 주변의 지리는 손바닥 안을 들여다보듯 외우고 있습니다. 하여 서성에게 제 생각을 밝히고 군사를 내어달라고 부탁했지만, 그는 자신의 권위가 훼손당했다고 여겨 저를 참수에 처하려 했습니다."

"그럼 너는 조비가 대함을 이끌고 장강을 건너오기 전에 먼저 선수를 쳐서 그를 치겠다는 말이냐?"

"그렇습니다. 태평하게 위의 대군을 기다리고 있으면 오는 망하고 말 것입니다."

"알았다. 서성은 어떤 생각을 하고 있는지, 같이 진중에 가서 물어보도록 하자. 자, 나를 따라오너라."

서성은 왕이 찾아온 것에 놀라면서, 손소를 보자 왕을 책망했다.

"신을 대도독에 임명하신 것은 대왕이 아니옵니까? 제가 군기를 문란케 한 자를 처단하여 군율의 지엄함을 세우려 하는데, 대왕께서 그 군법을 깨시는 것은 어찌 된 일입니까?"

손권은 서성의 바른말에 아무 말도 못하고 그저 손소의 젊음과 혈기를 용서해달라는 말만 되풀이했다.

* * *

손권의 조카 손소는 형인 유씨俞氏 가문의 상속자였다. 그러다 보니 그가 죽으면 유씨 가문의 대가 끊기게 된다. 손권은 오의 왕이었지만 군율을 어길 수는 없다 보니 그런 사정까지 언급하며 서성에게 조카의 목숨을 살려달라고 부탁했다.

"대왕께서 그렇게까지 말씀하시니 손소의 참수만은 거두겠습니다. 하지만 전쟁이 끝나면 그 벌은 받아야 할 것입니다."

결국 서성이 한발 물러서자 손권이 옆에 있는 조카에게 말했다.

"도독에게 감사의 예를 표하여라."

하지만 손소는 그럴 수 없다며 고개를 내저었다.

"유약한 도독의 작전에는 따를 수 없습니다. 제가 따르지 않으면 군율을 어기는 것이 될지 몰라도 동오를 위해서는 최선책이라고 믿고 있습니다. 그러한데 어찌 죽음을 두려워하겠습니까."

"도독, 앞으로 다시는 이자를 진중에서 쓰지 마시오."

손권은 그렇게 말하고 말에 올라 궁으로 돌아가버렸다.

그날 밤, 잠을 자고 있던 서성에게 병사가 와서 보고했다.

"손소가 부하 3천 명과 함께 병선을 타고 강을 건너갔습니다."

"뭐라, 끝내 일을 저지르고 말았구나."

서성은 분노했지만, 그렇다고 그대로 죽게 내버려둘 수는 없었다. 급히 정봉에게 군사 4천 명을 내어주어 손소를 쫓아가 돕도록 했다.

그날 광릉까지 진출해 있던 위의 대함대는 정찰대를 내보내 양자강을 살피고 있었다. 배의 왕래도 끊기고 강에는 사람의 기척도 없었다. 그와 같은 보고를 받고 조비는 남쪽 강가에 있는 오군의 형세를 직접 살피기 위해 용함을 타고 하구에서 장강으로 나갔다. 그는 용봉일월오색기를 휘날리며 창칼을 든 군사를 좌우에 거느리고 배 위에서 강남을 바라보았다. 광릉의 강줄기에 인접한 크고 작은 호수에는 무수한 몽동이 불을 밝히고 있었는데, 마치 밤하늘의 별을 보는 듯했다. 하지만 강남의 오의 연안은 어디를 둘러봐도 칠흑 같은 어둠뿐이었다. 그때 장제蔣濟가 권했다.

"폐하, 이대로라면 일거에 쳐들어간다고 해도 큰 반격이 없을 듯합니다."

"안 됩니다."

유엽이 나서며 반대했다.

"저것은 바로 허허실실 병법입니다. 너무 서두르지 말고 며칠 더 적의 정세를 살펴야 합니다."

"그 말이 맞다. 서두를 필요는 없을 것이다."

그때 몇 척의 쾌속정이 달빛을 받으며 빠르게 다가오고 있었다. 적진 깊숙이 들어갔던 정찰선이었다.

"오의 영지 일대 어느 곳을 살펴봐도 개미 한 마리 보이지 않습니다. 마치 묘지와 같이 마을에도 불빛이 없습니다. 아군을 보고 미리 피한 듯합니다."

조비는 크게 웃으며 고개를 끄덕였다.

오경에 가까워지자, 강 위에 짙은 안개가 피기 시작하더니 잠시 동안 지척을 분간할 수 없을 만큼 안개와 바람, 그리고 검은 물결이 휘몰아쳤다.

마침내 밤이 새고 해가 떠오르자 안개는 사라지고 강 건너 10리 앞이 바로 눈앞에 펼쳐져 있는 것처럼 쾌청했다.

"저것은 무엇인가?"

뱃전의 병사들이 놀라며 서로 손짓을 했다. 한 장수가 선루로 뛰어가서 조비에게 큰 소리로 그 사실을 고했다.

오의 서성에게 아무런 계책이 없는 것이 아니었다. 그가 굳게 수비에 치중하는 것은 앞으로 적극적인 공세를 감행한다는 전제이기도 했다.

조비가 나와 앞쪽을 바라보니 부하들이 소란을 피우는 것도 무리가 아니었다. 오의 연안 수백 리의 전경이 하룻밤 사이에 완전히 달라져 있었던 것이다. 어젯밤에는 불빛 한 점 없고 나루터와 마을에 사람의 자취가 전혀 보이지 않는다는 정찰선의 보고를 들었다. 그런데 지금은 나루에 진지와 수채가 열을 지어 늘어서고 산과 언덕에 깃발이 나부끼고 노궁대弩弓臺와 석포루石砲樓가 생겨났다. 또 강기슭의 요소요소에 무수한 병선이 숲을 이루고 있었다.

"아, 이것은 무슨 전술인가? 오에는 위에 없는 대장이 있는 듯하구나."

조비는 장탄식을 하고는 급기야 적을 칭찬하기까지 했다.

그것은 오의 서성이 강 위에서 보이는 모든 방어 시설에 풀과 나무나 천을 뒤집어씌우고, 마을 사람들을 다른 곳으로 이주시키고 성곽을 위장하여 적의 눈을 속인 것이었다. 그리고 조비의 전함대가 회하淮河의 좁은 물길을 따라 장강으로 나올 기색을 보이자 하룻밤 사이에 모든 위장을 걷고 결전 태세에 돌입한 것이었다.

조비는 급히 명령을 내려 회수로 돌아가려 했지만, 용함이 그만 하구의 모래톱에 좌초하고 말았다. 위군은 저녁 무렵까지 배를 빼내기 위해 분주했다. 간신히 배가 모래톱을 벗어나자 이번에는 어젯밤보다 더 심한 열풍이 불어왔다. 작은 배들은 날아가고 용함과 병선 들의 선루는 거친 풍랑에 부서지고 병사들은 넘어지는 등 야단법석을 떨었다. 강풍이 휘몰아치는 암흑 속에서 병선들은 서로 소리치며 위치를 확인하기 위해 애썼다. 하지만 여기저기서 충돌하는 배들이 속출했고, 키와 돛대가 부러져 모든 병선들이 움직일 수 없게 되었다.

조비는 뱃멀미 때문에 배 안 선실에 쓰러져 있었다. 문빙이 조비를 등에 업고 작은 배에 올랐고, 간신히 회하 기슭에 있는 일상—商의 나루에 상륙했다. 그곳은 위의 육상 본영이었다. 조비는 육지에 내리자 이내 원기를 회복했다.

얼마 후 폭풍우를 뚫고 두 명의 전령이 와서 고했다.

"촉의 조자룡이 양평관을 나와서 장안을 공격하고 있습니다."

조비는 깜짝 놀랐다.

"장안은 위의 심장과 같은 요지이다. 공명이 내가 오랫동안 원정에 나선 틈을 이용해 뒤통수를 쳤구나. 이대로는 안 되겠다."

조비는 당장 수륙 양군에게 총퇴각의 명을 내렸다. 그리고 바람이 잠잠해지기를 기다렸다 용함으로 돌아가려고 했다. 그런데 어디서 강을 건너왔는지 3천 명의 병사가 위의 본영에 불을 지르며 공격하기 시작했다.

조비와 부장들은 혼비백산하여 아군을 버리고 간신히 용함으로 도망쳐 회하의 상류를 향해 10리를 올라갔다. 그때 갑자기 좌우의 강기

늙과 전방의 호수가 순식간에 불바다로 변했다.

　그 부근은 큰 배도 숨을 수 있을 만큼 갈대가 무성한 곳이었다. 오군이 그곳에 어유를 뿌려두고 일시에 불을 지른 것이었다. 위의 대함과 전투선 수천 척이 불에 타서 침몰하고 폭발하는 등 회하 수백 리에는 다음 날까지 검은 연기가 피어올랐다.

108
제갈량의 남만 정벌

남만의 맹획과 건녕의 옹개가 손을 잡고 반란을 일으키자
공명은 50만 대군을 이끌고 익주를 평정하고 남만 정벌에 나선다

조비가 도망친 후 회하의 일대는 불에 타버린 갈대밭과 불에 타 가라앉은 크고 작은 배의 잔해, 그리고 기름으로 덮인 수면 위로 떠다니는 위군의 주검들로 가득했다.

그때 위의 손실은 일찍이 조조가 받은 적벽대전의 대패에 견줄 만했다. 3분의 1 이상의 병력을 잃었고, 위가 버리고 간 막대한 양의 병선과 병량과 무구 등이 모두 오의 수중에 넘어가고 말았다. 특히 오가 대첩이라 부른 이유는 위의 명장 장료가 이 싸움에서 죽었기 때문이었다.

덕분에 오의 국방력은 한층 강해졌다. 논공행상에 있어 가장 큰 전공을 세운 사람은 손권의 조카 손소였다. 도독 서성이 손권에게 손소의 공을 알렸다.

"과감하게 적진으로 쳐들어가 조비군을 혼란에 빠뜨리고 적의 용장의 목을 치는 등 그 공을 헤아릴 수 없습니다."

이에 손권이 말했다.

"위군을 방심하게 만들어 회하의 험로로 유인하여 대첩을 거둔 도독의 주도면밀한 계책에 비하면 그것은 작은 공에 지나지 않는다. 이번 전공의 일등공신은 바로 도독 서성이다."

손권은 그렇게 상찬하며 서성을 일등공신, 손소를 이등공신으로 삼고 정봉과 그 외의 부장들에게도 차례로 포상을 베풀었다.

한편 촉은 다음 해인 건흥 3년을 평화 속에서 맞이했으며, 촉의 번영은 눈에 두드러졌다.

공명은 어린 황제를 보필하여 내치와 국력의 충실에 전력을 기울였다. 양천의 백성들뿐 아니라 성도의 마을들은 밤이 되어도 문을 닫아걸지 않았다. 여기에 3년 동안 풍년이 들다 보니 모두 자진해 관의 역사를 도왔고, 노인과 아이들이 부른 배를 두드리며 행복하게 웃는 풍경을 여기저기서 볼 수 있었다. 하지만 이러한 안빈낙도의 풍경도 주변 정세에 따라 언제 바뀔지 몰랐다.

그 무렵 남쪽에서 성도로 파발이 들어왔다.

"남만국의 왕인 맹획이 국경을 침범했습니다. 건녕建寧, 장가牂牁, 월준越雟의 세 군이 그들과 합세했는데, 영창군 태수 왕항王伉만이 충의를 지켜 고군분투 중입니다. 하지만 언제 함락될지 모르는 상황입니다."

공명이 후주 유선에게 고했다.

"남만은 반드시 한번은 정벌하여 제위의 지엄함을 보여주셔야 합니다. 그렇지 않으면 앞으로 나라의 큰 우환이 될 것입니다. 소신이 오랫동안 때를 가늠하고 있었사오니, 더 이상 미룰 수 없을 듯합니다. 폐하께서는 제가 성도에 없는 동안 국사를 잘 돌봐주시길 바라옵니다."

"남만은 풍토와 기후가 범상치 않고 매우 더운 땅이라 들었소. 그러니 다른 장수를 보내면 어떻겠소이까?"

유선이 허락하려 하지 않자 공명이 고개를 저으며 말했다.

"제가 없어도 네 국경의 방비는 근심이 없습니다. 또한 백제성에는 이엄이 있으니 걱정이 없습니다. 위는 작년에 오를 공격하여 큰 병력의 손실을 입었으니, 이른 시일 안에 다른 나라를 침범하지 않을 듯합니다."

공명이 그렇게 말하며 승낙을 구하자 후주도 마침내 고개를 끄덕였다. 그러자 옆에 있던 간의대부 왕련王連이 말했다.

"승상은 나라의 기둥과 같은 분인데, 승상께서 풍토와 기후가 나쁜 남방으로 원정을 가시는 것은 심히 걱정되지 않을 수 없습니다. 남만의 난은 사람으로 보자면, 부스럼이나 종기 같은 것으로 가렵다 하여 긁으면 병이 되지만, 그대로 내버려두면 어느새 낫기 마련입니다. 그러니 부디 마음을 돌리시길 바랍니다."

공명은 왕련의 충언에 사의를 표하면서도 뜻을 꺾지 않았다.

"남방南方은 불모의 땅으로 풍토병도 많고, 문명에서 멀리 떨어져 있다 보니 백성들은 왕의 교화를 전혀 받지 못했습니다. 이들을 통치하는 데에는 무력만으로는 어려울 것입니다. 또한 강함과 부드러움, 무武와 인仁을 상황에 맞게 쓰며 만전을 기해야 하니 제가 갈 수밖에 없습니다."

왕련이 다시 간했지만 공명은 더는 듣지 않았다. 그리고 그날 10여 명의 장수를 선별하고 부대를 편제한 후 총군 50만 명을 이끌고 익주 남부로 출정했다.

도중에 관우의 셋째 아들인 관색關索이 홀로 공명을 찾아왔다.

"지금까지 어디에 있었는가?"

공명이 놀라 눈물을 흘리며 물었다.

본래 형주가 함락될 때, 관색은 관우 곁에 있었기 때문에 지금까지 죽은 줄로만 알고 있었다. 관색이 말했다.

"형주가 함락되었을 때, 저는 깊은 상처를 입고 포씨鮑氏의 집에 숨어 있었습니다. 오늘 승상이 남만으로 출정하신다는 소식을 듣고 밤낮을 가리지 않고 달려온 것입니다."

"그럼 선봉에 합세하여 아버지의 명성에 부끄럽지 않을 공을 세우도록 하라. 자네를 이곳으로 이끈 것은 필시 관운장일 것이다."

그렇게 해서 촉군은 익주의 남부로 들어갔다. 산천이 험하고 날씨가 무더운 탓에 고된 원정은 도저히 중원의 싸움과는 비교가 되지 않았다.

건녕의 태수 옹개雍闓는 뒤로는 남만의 맹획과 손을 잡고 좌우로는 월준군 태수 고정高定과 장가군 태수 주포朱褒와 연합하여 전선을 형성했다. 그리고 군사 6만 명을 데리고 공명을 기다리고 있었다.

6만 명의 대장은 악환鄂煥이었는데, 그의 얼굴은 남색을 칠한 듯했고 송곳니는 입술 밖으로 튀어나와 있어 화를 낼 때에는 악귀와 같았다. 또 그가 휘두르는 방천극을 당해낼 사람이 없을 정도로 그는 운남雲南에서 제일가는 맹장이었다.

싸움 첫날, 악환을 맞은 것은 촉의 위연이었다. 위연은 공명에게 받은 계책이 있어 굳이 힘을 쓰지 않고 오직 지략으로 그를 지치게 했다. 그리고 7일째 되는 날 장익張翼과 왕평王平의 부대와 연합해서 악환을 우리 속에 빠뜨려 사로잡았다.

하지만 공명은 악환을 풀어주며 말했다.

"그대의 주인인 고정은 본래 충의를 아는 자였는데, 옹개에 속아서 모반에 가담한 것이 분명하다. 돌아가면 그대의 주인인 고정에게 간언을 하도록 하라."

목숨을 건진 악환은 자신의 진영에 돌아가자마자 고정을 만나 촉군의 강함과 공명의 덕에 대해 이야기했다. 그때 옹개가 찾아와서는 의심스러운 눈초리로 악환에게 물었다.

"그대는 오늘 싸움에서 적에게 사로잡혔다고 하던데, 어떻게 돌아왔는가?"

고정이 대신 대답했다.

"공명은 참으로 인자인 듯하오. 도리에 따라 악환을 돌려보내주었소."

옹개가 웃음을 터뜨리며 말했다.

"그것은 공명의 반간계反間計이오. 촉인의 인仁 따위는 본래 우리의 적성에 맞지 않소이다."

다음 날, 옹개가 고정과 연계하여 싸움을 걸어오자 공명이 웃으며 말했다.

"얼마간 저대로 내버려둬라."

촉군은 그렇게 7일 동안 아무런 행동도 하지 않고 진채 안에서 조용히 있었다.

8일째 되는 날, 남만의 대군이 공격해오자 공명은 기다리고 있었다는 듯 적재적소에서 그들을 맞받아쳤다. 그리고 많은 포로를 사로잡을 수 있었다. 사로잡은 포로는 옹개의 병사와 고정의 병사 두 편으로 나눠 각각 다른 곳에 수용한 후 소문을 퍼뜨렸다.

"고정은 본래 촉에 충의로운 자여서 그의 병사들은 풀려날 것이지만, 옹개의 병사들은 모두 죽임을 당할 것이다."

한 곳에서는 환호했고, 또 다른 한 곳에서는 눈물을 흘리며 슬퍼했다.

며칠 후 공명은 먼저 옹개의 병사들을 차례로 끌어내서 누구의 병사인지 물었다. 그러자 모두 고정의 병사라고 말했고, 한 명도 옹개의 병사라고 답하는 사람이 없었다.

"알았다. 고정의 병사라면 특별히 풀어주겠다. 고정의 충의는 내가 잘 알고 있다."

공명은 그들을 모두 풀어주기로 했다.

다음 날, 공명은 고정의 병사들을 끌어내 밧줄을 풀어주고 술까지 내어주며 그들에게 말했다.

"너희의 주인인 고정은 실로 정직한 사람이다. 그런 의리 있는 자가 촉을 배신할 리가 없다. 이는 오직 옹개와 주포에게 속아 넘어간 것이다. 오늘 옹개가 내게 밀사를 보내 촉제에 청하여 자신의 영지를 보장하고 포상을 약속한다면 언제라도 고정과 주포의 목을 가지고 오겠다 했다. 나는 고정의 충절과 의리를 믿기에 옹개의 밀사를 그냥 돌려보냈다."

남만 병사들은 풀려난 후 자신의 진영으로 돌아오자 모두 공명의 관대함을 칭찬했다. 그리고 고정에게 충언했다.

"옹개를 믿어서는 안 됩니다."

이윽고 고정도 의심스러운 마음이 들어 은밀히 옹개의 진중에 사람을 보내 동정을 살폈다. 그런데 그곳에서도 옹개의 부하들이 삼삼오오 모여 공명을 칭찬하기에 여념이 없었다. 정탐꾼이 그런 상황을 보고하자 고정은 옹개와 공명이 내통하고 있는 듯한 의심이 들었다.

고정은 확실히 알아보기 위해 심복을 공명의 진영에 보내 염탐을 하게 했다. 그런데 심복이 촉의 복병에게 사로잡혀 공명에게 끌려가고 말았다. 공명이 고정의 심복을 보며 말했다.

"아니, 너는 옹개의 전령으로 왔던 자가 아닌가? 그 후 기다리고 있었는데 소식이 없더니 대체 어찌 된 것인가? 내가 좋은 소식을 기다리고 있다고 빨리 돌아가서 주군 옹개에게 전하라."

공명은 그렇게 말하고 그에게 서찰을 건넸다. 그리고 그를 안전한 곳까지 호위해주었다. 심복은 서둘러 고정의 진영으로 돌아와 고정에게 갔다. 기다리고 있던 고정이 어찌 되었는지 묻자, 심복이 배를 잡고 웃으며 고했다.

"제가 촉의 진영으로 가는 도중에 사로잡혀 공명에게 끌려갔는데, 공명은 저를 옹개의 전령으로 착각한 듯합니다. 그가 제게 이렇게 글을 적어 옹개에게 전하라며 주었습니다. 여기 있습니다."

고정은 서찰을 보고 놀랐다. 서찰에는 자신과 주포의 목을 가지고 항복을 맹세한다면 촉의 황제에게 청해 큰 상을 내리도록 할 것이며, 한시라도 빨리 일을 도모하라고 쓰여 있었다.

고정은 깊이 고민에 잠겨 있다가 이윽고 악환에게 서찰을 보였다.

"그대는 이 서찰을 어떻게 생각하는가? 또 옹개의 본심이 무엇인 것 같은가?"

악환은 송곳니를 드러내며 분노했다.

"이렇게 명백한 증거가 있는데 무엇을 망설이십니까. 진중에 술자리를 마련하여 옹개를 부르십시오. 만약 그에게 딴마음이 없다면 올 것이고, 사심이 있다면 오지 않을 것입니다. 또한 옹개가 오지 않으면 그에게 사심이 있는 것이 명백하니, 주군께선 오늘 밤 기습을 하십시오. 저는 별군을 이끌고 그들의 뒤를 치겠습니다."

고정은 악환의 말에 따르기로 했다. 그런데 옹개가 역시 회의를 핑계로 오지 않았다.

드디어 고정은 야습을 감행했다. 옹개의 부하들은 본래부터 싸울 마음이 없었고, 개중에는 고정의 병사에 합류하는 사람도 많았다. 옹개는 제대로 싸워보지도 못하고 혼자 도망치다가 후문에서 공격해온 악환에게 목이 달아나고 말았다.

새벽녘, 고정은 옹개의 목을 들고 공명의 진영에 투항했다. 공명은 옹개의 수급을 보고는 갑자기 좌우의 무사들에게 고정의 목을 치라고 했다.

고정은 깜짝 놀라며 애원했다.

"승상께서 불초 소신을 아끼고 안타까워하신다는 이야기를 듣고 깊이 감읍하여 이렇게 투항하러 왔는데, 어찌 저를 죽이라고 하십니까?"

"너의 투항은 거짓임에 분명하다. 내 오랫동안 군사를 부려왔거늘, 어찌 너와 같은 자의 계략에 속아 넘어가겠느냐."

공명은 상자 속에서 한 통의 서찰을 꺼내서 고정에게 내던졌다. 주포의 필적으로 쓰인 서찰을 펼쳐 읽는 고정의 손이 부들부들 떨렸다.

"잘 보아라. 주포는 내게 고정과 옹개가 작당했으니 방심하지 말라고 알려왔느니라. 네가 가져온 옹개의 수급은 가짜이고, 또 네놈은 옹개와 작당하고 거짓으로 투항한 것이 아니겠느냐. 네놈은 내가 주포의 말만 믿고 있다고 생각하겠지만, 이미 주포는 내게 몇 번이고 항복을 청해왔느니라."

공명의 말을 들은 고정은 이를 갈며 소리쳤다.

"승상, 처음부터 옹개의 모반에 저를 끌어들인 것은 주포입니다. 한데 지금에 와서 저를 팔아넘기고 자기 혼자 살겠다고 하니 참으로 억울하고 분통이 터지는 일입니다. 승상, 부디 제 목숨을 며칠만 유예해 주십시오."

"며칠 동안 무엇을 하겠다는 말이냐?"

"주포의 목을 쳐서 제 죗값을 치른 후에 승상의 처분을 달게 받겠습니다."

"좋다, 그렇게 하도록 하라."

사흘 뒤, 고정은 모든 병사들을 데리고 공명의 진영에 돌아왔다. 그리고 공명의 앞에 주포의 목을 내놓으며 고했다.

"이것은 진짜 주포의 수급입니다."

공명이 그것을 보고 무릎을 치며 기뻐했다.

"내 그대에게 큰 공을 세우게 하기 위해 잠시 그대를 속인 것이다. 너무 서운하게 생각하지 말라. 며칠 전의 수급도 옹개의 것임을 알고 있었노라."

공명은 웃으며 고정의 노고를 치하했다. 그리고 고정을 익주 삼군의 태수로 봉했다.

* * *

익주가 평정되자 촉과 남만의 경계를 어지럽히던 각 군의 세력들도 자취를 감추었다. 이에 모반 세력들에게 포위되었던 영창군 태수 왕항은 성문을 활짝 열고 공명의 군사를 맞으며 눈물을 흘렸다.

"동장군이 물러가고 오랜만에 따스한 봄날의 햇살을 맞는 심정이옵니다."

성안으로 들어간 공명이 왕항의 충절을 칭찬하며 물었다.

"그대는 참으로 충신이오. 한데 그대를 도와 성을 잘 지켜낸 자는 누구인가?"

"자가 계평季平인 여개呂凱이옵니다. 분부를 내리시면 이리 부르도록 하겠습니다."

이윽고 여개가 공명의 앞에 와서 절을 했다. 공명이 남만 정벌에 대한 의견을 묻자 여개가 한 권의 지도를 펼쳐보이며 말했다.

"제 좁은 소견보다 이 지도를 보시는 편이 좋을 듯합니다."

"이것은 무슨 지도인가?"

"이것은 평만토치도平蠻討治圖, 혹은 남방지장도南方指掌圖라고 합니다. 남만인들은 왕화王化를 모르고 문명에서 멀리 떨어져 있기에 그들을 하루아침에 다스릴 수 없다 생각했습니다. 이에 소생이 다년간 은밀히 남만에 사람을 보내 그들의 풍속과 습성과 무기와 전법 등을 조사하고 남만국의 지리를 상세하게 파악하여 이 지도를 만들었습니다. 지도 안에는 남만의 사정과 날씨와 풍토 등도 상세히 설명해놓았습니다."

공명은 감탄하며 여개의 공을 치하했다. 그러고는 남만원정군의 요직을 맡기고 동행할 것을 명했다. 영창성에서 충분한 준비를 끝낸 공명은 다시 대군을 이끌고 남으로 진군했다.

촉군은 수백 리 염천 아래를 행군해갔다. 공명은 각 부대마다 군의를 배치하고, 식량과 음료, 야영의 해충과 풍토병 등에 대해 세심한 주의를 기울였다.

"황제의 칙사가 도착했습니다."

부장의 보고에 공명은 직접 마중을 나가 중군으로 맞아들였다. 칙사로 온 사람은 마속馬謖이었다. 그런데 마속은 상복인 하얀 전포와 갑옷을 입고 있었다. 공명이 놀라는 표정을 짓자 마속이 말했다.

"진중에 이렇듯 상복을 입고 임하여 송구합니다. 실은 제가 이곳으로 오기 전에 형님인 마량이 돌아가셨습니다."

마속은 먼저 개인적인 사정을 이야기한 후 칙사로 온 목적을 말했다.

"황제께서 저를 보내신 까닭은 성도에 무슨 일이 있어서가 아니라, 원정군의 노고를 위로하기 위해 술과 비단 등을 하사하셨기 때문입니다. 짐을 실은 부대는 곧 도착할 것입니다."

그날 밤 술과 비단이 도착하자 공명은 이를 군사들에게 나눠주었다. 그리고 마속과 마주 앉아 술을 마시며 이런저런 이야기를 나누었다.

"남만 원정에 대해 그대의 고견을 듣고 싶으니, 기탄없이 들려주시게."

마속은 잠시 아무 말도 하지 않고 있다가 이윽고 입을 열었다.

"그것은 실로 어려운 일인 듯합니다. 공을 세우기는 쉽지만, 그 과실을 거두어들이는 일은 지극히 어려울 것입니다."

마속은 젊은 사람답게 솔직히 답했다.

"어찌 그러한가?"

공명이 다시 묻자 마속이 대답했다.

"고래로 남만을 쳐서 성공한 예가 없습니다만, 승상께서 대군을 이끌고 임하시면 반드시 성공할 것입니다. 하지만 다시 성도로 돌아오시면, 남만인들은 즉시 본래의 상태로 돌아가 난을 일으킬 틈을 엿보며 결코 굴복하지 않을 것입니다."

공명은 고개를 끄덕이며 말했다.

"그렇다면 그런 미개한 오랑캐에게 왕화의 덕을 일깨우고 진심으로 따르게 하려면 어떻게 하는 게 좋겠는가?"

"제가 지극히 어렵다고 말씀드린 연유도 여기에 있습니다. 병을 부리는 데 있어 마음을 굴복시키는 게 상책이요 무력으로 굴복시키는 게 하책이라 했습니다. 바라건대 승상께서 그들의 마음을 굴복시켜 은덕에 따르도록 하시면 오래도록 왕화가 남을 것입니다. 부디 촉군이 성도로 돌아온 후 그들이 배반하는 일이 없도록 하셔야 할 것입니다."

공명은 탄복하며 자신의 생각도 그러하다고 말했다. 그리고 즉시 마속을 참군의 장수로 삼아 자신의 곁에 두었다.

일찍부터 공명도 마속의 재능을 인정하고 있었다. 하지만 그와 같은 젊은이에게 남방 공략의 생각을 자문한 일이나, 자신이 직접 대군을 이끌고 원정에 나선 것을 보면, 공명이 얼마나 절취부심하고 있는지 알 수 있었다.

50만 대군의 운명을 책임지고 있는 중임은 말할 필요도 없었다. 또한 종전의 전쟁과는 달리 풍토와 기후가 좋지 않고, 원정길의 불편도 이루 말할 수 없고, 험준한 산과 밀림은 물론이고 이제껏 사람의 왕래가 없던 땅도 많았다.

만약 전쟁에서 패한다면 위와 오는 즉시 허를 노리고 촉을 공격할 것이다. 황제는 아직 어려 성도를 지키기에는 힘이 없었다. 선제 유비 시절부터 있었던 인물들이 많기는 하지만 멀리 떨어진 남만의 땅에서 50만 명의 대군이 패하고 공명조차 죽는다면 성도는 누란의 위기에 직면할 것이었다. 안으로 역신이 나타날 것이고 밖으로 위와 오의 군사를 맞아 버텨내지 못하고 멸망할 것이다. 그러한 수많은 어려움을 짊어지고 원정길에 나선 공명은 한순간도 잠자리가 편할 리 없었다. 그래서 이번 남만 원정은 반드시 이루어야 할 대업이고, 바로 지금이 아니면 나라의 우환을 해소할 기회가 없었던 것이다.

공명은 사륜거를 타고 하얀 부채를 손에 든 채 낯선 남방의 길을 50만 명의 대군과 함께 행군했다. 공명이 온다는 소문이 꼬리에 꼬리를 물고 전해지자 남만국의 맹획이 대군을 일으켜 진군해왔다.

촉의 정찰대가 살펴본 바로는 남만의 군세는 총 6만 명 정도인데, 2만 명을 삼군으로 편제했고, 삼동三洞의 원수元帥인 금환결金環結을 일진, 동도노董荼奴를 이진, 아회남阿會喃을 삼진으로 삼아 촉군을 기다리고 있다고 했다.

공명은 정찰대의 보고를 받고 명을 내렸다.

"왕평은 좌군, 마충은 우군을 맡으라. 나는 조자룡과 위연을 이끌고 중군을 맡겠다."

공명의 명에 조자룡과 위연은 다소 불평스러운 얼굴이었다. 선봉인 좌우의 양군이 아니라 후진을 맡아야 했기 때문이다.

"왕평과 마충은 그대들보다 나이도 많고 지세에 밝으니 실수를 하지 않을 것이오."

공명은 그렇게 말하며 두 사람의 혈기를 자제시켰다. 그리고 좌우군이 진군한 후 중군을 이끌고 나갔다. 공명은 부장들의 호위를 받으며 사륜거 위에서 유유히 하얀 부채를 부치며 남만의 낯선 풍광을 바라보고 있었다.

＊ ＊ ＊

남만군은 오계봉五溪峰의 정상에 방루를 쌓고 각 봉우리마다 삼동의 군사를 배치했다.

"촉병들은 나약하여 이 험준한 봉우리를 올라올 수 없을 것이다."

하지만 달빛을 이용해 그 아래의 골짜기까지 진출한 왕평과 마충의 선봉은 도중에 사로잡은 적의 척후병을 길잡이로 삼았다. 그리고 샛길을 따라 불시에 적의 진지를 급습했다.

함성 소리와 함께 여러 곳에서 불길이 일고 햇불이 타오르자 적진은 대혼란에 빠졌다.

금환결은 부하들을 독려하며 불길 속에서 뛰쳐나왔다. 그 모습을 본 촉군의 장수가 달려들어 치열한 싸움을 벌인 끝에 그의 목을 쳐서 창 끝에 매달고는 외쳤다.

"대항하는 자는 모두 이렇게 될 것이다."

그 모습을 본 남만군은 혼비백산하여 일제히 동도노와 아회남의 진영으로 도망쳐 들어갔다.

그 무렵 위연과 조자룡의 중군은 이곳을 공격하고 있었다. 남만군은 앞뒤의 촉군을 보고는 싸울 의지를 잃었다. 계곡으로 뛰어내리다 머리가 부서져 죽은 사람, 나무에 올라갔다 불에 타 죽은 사람, 또 칼과 창을 맞고 죽은 사람 등 그 수를 헤아릴 수가 없었다.

날이 밝았지만 남방의 기암절벽 위에서는 아직도 불길이 타오르고 있었다. 공명은 기쁜 마음으로 아침밥을 먹고 부장들에게 어젯밤의 공에 대해 물었다.

"그대들의 용맹함으로 이제 삼동의 적병은 패퇴하여 이제 한 명도 보이지 않소이다. 그런데 적의 대장은 사로잡았는가?"

"제가 목을 친 자가 적장 금환결인 듯합니다. 한번 보시지요."

"오, 조운 장군. 참으로 장하오. 다른 적장은 어떻게 되었소?"

"모두 도망친 듯합니다."

"실은 벌써 사로잡았소이다."

공명이 뒤의 장막을 바라보며 끌고 오라고 명령을 내리자 부장들이 믿지 못하겠다는 듯 깜짝 놀랐다. 이윽고 장막이 걷히고 병사들이 아회남과 동도노를 포박하여 끌고 왔다.

"아니, 어떻게 된 일입니까?"

놀란 부장들이 묻자 공명이 자세히 설명했다.

공명은 일찍부터 여개와 함께 이곳의 지형을 꼼꼼히 연구했던 것이다. 중군과 좌우군이 정공법을 취하기 사흘 전, 이미 장의와 장익에게 군사를 주어 멀리 적진의 후방으로 우회하여 매복해 있으라고 명했던 것이다.

"승상의 지략은 귀신도 헤아리지 못할 것입니다. 그럼 이 둘의 목을 당장 베도록 하겠습니다."

공명은 부장들을 만류한 후 그들의 밧줄을 풀어주라고 명했다. 그러고는 두 사람에게 술과 음식을 내어주며 말했다.

"이것은 촉의 성도에서 나는 비단 전포이다. 너희에게 잘 어울릴 것이다. 황제께서 내리는 전포를 입고 항상 왕화의 덕을 잊지 말도록 하라."

공명은 왕화의 덕을 깨우친 후 아회남과 동도노를 풀어주었다. 그러자 그들은 눈물을 흘리며 은혜를 잊지 않겠다고 말하고 사라졌다.

"내일은 반드시 남만왕 맹획이 직접 공격해올 것이다. 그대들은 반드시 맹획을 사로잡도록 하라."

공명이 모두에게 명하며 방책을 지시했다. 조자룡과 위연은 각각 군사 5천 명을 이끌고 어디론가 출발했고, 왕평과 관색 등도 아침에 일군을 이끌고 본진을 나섰다.

* * *

남만에서 '동洞'은 성채나 요새의 뜻으로, '동洞의 원수元帥'는 그 군주郡主를 말한다.

현재의 국왕인 맹획은 부하인 삼동의 대장이 모두 공명에게 사로잡히고 군사들 대부분도 죽거나 도망쳤다는 말을 듣고 격분했다.

맹획의 위세와 지위는 남방의 나라들 중에서 가장 강대했다. 그가 이끄는 직속 부대는 말을 타고 활과 칼과 창을 휘두르며, 기괴하게 생긴 무구를 몸에 차고 붉은 깃발을 휘날렸다. 그 기세가 결코 촉군에 뒤지지 않았다.

그 맹획의 부대가 촉의 왕평의 선진과 대치했다. 왕평이 말을 타고 나가 외쳤다.

"남만의 왕, 맹획은 어디 있느냐?"

사자처럼 맹렬한 기세로 맹획이 말을 몰아 나왔다. 그는 털이 곱슬곱슬한 적토마를 타고, 머리에 새의 깃털을 달고 보석을 박은 관을 쓰고, 술이 달린 붉은색 비단 전포를 입고, 전옥으로 만든 사자대獅子帶를 차고, 매의 부리 모양의 녹색 가죽신을 신고 있었다.

맹획은 소나무를 새긴 두 자루 보검을 양손에 든 채 좌우를 둘러보며 거만하게 말했다.

"중국인들은 모두 공명을 두려워하는데, 내 눈에는 그저 한 마리 코끼리나 표범보다도 못하구나. 하물며 그 밑에 있는 들여우나 쥐새끼들은 말해 무엇하겠느냐. 망아장忙牙長, 저들을 혼쭐내줘라."

맹획은 뒤를 돌아보며 턱으로 망아장을 불렀다. 그러자 망아장이 대답하며 타고 있던 말의 엉덩이를 채찍으로 내리쳤다. 그런데 앞으로 나온 망아장이 타고 있는 것은 말이 아니라 커다란 뿔을 가진 물소였다.

망아장은 왕평과 대여섯 합을 싸웠지만 상대가 되지 않았다. 망아장이 왕평에게 쫓겨 도망치자 맹획은 고함을 치며 왕평에게 달려들었다. 그러자 왕평이 일부러 도망치기 시작했다. 맹획은 적토마를 내달려 쫓아갔다. 그때를 노려 관색의 일군이 그의 퇴로를 끊고 뒤에 남은 맹획의 부대를 위협했다. 그리고 좌우의 장의와 장익의 군사가 기다렸다는 듯 그들을 에워쌌다.

무지한 군대와 병법에 따른 군대의 싸움 결과는 극명하게 대조되었다. 포위당한 남만군은 벌집을 들쑤셔놓은 듯 혼란에 빠져 어디로 도망칠지 방향을 잡지도 못했다.

당황한 맹획은 급히 한쪽의 포위망을 뚫고 금대산錦帶山 쪽으로 도망쳤는데, 골짜기에 이르자 계곡 쪽에서 북소리와 징소리가 들려왔다. 맹획은 다시 길을 바꿔 봉우리 쪽으로 내달렸는데, 이번에는 바위와 나무 뒤쪽에서 촉의 군사가 북을 치며 쫓아왔다. 그중에 조자룡이 있었다. 맹획은 계곡으로 건너뛰고 늪을 가로질러 도망쳤다. 하지만 촉병들이 이미 사방을 철통처럼 둘러싸고 있어 나아갈 곳이 없었다.

도망치다 지친 맹획이 말에서 내려 몸을 숙이고 계곡물을 마시려는데 사방에서 함성과 북소리가 울려 퍼졌다. 맹획은 말을 버린 채 산을 타고 오르기 시작했다. 이윽고 맹획은 봉우리 위에 이르러 한숨을 돌렸나 싶었는데, 그만 조자룡에게 어이없이 붙잡히고 말았다.

맹획은 날뛰고 울부짖으며 저항했다. 그래서 보통 밧줄이 아닌 가죽 끈으로 튼튼하게 묶고 건장한 장병들이 열 겹으로 둘러싸서 공명이 있는 본진까지 끌고 가야만 했다. 그러는 동안 한바탕 소란이 일어나 병사 서너 명이 그의 발에 걷어차여 죽었다.

하지만 일단 영중까지 끌고 오자 정연히 늘어선 어림의 기치와 서릿발처럼 반짝이는 창과 칼을 보며 맹획은 몸을 움츠린 채 그저 눈동자만 분주히 움직였다.

영내의 뒤편에는 포로로 잡은 수많은 남만 병사가 무리를 지어 있었다. 공명은 그곳에서 설교를 했다.

"너희 모두 부모도 있고 처자식도 있을 것이다. 너희가 사로잡혔다는 말을 들으면 그들은 모두 피눈물을 흘리며 통곡할 것이다. 그런데 어찌 목숨을 돌보지 않고 함부로 버리려 하느냐. 다시는 맹획과 같은 흉악한 자를 섬겨 귀한 목숨을 잃는 일이 없도록 하라."

공명은 포로들을 모두 풀어주었다. 게다가 술과 식량을 나눠주고 부상을 당한 사람은 치료를 해주자 남만의 병사들은 모두 그 은혜에 감사해하며 사라졌다.

공명이 영중으로 돌아오자 마침 병사들이 맹획을 끌고 왔다. 맹획은 송곳니를 드러내며 공명을 향해 달려들 기세였다.

공명이 온후하고 부드러운 말투로 물었다.

"일찍이 촉의 선제께서 그대를 각별히 아끼셨는데, 그러한 은혜를 저버리고 위와 내통하여 모반을 일으킨 것은 무슨 연유인가?"

맹획은 코웃음을 쳤다. 무언가를 씹고 있는 것처럼 입에 거품을 물며 혼잣말을 하더니 이윽고 공명을 노려보며 말했다.

"본래 양천 땅은 유비나 유선의 땅이 아니요, 익주의 남쪽 역시 내 땅이었다. 그러니 내가 무엇을 하던 내 마음이 아니더냐. 국경을 침범했다거나 모반을 일으켰다거나 하는 말은 내게 어울리지 않는 말이다."

"너는 어떻게 아군에 사로잡혔느냐?"

"금대산 길이 좁아 제대로 내 힘을 발휘하지 못했기 때문이다."

"흠, 지형이 네게 불리하였더냐."

"어쩌다 나를 사로잡아 몸은 묶었겠지만 마음은 묶어두지 못할 것이다."

"진심으로 굴복하지 않는다면 어쩔 수 없구나. 밧줄을 풀어주고 보내주도록 하마."

"좋다. 만일 나를 풀어준다면, 반드시 군사를 재정비하여 본때를 보여주마. 결코 네게 패할 이 맹획이 아니다."

"자, 그럼 너를 풀어줄 테니 다시 오도록 하라. 네가 진심으로 굴복할 때까지 너와 싸워주마."

공명은 무사들에게 맹획을 풀어주라고 했다. 그 말을 들은 부장들이 동요했지만, 공명은 조금도 개의치 않고 술을 내오도록 한 뒤 맹획에게 마시라고까지 했다.

맹획은 처음에는 의심스러운 표정을 지었지만, 공명이 술단지에서 술을 퍼서 마시는 걸 보고는 자신도 큰 잔에다 술을 퍼서 단숨에 들이켰다.

이윽고 영문의 뒤쪽에서 맹획을 놓아주었다. 그러자 그는 뒤도 돌아보지 않고 어딘가로 사라졌다.

주먹을 쥐고 그것을 바라보던 부장들이 공명에게 알다가도 모르겠다며 불평을 늘어놓았다. 그러자 공명이 웃으며 말했다.

"맹획과 같은 자를 사로잡는 것은 주머니 속에서 물건을 꺼내는 일보다 쉬운 일이오."

* * *

맹획이 돌아왔다는 말이 전해지자 여기저기 숨어 있던 남만의 패군들이 다시 모여들었다.

"촉군에 사로잡히셨는데, 어떻게 무사히 돌아오셨습니까?"

병사들이 의아한 표정으로 묻자 맹획은 아무 일도 없었다는 듯 웃음을 보이며 부하들에게 말했다.

"운이 나빠 촉군에 사로잡혔지만, 밤에 감옥을 부수고 10여 명의 촉병들을 죽이고 도망쳤다. 적병들이 내 앞을 가로막았지만, 그들을 물리치고 말을 빼앗아 돌아온 것이다."

부하들은 그의 말을 믿었다.

한편 아회남과 동도노는 공명이 풀어준 후 자신들의 동중에 틀어박혀 있었는데, 맹획이 호출하자 달갑잖은 표정으로 그에게 갔다.

맹획은 각 동洞의 우두머리들을 규합하여 즉시 10만 명의 군사를 조직하고 앞으로의 작전을 지시했다.

"공명과 싸우는 방법은 그와 싸우지 않는 것이다. 그와 싸우면 반드시 그의 계략에 빠지고 말 것이다. 촉의 군사는 천 리나 떨어진 낯선 곳에 와 있다 보니 더위와 풍토에 지쳐 있다. 이제 우리는 노수瀘水의 건너편 기슭으로 옮겨가 대하를 앞에 두고 튼튼한 방루를 쌓을 것이다. 험준한 산과 절벽을 따라 긴 성을 짓고 오로지 방어에 치중하면 아무리 공명이라도 어떻게 할 수가 없을 것이다. 그리고 저들이 지쳐 쓰러질 때를 기다려 섬멸하는 것이다."

하룻밤 사이에 남만군이 자취도 남기지 않고 후퇴하자 촉의 장수들은 의아해했다. 공명의 대의에 굴복하여 모두 싸우는 것을 포기하고 동으로 돌아간 게 아닌가 생각하기도 했다. 하지만 공명은 그날 바로 진군할 것을 명령했다.

때는 벌써 5월 말, 앞서 가던 선진 앞에 노수의 강이 나타났다. 강폭

은 넓고 물살이 거세 강우가 내릴 때마다 강물이 흘러넘쳤다. 그곳에
는 하루에 몇 번씩 큰비가 내렸다.

맹렬한 더위에 지칠 때, 강우는 병마의 더위를 식혀주지만, 그와 동
시에 갑옷이 젖고 병량이 물에 잠기고, 흘러넘치는 빗물 속에서 길을
잃고 옴짝달싹 못할 때가 많았다.

"강 건너편에 적이 있다!"

"적의 방루가 끝없이 이어져 있다!"

선봉대는 강 건너편에서 자연의 험지를 이용한 남만족의 방루를 본
순간 깜짝 놀랐다. 그것은 지금까지 보아온 구조와는 완전히 다른 모
습이었다. 견고함에 있어서도 결코 뒤지지 않았다. 선봉대는 노수를 앞
에 두고 진군을 멈추었다.

공명이 명령을 내렸다.

"노수의 기슭에서 백 리를 후퇴하라. 그리고 각 부대는 높은 곳이나
숲 속에 시원한 곳을 찾아 막사를 치라. 함부로 나가 싸우지 말라. 얼마
동안 군마를 쉬게 하고 병에 걸리지 않도록 건강에 각별히 신경을 쓰
도록 하라."

그러한 때, 참군 여개가 일찍이 공명에게 바친 '남방지장도'가 큰 도
움이 되었다. 공명은 그 지도에 따라 지리를 파악하고 각 부대에게 알
맞은 땅을 골라 진을 치게 했다.

부장들은 각자 위치에 소규모 진채를 치고 야자수 잎을 엮어 지붕으
로 얹고 파초를 깔아 요로 삼고 무더위를 이겨냈다.

하루는 감군 장완이 공명에게 말했다.

"산을 의지하고 숲을 따라 장장 10여 리에 걸친 진세는 일찍이 선제께서 오의 육손에게 패하실 때의 포진과 많이 흡사합니다. 만일 적이 강을 건너 화공을 쓴다면 막기 어렵지 않겠습니까?"

공명은 긍정도 부정도 하지 않고 웃으며 말했다.

"이 포진의 형태가 결코 좋다고 할 순 없지만, 그렇다고 아무런 계책이 없는 것은 아니니, 어디 한번 두고 보시오."

그런데 그때, 촉의 성도에서 부상병을 위해 많은 약과 병량이 당도했다. 공명이 누가 가지고 왔느냐고 묻자 마대와 3천 명의 군사가 운송해왔다고 했다. 공명은 즉시 마대를 불러 먼 길의 노고를 위로한 후 말했다.

"장군이 데려온 병사를 최전선에 이용하고자 하는데, 장군이 지휘를 해주겠는가?"

"병사들은 모두 조정의 군마이니, 선제의 은혜에 보답하는 일이라면 사지라도 마다하지 않을 것입니다."

"이곳에서 150리의 노수 강가에 유사구流沙口라는 곳이 있네. 그곳의 나루터는 물살이 느려 건너기 쉽지. 강을 건너면 산으로 통하는 길이 하나 있는데, 바로 그곳이 남만군이 병량을 운반하는 유일한 통로이네. 그곳을 차단하면 아회남과 동도노는 안에서 내분을 일으킬 것이야. 그대에게 바로 그 임무를 내리려 하네."

"반드시 성공하겠습니다."

마대는 그렇게 말하고 곧장 하구로 출발했다.

유사구에 와서 보니, 의외로 강바닥이 얕아 배와 뗏목도 없이 걸어서 강을 건널 수 있었다. 그런데 하류의 중간까지 오자 사람과 말이 급하게 강물에 휩쓸려 떠내려가기 시작했다. 마대는 놀라 급히 병사들을 물리고 현지 사람에게 물어보았다. 그곳은 독하毒河라고 하는데, 염천 중에는 수면에 독이 떠다니고 있어 그것을 마시면 죽는다고 했다. 하지만 밤이 되어 날이 시원해지면 독이 사라진다고 했다.

마대는 나무와 대나무를 엮어 뗏목을 만들었고, 한밤중까지 기다렸다가 2천 명의 병사들을 이끌고 무사히 강을 건넜다. 강 건너 산지는 앞으로 나갈수록 지세가 험준했는데 '협산夾山의 양장羊腸'이라고 한다 했다.

마대의 부대는 산의 골짜기를 끼고 진을 치고 있다 그곳을 지나는 남만의 운송부대의 수레 백 대와 물소 4백 마리를 탈취했다. 다음 날에도 역시 그곳을 지나는 적의 수송물자를 노획했다.

그 후 남만의 병량에 비상이 걸렸다. 그러자 수송로를 지키는 남만 장수 한 명이 맹획의 본진에 가서 급히 고했다.

"평북장군 마대가 이끄는 적군이 유사구를 건너왔습니다."

술을 마시고 있던 맹획이 웃으며 말했다.

"강을 반도 못 건너고 반 이상이 죽었을 것이다. 어리석은 자로다."

"아닙니다. 한밤중에 건너온 듯합니다."

"누가 적에게 그런 비밀을 가르쳐주었단 말이냐."

"이미 늦은 듯합니다. 적은 협산곡에 주둔한 후 매일 우리의 운송대를 습격하여 병량을 탈취하고 있습니다."

"뭐라, 운송로가 끊어졌단 말이냐? 너는 대체 무엇을 하고 있었느냐.

어서 망아장을 불러라."

이윽고 망아장이 오자 맹획은 그에게 3천 명의 군사를 내리며 협산에 있는 마대의 목을 가지고 오라 명했다.

망아장은 즉시 군사를 이끌고 갔다. 그런데 얼마 후 군사들이 허둥지둥 도망쳐오더니 맹획에게 고했다.

"망아장은 적장 마대와 싸우다 단칼에 죽고 말았습니다."

* * *

맹획은 병사의 말을 믿지 않았다. 하지만 밤이 되자 원주민이 망아장의 수급을 주워 가지고 왔다. 맹획은 술잔을 내던지며 소리쳤다.

"누가 가서 망아장의 원수인 마대의 목을 가져올 자가 없는가."

"제가 다녀오겠습니다."

"동도노인가? 어서 가서 원수를 갚아주라."

맹획은 병사 5천 명을 내어주며 동도노를 협산으로 보냈다. 그리고 아회남에게 대군을 주면서 말했다.

"공명의 본군이 강을 건너오면 큰일이니, 너는 하류 일대를 지키도록 하라."

촉군이 지칠 때까지 오로지 지키기만 하면서 싸우지 않겠다던 맹획도 수송로가 끊기자 당황해서 나갈 수밖에 없었다.

협산의 마대는 동도노가 군사를 이끌고 진지를 탈환하러 온다는 소식을 듣고 직접 남만군의 앞으로 나갔다.

"동도노, 네가 비록 왕화를 모르는 만족이라고는 하나 본래 금수는 아닐 것이다. 귀가 있으면 들어보아라. 너는 얼마 전에 승상에게 사로잡혀 이미 목숨이 달아난 자가 아닌가. 남만의 사람들도 은혜를 모르지 않을 텐데, 하물며 그들의 수장이라는 자가 은혜도 모르느냐? 그러고도 아직 싸울 마음이 있다면 이리 나오너라. 내 너도 망아장처럼 목을 쳐주겠노라."

공명이 풀어준 이후 싸울 마음을 잃어버렸던 동도노는 마대의 말을 듣고 부끄러운 마음에 깃발을 내리고 도망쳤다.

맹획은 눈에 불을 켜고 동도노를 꾸짖었다. 그리고 동도노가 마대는 듣던 것보다 훨씬 뛰어난 장수이며 도저히 자신들의 상대가 되지 않는다며 변명을 늘어놓자 고함을 치며 말했다.

"공명에게 목숨을 구걸하여 부지하더니 딴마음을 품고 있는 게 틀림없구나."

맹획이 칼을 뽑아들고 그의 목을 치려고 하자 주위에 있던 동의 우두머리들이 그를 에워싸며 선처를 호소했다. 맹획도 그의 목숨만은 살려주기로 하고 병사들에게 명령하여 곤장 백 대를 치게 했다.

동도노는 온몸이 피범벅이 되어 자신의 동으로 돌아가 부하들을 모아놓고 말했다.

"우리는 남만에서 태어나고 살아왔다. 그러는 동안 한 번도 중국의 군대가 침략해온 적이 없었다. 그런데 맹획이 간사한 꾀를 부려 위와 내통하거나 자신의 힘을 믿고 촉의 경계를 침범하여 일이 이렇게 되고 말았다. 내가 보니 공명은 실로 어진 사람이다. 게다가 자신의 지략과 힘을 과시하지 않았고 말만 앞세우지도 않았다."

동도노는 자신의 속마음을 털어놓고 다시 말을 이었다.

"일이 이렇게 된 이상, 맹획을 죽이고 공명에게 항복하여 남만 백성의 안위를 부탁하려 하는데, 그대들은 어찌 생각하는가?"

부하들 대부분이 공명이 풀어준 사람들이라 모두 동도노의 생각에 동조했다. 그들은 즉시 결행하기로 마음먹었다.

마침 맹획은 본진의 장중에서 낮잠을 자고 있었다. 그곳에 백여 명의 동도노의 부하들이 들이닥쳤다. 맹획은 아무 저항도 하지 못하고 사로잡혔다.

남만군의 진영은 벌집을 들쑤셔놓은 듯 소란스러워졌다. 무슨 일이 일어났는지 파악하는 데 시간이 걸렸다. 그 틈을 이용해 동도노는 부하 백 명의 선두에 서서 맹획을 둘러메고 재빨리 진중에서 벗어났다. 그리고 노수의 강기슭까지 와서는 미리 준비해둔 배 안에 맹획을 던져 넣고, 부하들과 함께 몇 척의 배를 타고 공명의 진영으로 도망쳤다.

촉군의 보초가 공명에게 그 일을 보고하자 공명은 기다리고 있었다는 듯 웃음을 지었다. 그리고 진중 곳곳에 병사들을 도열시키고 창칼과 깃발을 늘어세운 뒤 동도노를 불러들였다.

공명은 먼저 동도노에게 자세한 사정을 듣고 그 공을 크게 치하했다. 그리고 부하들에게도 충분한 은상을 내린 뒤 그들을 일단 동중으로 돌려보냈다.

이윽고 공명은 맹획을 끌고 오게 했다. 온몸이 꽁꽁 묶여 있는 맹획의 모습을 본 공명이 웃으며 입을 열었다.

"맹획, 또 왔는가?"

맹획이 분노로 가득한 눈을 부라렸다.

"내 이곳에 또 왔지만, 네게 붙잡혀서 온 것이 아니다. 잘난 체하지 말라."

공명은 그 말을 부정도 하지 않고 웃으며 말했다.

"하지만 누구의 손에 붙잡혔든 한 군대의 우두머리란 자가 밧줄에 묶여 적의 진중에 보내졌다는 것은 이미 그의 권위가 땅에 떨어지고 목숨도 부지하기 힘듦을 뜻한다. 그러니 차라리 이번 기회에 깨끗하게 항복하는 것이 어떠하냐?"

맹획은 침을 뱉으며 머리를 좌우로 흔들었다.

"내 방심하다 기르던 개에 물린 것뿐이지, 내 전법이 잘못되어 진 것이 아니다. 그리고 내 부하들이 결코 나를 이대로 내버려두지 않을 것이다."

"흠, 너는 충성스러운 부하들을 거느리고 있구나. 그런데 만약 각 동의 부하들이 모두 동도노나 아회남처럼 된다면 어찌하겠느냐?"

"나 혼자서라도 싸우겠다."

"하하하, 그게 무슨 말이냐. 너는 이미 사로잡혀 내 앞에서 손가락 하나도 움직이지 못하는 몸이 아니더냐."

"……."

"지금 내가 네 목을 치라고 한 마디만 하면 네 목은 그 즉시 떨어질 것이다. 우리 촉군은 왕도의 병이다. 진심으로 굴복하는 자는 결코 죽이지 않는다. 너는 남만의 왕이라 칭하는 자이니, 중국의 문명도 얼마

간 알고 있고, 글도 읽을 줄 알며, 용병에도 능하니 죽이기에는 참으로 아깝구나."

"그럼 나를 다시 한 번 놓아주어라."

"놓아주면 어찌하겠느냐?"

"요새에 돌아가 격문을 날려 각 동의 우두머리를 모아 전법을 써서 촉군과 겨루어보겠다."

"흐음, 그리고?"

"분명 내가 이길 것이다. 하나 만약 또다시 내가 패한다면 동족을 모두 이끌고 와서 떳떳하게 항복하겠다."

공명은 크게 웃었다. 그리고 병사에게 명하여 밧줄을 풀어주며 말했다.

"다음에는 어디 마음껏 싸워보도록 하라. 그리고 다시는 내 앞에서 추한 모습을 보이지 않는 것이 좋을 것이다."

공명은 맹획에게 술을 내어주고 말을 주어 노수의 기슭까지 보내주었다.

맹획은 배 안에서 두 번 정도 뒤를 돌아보았지만, 배가 강 건너편에 이르자 표범처럼 산채로 뛰어 올라갔다.

109
삼종삼금三縱三擒

공명은 남만왕 맹획을 사로잡지만 다시 풀어주고,
맹획은 남방 수천 리의 군사를 규합하여 다시 공명에 맞선다

맹획은 산채에 돌아가자 각 동의 우두머리를 불러 모았다.

"오늘도 공명을 만나고 왔다. 그는 내가 붙잡혀가도 나를 죽이지 못한다. 왜냐하면 나는 불사신이기 때문이다. 그들의 칼을 부러뜨리고 그들의 진중 곳곳을 휘젓고 다니는 일은 내게 식은 죽 먹기나 마찬가지다."

맹획은 무지한 우두머리들을 앞에 두고 기세등등하게 명령했다.

"만일 내가 아니라면 살아서 돌아오지 못했을 것이다. 자, 이제 배신자 동도노와 아회남의 목을 가져오라."

다음 날 저녁, 그의 명을 받은 장수들이 산채를 나가 매복을 하고 있었다. 그러고는 부하 중 한 사람을 공명의 사자로 위장해 동도노와 아회남을 불렀다. 두 사람은 감쪽같이 속아 넘어가 자신들의 동중에서 산을 넘어 노수로 가는 길로 들어섰다. 그들의 모습이 보이자 사방에 숨어 있던 남만 병사가 달려들어 두 사람의 목을 쳤다. 그리고 함성을 지르며 맹획이 있는 산채로 돌아왔다.

맹획은 두 사람의 수급을 보며 한바탕 욕설을 해댄 후, 울분을 풀기 위해 술을 마셔댔다. 맹획이 한숨 자고 일어나 병사들에게 명령했다.

"자, 이제 촉군을 치고 공명의 오지를 찢어 그 피를 먹을 차례이다. 모두 나를 따르라."

북과 징을 치고 뿔피리를 불며 출정을 알리자, 산채 중의 장수들도 모두 분연히 일어나 병사들을 이끌고 맹획의 뒤를 따랐다.

맹획은 먼저 협산에 주둔하고 있는 적장 마대를 공격하러 달려왔는데, 이미 촉군의 모습은 흔적도 없었다. 어디로 갔는지, 원주민들에게 묻자 그저께 밤에 급히 강을 건너 북쪽 강기슭으로 물러갔다고 했다.

"아뿔싸, 한발 늦었구나."

김이 샌 맹획은 일단 본진으로 돌아왔다. 본진에는 동생 맹우孟優가 맹획이 고전하고 있다는 소식을 듣고 멀리 남방의 은갱산銀坑山에서 군사 2만 명을 이끌고 와 있었다. 두 사람은 서로 껴안고 기뻐한 후 밤 늦게까지 술을 마시며 작전을 짰다.

다음 날, 맹우는 새의 깃털과 염색한 천으로 장식한 부하 백 명을 이끌고 노수를 건너 건너편 기슭의 적진으로 건너갔다.

그들은 구릿빛 피부와 붉은 머리와 푸른 눈을 가졌고, 반라에 맨발이었다. 그리고 짐승의 뼈로 만든 발찌를 차고, 물고기 눈과 조개껍질 등의 팔찌를 차고, 머리에 하얀 공작과 극락조의 깃털을 장식하는 등 실로 눈을 의심하게 할 만큼 기묘한 모습이었다.

또한 백 명의 병사들은 금은주옥金銀珠玉과 사향과 피륙 등의 갖가지 보물을 양손 가득 들고 맹우의 통솔하에 공명의 진영으로 정연히 걸어갔다.

이윽고 그들이 진문에 이르자, 망을 보던 촉의 병사가 나팔을 불었다. 그러자 바로 북소리가 울리더니 일군의 군마가 그들 앞에 나타났다.

"기다려라, 어디를 가느냐?"

맹우가 말 위의 장수를 보니, 형인 맹획이 깊은 원한을 품고 있는 마대의 모습과 똑같았다. 맹우는 땅에 엎드려 절을 하고 짐짓 두려운 척 떨며 말했다.

"제 형님을 대신하여 정식으로 항복을 청하러 왔습니다. 저는 아우인 맹우입니다."

"잠시 기다려라."

마대는 진문 안으로 전말을 전했다. 그때 공명은 부장들과 회의를 하고 있었는데, 그 소식을 듣자 곁에 있던 마속을 돌아보고 웃음을 지으며 물었다.

"그대는 그 뜻을 알겠는가?"

"예, 하지만 말로는 할 수 없으니 종이에 적어 보여드리겠습니다."

마속은 종이와 붓을 들어 무언가를 써서 공명에게 슬쩍 보였다. 공명은 그것을 읽고는 무릎을 치며 싱긋 웃었다.

"과연 그대의 생각과 내 생각이 똑같구려. 맹획을 세 번 사로잡는 계책 중 하나이네."

그러고는 조자룡을 곁에 불러 계책을 내리고, 위연과 왕평, 마충, 관색 등에게도 지시를 내렸다. 그리고 맹우를 불러 왜 갑자기 항복을 하게 되었는지 짐짓 의아한 듯한 표정을 지으며 물었다. 맹우가 땅에 엎드려 말했다.

"맹획 형님은 남국 제일이라 불리는 용맹한 자입니다. 그런데 두 번이나 사로잡혀 승상의 은혜로 목숨을 부지했으면서도 반항하려 제게 군사를 재촉했습니다. 하지만 본국의 일족과 각 동의 장로는 모두 이를 반대하며 촉제께 항복하여 안위를 도모하라 설득했습니다. 마침내 형님도 승상의 위엄과 온정을 물리치기 어렵다는 것을 깨닫고 자신이 가기에는 부끄러우니 저를 대신 보내 항복한다는 뜻을 승상께 전해달라 했습니다."

맹우는 남만인 치고는 드물게 유창한 변설을 늘어놓았다. 그러고는 자신이 데려온 백 명의 병사들의 양손에 들린 공물을 공명에게 올렸다. 맹우는 다시 말을 이었다.

"맹획 형님은 일단 은갱산의 궁전으로 돌아가 황제께 올릴 재물과 보화를 우마에 싣고 이곳으로 올 예정입니다."

공명은 그의 말을 다 듣고 나서야 비로소 그에게 친근하게 대했다. 그리고 진심으로 환영한 뒤, 공물을 바라보며 대단히 기쁜 표정을 지어 보였다. 공명은 주연을 열어 그에게 성도의 미주와 사천의 진미를 대접했다.

그날 저녁 무렵, 남만의 정예 만 명이 유황과 염초, 기름과 마른 장작 등을 들고 노수의 상류를 넘어 산곡과 삼림을 지나 촉군 진영의 뒤편으로 은밀히 접근해왔다. 이윽고 맹획이 손을 흔들며 소리쳤다.

"저것이 공명이 있는 진영이다. 놓치지 마라."

남만군은 일제히 촉의 진영으로 뛰어들었다. 그런데 어찌 된 일인지, 진영 안에는 화톳불만 환하게 밝혀져 있었고, 병사들은 술에 곯아 떨어졌는지 한 명도 일어서지 않았다.

게다가 엎드려 있는 사람은 모두 맹우의 부하들이었다. 맹우도 좌중의 한가운데 널브러져 괴로운 듯 버둥거리다 아군의 남만 병사를 보자 자신의 입을 가리켰다.

"맹우, 어찌 된 것이냐?"

맹획은 동생을 일으켜 세웠지만 대답도 제대로 하지 못했다. 그들은 모두 독주를 마신 것이었다. 그런 줄도 모르고 남만병들은 여기저기에 염초와 기름통을 던지며 불을 놓고 있었다. 맹획은 맹우를 둘러업고 뛰어나왔다.

"멈춰라, 밖에서 불을 던지면 안에 있는 아군이 불에 타 죽고 말 것이다."

그때 불 속에서 촉의 위연이 창을 들고 쫓아왔다. 맹획이 당황해서 반대쪽으로 도망쳤는데, 이번에는 조자룡이 군사를 이끌고 쫓아왔다.

"맹획, 이제 네놈의 운도 다했다."

맹획은 동생도 내던지고 혼자서 노수의 상류를 향해 도망치기 시작했다.

강기슭에 2, 30명의 남만군이 타고 있는 배 한 척이 보였다. 숨을 헐떡이며 달려온 맹획이 소리쳤다.

"나를 태우고 어서 강을 건너라."

맹획이 그렇게 명령을 하며 배 위로 뛰어들었다. 그러자 배 안의 병사들이 일제히 일어서서 뱃전과 이물로 흩어지더니 앞뒤에서 맹획을 덮쳤다.

"무엇을 하는 게냐. 난 맹획이다."

"어리석은 놈! 우리는 마대 장군의 군사들이다. 자, 어서 승상께 가자."

그날 밤, 공명의 본진은 다시 포로들로 가득했다. 공명은 흉악한 적군 10여 명의 목을 쳤다. 그리고 나머지 포로들은 술과 선물을 주거나 본보기로 곤장을 쳐서 돌려보냈다.

"맹획은 어떻게 하실 건지요?"

부장들이 마지막으로 물었다. 그러자 공명이 맹획을 보며 말했다.

"맹획, 또 왔느냐?"

맹획은 두 번이나 사로잡혔던 경험에서 요령을 얻은 듯 분연히 대답했다.

"오늘 밤 패배는 어리석은 동생 녀석이 술을 마시고 이 맹획의 계획을 제대로 이행하지 못했기 때문이다. 그러니 싸움에서 졌다고는 생각하지 않는다."

"검에는 지지 않았어도 책에는 졌을 것이다. 배 안에 뛰어든 것은 어떠하냐?"

"그것은 실책이었다."

맹획은 그 점에 대해 순순히 인정하면서도 누구나 실수를 하는 법이라며 패배를 인정하지 않았다.

"나는 오늘로 너를 세 번이나 사로잡았다. 더 이상 너를 놓아줄 수 없으니, 네 목을 치겠다. 마지막으로 하고 싶은 말은 없느냐?"

맹획은 이전과는 달리 당황하며 말했다.

"다시 한 번 나를 풀어주어라."

"내 인의에도 한계가 있느니라."

"꼭 한 번이면 족하다."

"마지막 한 번으로 무엇을 하려느냐?"

"떳떳하게 싸우고 싶다."

"다시 사로잡힌다면 어찌하겠느냐?"

"그때에는 내 목을 쳐도 응당할 것이다."

"하하하."

공명은 큰 소리로 웃다가 자신의 검을 뽑아 맹획의 밧줄을 잘랐다.

"맹획, 다음번에는 절대로 억울함을 남기지 않게 병서를 잘 참고하고 진용을 정비하여 오너라. 그런데 네 아우는 어찌 되었느냐?"

"앗, 맹우!"

"혈족을 잊어버리다니. 그러고도 남만의 왕으로 백성들을 다스릴 수 있겠느냐."

"불 속에서 꺼냈는데, 도중에 헤어져 생사를 모른다."

"여봐라, 맹우를 이리 데려오너라."

공명이 좌우에 이르자 부장들이 장막 안에서 맹우를 데리고 왔다.

"바보 같은 녀석. 아무리 술이 좋아도 적이 주는 독주까지 마시는 녀석이 어디 있느냐."

맹획이 맹우를 향해 소리치며 달려들었다. 그러자 공명이 웃으면서 두 사람 사이를 떼어놓았다.

"적진에 사로잡혀서 형제끼리 싸움을 하다니, 그만 화해하고 돌아가거라. 그리고 형제가 잘 협심하여 공격을 하여라."

두 사람은 절을 하고 물러났다. 그들은 배를 얻어 타고 노수를 건너 자신들의 산채로 돌아갔는데, 산채 위에서 촉의 대장 마대가 깃발을 짊어진 채 검을 들고 소리쳤다.

"맹획, 맹우! 화살과 창과 칼 중에 어느 것이 좋으냐?"

두 사람은 깜짝 놀라 한쪽 봉우리로 도망쳤다. 그곳에서도 촉의 깃발이 불쑥 나타나더니 조자룡이 모습을 드러내며 말했다.

"네 이놈들, 승상의 큰 은혜를 잊지 말거라."

두 사람은 다시 도망쳤다. 하지만 가는 곳마다 촉의 깃발이 보이지 않는 곳이 없었다. 마침내 그들은 멀리 남쪽 땅으로 도망치고 말았다.

* * *

남방 수천 리, 그곳은 그 끝을 헤아릴 수 없을 정도로 광활했다. 공명의 대군은 노수를 뒤로하고 계속 앞으로 진군했지만, 며칠 동안 적의 모습은 보이지 않았다.

맹획은 멀리 물러나 오로지 재기의 기회를 엿보고 있었다. 그리고 남만 8경境 93전甸의 동장에게 격문과 사자를 보내고 금은과 관직을 선물하며 분주히 군사를 모집하고 있었다.

> 공명의 대군이 남만 전역을 정벌하고 이 나라에 촉의 수도를 세우고 우리 원주민들을 몰살시키려 하고 있다. 그들은 사슬에 능하고 문명의 무기를 가진 무서운 상대지만, 몇천 리를 행군해왔고, 기후와 풍토에 익숙하지 않아 대부분 지쳐 있으니, 무서워할 필요가 없다. 각 동의 군사가 힘을 모아 대적하면 촉제도 어쩔 수 없이 물러나 두 번 다시 이 나라에 들어오지 못할 것이다.

그러한 맹획의 격문은 성공적인 결과를 불러왔다. 각 동의 만왕 중에는 무사태평한 생활을 따분해하는 사람들이 있었다. 그들은 남만왕 맹획이 피워 올린 봉화를 보고 오래간만에 쾌감과 자극을 받으며 군사를 이끌고 속속 합류했다. 어느새 그들의 군세는 거대한 대군단을 이루었다.

"됐다. 이만한 대군이면 촉군도 겁을 낼 것이다."

맹획은 대단히 흡족해하며 공명이 어디에 진을 치고 있는지 병사를 보내 알아보았다.

"서이하西洱河에 대나무 부교를 만들어 남쪽과 북쪽 기슭에 걸쳐 진

을 치고 있습니다. 북쪽 기슭에는 강을 해자로 삼고 성벽까지 쌓았습
니다."

병사의 보고를 받은 맹획이 웃으며 말했다.

"내가 노수에서 펼친 포진을 그대로 흉내 내고 있구나."

공명이 자신의 포진을 그대로 따라하자 맹획은 지난날 패전을 잊고
거만해졌다. 게다가 새롭게 93전에서 가세한 대군을 거느리고 있다 보
니 그의 전의는 하늘을 찌를 듯했다.

이윽고 맹획은 군사를 진군시켜 공명이 진을 치고 있는 서이하의 남
쪽으로 나아갔다. 붉은 털을 가진 남만의 소 등 위에 명주비단을 걸치
고 모과나무 안장 위에 올라탄 맹획은 무소가죽으로 된 갑옷을 입고
왼손에 방패를 들고 오른손에 긴 칼을 들고 있었다.

사륜거를 타고 남쪽 기슭에 있는 아군의 부대들을 둘러보던 공명에
게 부하가 와서 고했다.

"맹획이 대군을 이끌고 진군해오고 있습니다."

"소나기가 오겠구나. 비가 오기 전에 어서 피하라."

공명은 급히 길을 돌려 본진으로 돌아갔다.

그때 남쪽 기슭까지 왔던 맹획이 공명의 뒷모습을 보고 지름길로 뒤
쫓았지만, 간발의 차이로 공명은 진채 안으로 들어가버렸다. 그 후 공
명은 문을 굳게 닫아걸고 나오지 않았다.

적의 약한 모습을 보자 남만군은 사기가 올랐다. 게다가 그들은 진
군하기 전부터 촉군의 대부분이 이미 지쳤다는 말을 들은 상태였다.

며칠이 지나자 그들은 맨몸으로 진문 가까이 무리를 지어 와서 엉덩

이를 흔들며 춤을 추거나 눈을 까뒤집고 놀리며 촉군을 자극했다.

그러자 촉의 부장들이 공명에게 몰려가 말했다.

"원숭이들이 사람을 놀리는데 참으로 눈 뜨고 볼 수 없습니다. 진문을 열고 나가 혼쭐을 내주어야 합니다."

"왕화에 굴복한 후에는 저런 춤도 오히려 사랑스러울 것이오. 잠시 동안만 참으시오."

남만군의 거만함은 날이 갈수록 더해갔다. 그러던 어느 날, 공명이 높은 곳에서 바라보다 이제 때가 된 듯하다고 부장들에게 말했다.

이미 계책은 세워져 있었다. 조자룡, 위연, 왕평, 마충 등에게 계책을 내리고 마대와 장익을 불러 빈틈없이 시행하라고 일렀다. 그리고 공명은 관색을 데리고 급히 대나무 부교를 건너 서이하의 북쪽으로 갔다.

남만 군사들은 날마다 뿔피리를 불고 큰 징을 울리고 북을 치며 진문 밖까지 몰려왔다. 하지만 늘 촉군은 쥐 죽은 듯 고요했다. 깃발만 휘날릴 뿐 병사들의 목소리는 물론이고 화살 한 발도 날아오지 않았다.

맹획이 경계하며 말했다.

"공명은 계략이 능한 자이니, 자칫 그 계략에 빠질 수 있다."

하지만 지나치게 아무런 움직임도 보이지 않고, 아침저녁으로 밥 짓는 연기조차 피어오르지 않았다. 다음 날 아침, 그들은 결국 적의 진문 하나를 부수고 공격해 들어갔다. 그런데 수백 대의 수레에 병량이 그대로 쌓여 있고 무구나 마구가 여기저기 흩어져 있었다. 또 잠을 잔 흔적이나 밥을 해 먹은 흔적만 남아 있을 뿐, 넓은 진중 어디를 둘러보아도 말이나 사람은 전혀 보이지 않았다.

"응? 언제 퇴각을 했단 말인가?"

맹우가 의아해하자 맹획이 비웃으며 말했다.

"이 꼴을 보니 매우 급했던 모양이구나. 공명이 이 정도 견고한 진지를 버리고 하룻밤 사이에 물러간 것을 보니, 이는 분명 본국에 급변이 생긴 것이 분명하다. 아마 오나 위가 쳐들어온 것임에 틀림없다. 자, 어서 뒤를 쫓아 한 놈도 놓치지 말고 죽여라."

맹획은 물소 위에서 병사들에게 명령한 후 급히 군사들을 이끌고 서이하의 남쪽 기슭까지 나아갔다. 그런데 그곳에 와서 북쪽 절벽을 보니, 마치 긴 성과 같은 성루가 보였다. 망루만 해도 수십여 개나 되고 깃발이 늘어서 있고 창칼이 번쩍이는데 감히 다가갈 엄두가 나지 않았다.

"놀라지 마라. 저것은 공명의 허세이다. 저렇게 해두고 북으로 퇴각하려는 수작이다. 두고 봐라, 며칠 동안 깃발만 나부낄 뿐 촉의 병사들은 한 명도 남아 있지 않을 것이다."

맹획은 맹우에게 그렇게 말하고 부하들에게 대나무를 베어 뗏목을 만들라고 했다. 수천 명의 병사들이 큰 대나무를 깎아 뗏목을 만들기 시작했다. 그러는 동안 건너편 기슭을 주의 깊게 살펴보니, 정말로 촉군의 수가 눈에 띄게 줄어들었다. 마침내 나흘째가 되는 날에는 한 명도 보이지 않았다.

"어떠냐? 내 예상이 맞지 않았느냐."

맹획은 좌우의 부장들에게 자랑을 하며 강을 건너려고 했다. 그런데 그날은 돌이 날아다닐 만큼 광풍이 심했다.

"바람이 멈추지 않고 저렇게 풍랑이 거세니 어쩔 수 없습니다. 잠시 촉군이 버리고 간 진채로 가서 날이 새기를 기다리는 편이 좋을 듯합니다."

맹획은 날씨가 잠잠해질 때까지 군사를 물리기로 했다.

"그리 하도록 하자. 전군에 퇴각 명령을 내려라."

맹획은 그렇게 말한 후 제일 먼저 퇴각을 해서 촉의 진영에 들어와 쉬고 있었다.

저녁이 되자 광풍이 더 심하게 불어 밤하늘에 모래가 날리고 있었다. 병사들은 말을 끌고 모두 눈을 가린 채 사방의 진문으로 들어왔다. 그러자 넓은 진중 안이 병사와 말로 가득 찼다.

모두가 잠이 들자, 북소리가 사방에 울려 퍼졌다. 병사들이 벌떡 일어나 둘러보니 어느새 사방팔방에서 불길이 치솟아 거대한 벽을 이루고 있었다.

"당했다."

맹획은 일족에게 둘러싸여 간신히 불길을 뚫고 밖으로 뛰어나왔다. 그러자 조자룡이 기다렸다는 듯 그를 쫓아왔다. 맹획은 서이하에 남겨 둔 각 동의 부대로 도망쳤는데, 그들도 모두 촉군의 공격을 받아 도망치고 마대 혼자 그 자리를 지키고 있었다. 맹획이 도중에 돌아가려고 하자 퇴로는 이미 촉군이 점령하고 있었다.

맹획은 하룻밤 내내 산으로 계곡으로 도망쳐 다녔다. 하지만 길이 있는 곳에는 반드시 촉군의 북소리가 울렸고 적병이 나타났다.

맹획은 불과 10여 명의 병사와 함께 기진맥진하여 서쪽 산기슭으로 내려갔다. 밤이 새고 있었다. 앞을 살펴보니 저편에 야자수 숲에서 한 대의 사륜거를 호위하며 병사들이 다가오고 있었다. 맹획은 악몽을 꾼 것처럼 비명을 지르며 뒤돌아 도망쳤다.

공명은 평소와 다름없이 윤건綸巾을 두르고 학창의鶴氅衣를 입고 하얀 깃털로 만든 부채를 든 채 사륜거를 타고 오고 있었다. 그는 맹획이 깜짝 놀라 도망치는 모습을 보고는 크게 웃으며 말했다.

"맹획, 왜 꽁무니를 빼고 도망치느냐? 이젠 이 공명을 이길 자신이 없어졌느냐?"

공명이 깃털 부채를 들어 맹획을 부르자, 맹획은 분연히 뒤돌아서서 포효했다.

"닥쳐라, 내가 언제 꽁무니를 뺐단 말이냐. 여봐라, 저기 있는 것이 공명이다. 저자의 계략에 빠져 내가 세 번이나 굴욕을 당했는데, 다행히 여기서 만나는구나. 모두 나와 함께 진력으로 싸워 군사와 수레를 박살 내고 저자의 목을 쳐 축제를 올리도록 하자."

10여 명의 부하는 모두 각 동에서 손가락 안에 꼽힐 만큼 용맹했다. 동생인 맹우도 일전의 원한에 불타 고함을 지르며 사륜거를 향해 돌진했다.

촉병은 즉시 사륜거를 끌고 도망치기 시작했다. 쫓는 자와 쫓기는 자 모두 빨랐다. 그런데 둘 사이의 거리가 좁혀지려는 순간, 맹획과 맹우와 그의 부하들은 땅이 꺼지는 듯한 흙먼지와 함께 함정으로 떨어지고 말았다. 그와 동시에 위연의 군사 수백 명이 나무들 사이에서 뛰어나와 함정에서 한 사람씩 꺼내 줄줄이 포박했다. 사륜거는 느긋하게 본진으로 향하고 있었다. 공명은 본진에 돌아오자마자 먼저 맹우를 끌고 오라 했다.

"네 형은 이번까지 벌써 네 번이나 내게 사로잡혔다. 아무리 미개한 나라라고 하지만 참으로 부끄러운 줄 모르는구나. 네가 잘 말을 해보도록 하여라."

공명은 부드러운 말투로 깨우친 후 밧줄을 풀어주고 술을 내주었다. 다음으로 맹획이 끌려나오자 공명이 큰 소리로 꾸짖었다.

"참으로 뻔뻔하구나. 무슨 면목으로 이렇게 다시 내게 사로잡혔단 말이냐? 중국에서는 은혜를 모르는 자는 인간 취급을 하지 않고 염치를 모르는 자라 하여 짐승보다 꺼리는데, 네가 바로 짐승보다 못한 자구나. 그러고도 남만의 왕이라 할 수 있느냐?"

맹획도 이번에는 부끄러운지 눈을 감은 채 그저 입술을 꾹 다물고 있었다.

"이젠 더 이상 풀어줄 수가 없으니, 네 목을 칠 것이다."

공명이 그렇게 말해도 맹획은 아무 말이 없었다. 그러자 공명이 병사들에게 명령을 내렸다.

"뒤로 끌고 가서 저자의 목을 쳐라."

병사들이 달려들어 맹획의 밧줄을 잡아당기며 일으켜 세웠다. 맹획은 힘없이 발걸음을 옮기더니 눈을 뜨고 공명을 노려보았다.

뒤편으로 끌려온 맹획이 갑자기 병사들을 바라보며 공명을 불러달라고 했다. 하지만 병사들이 들어주지 않자 큰 소리로 울부짖었다.

"공명, 만일 다시 한 번 나를 풀어준다면 내 반드시 다섯 번째에는 이 치욕을 갚아줄 것이다. 내 어찌 부끄러움을 모른다는 말을 듣고 이대로 죽을 수 있단 말이냐. 공명, 다시 한 번 나와 싸우자."

그 말을 들은 공명이 다가왔다.

"죽고 싶지 않으면서 어찌 항복하지 않는 것이냐?"

맹획은 머리를 세차게 흔들며 금방이라도 눈물이 쏟아질 듯한 눈으로 고함을 쳤다.

"항복은 하지 않는다. 내 죽어도 항복은 하지 않을 것이다. 나는 네 속임수에 진 것이다. 공명정대하게 다시 싸우자."

"네가 그렇게까지 말하니 좋다. 여봐라, 밧줄을 풀어서 돌려보내라."

공명은 싱긋 웃으며 발을 돌렸다.

* * *

자신의 진영으로 돌아간 맹획은 며칠 동안 물끄러미 생각에 잠겨 있었다.

"형님, 공명에게는 도저히 당해낼 수 없으니 항복하는 것이 어떻겠습니까?"

맹우가 그렇게 말하자 그는 문득 정신이 돌아온 듯 동생을 노려보며 말했다.

"너까지 그런 말을 하느냐. 다시 그런 말을 하면 용서치 않겠다."

"형님이 며칠 동안 너무 풀이 죽어 있어 하는 말입니다."

"내가 네 번이나 사로잡힌 것은 공명의 계략에 빠진 탓이다. 그러니 이번에는 내가 공명을 계략에 빠뜨리기 위해 생각을 하고 있던 참이었다.”

"우리 남만에서 지혜로는 타사왕朶思王을 따를 자가 없습니다."

"맞다. 내 어찌 타사왕을 생각하지 못했단 말인가. 너는 즉시 타사왕에게 가거라.”

맹획은 급히 맹우를 독룡동禿龍洞의 타사왕에게 보냈다. 맹획의 전언을 전해 들은 타사왕은 주저하지 않고 동병을 불러 모아 맹획을 맞이했다. 그리고 한참 동안 맹획으로부터 거듭된 패전의 이유와 공명의 지략을 들었다. 타사왕이 맹획에게 말했다.

"맹왕, 걱정하지 말고 마음을 편히 가지십시오. 우리 동은 난공불락의 요새이니 이곳에 병사를 모아두면 아무리 공명이라고 해도 여기서는 살아 돌아갈 수 없을 것입니다.”

그리고 다시 말을 이었다.

"맹왕이 이곳으로 온 길은 평소에는 열어두고 있지만, 만일의 일이 생겼을 때에는 중간에 있는 절벽과 절벽 사이 좁은 길을 큰 나무와 바위로 막아버릴 수 있습니다. 또 서북쪽은 암석이 치솟아 있고 밀림이 무성하고 독사와 전갈 등이 많고 새조차 넘을 수 없이 험하여, 오직 하루 중에 미시未時(오후 2시), 신시申時(오후 4시), 유시酉時(오후 6시)밖에는 왕래할 수 없습니다.”

"아니 어찌 그렇소이까?"

맹획이 묻자 타사왕이 자세히 설명해주었다.

"저도 그 연유는 알지 못하지만 미시, 신시, 유시 이외에는 독기를 품은 안개가 자욱하게 일고 땅이 울리며 바위틈에서 유황이 솟아나 사람은 물론이요 짐승들조차 가까이 갈 수 없습니다. 그래서 나무와 풀도 모두 말라버리고 황량하기 그지없는데, 산을 하나 넘어 밀림으로 들어가면 네 개의 독이 있는 샘이 있습니다. 하나는 아천啞泉이라는 샘물인데, 그것을 마시면 하룻밤 사이에 입이 문드러지고 창자가 끊어져 닷새를 넘기지 못하고 죽어버립니다."

"그럼 다른 샘은?"

"두 번째 샘은 멸천滅泉이라 하는데, 그 색이 푸르고 마치 끓는 물과 같습니다. 여기에 몸이 닿으면 그 즉시 피부와 살이 녹아내려 뼈만 남게 됩니다. 세 번째 샘은 흑천黑泉으로, 물이 맑고 아름답지만 손발을 담그면 즉시 검게 변해 극심한 통증이 멈추지 않습니다. 네 번째 샘은 유천柔泉으로, 얼음처럼 차가워 무더위를 피해 이곳에 온 사람들이 모두 헐레벌떡 이 물을 마시는데, 예로부터 이 물을 마시고 살아남은 자가 한 명도 없었습니다."

"그렇다면 아무리 공명이라고 해도 그곳을 넘어올 수 없을 것이오."

"후한 시대에 복파장군伏波將軍 마원馬援이라는 자만이 이곳에 온 적이 있을 뿐, 그 이래로 어떤 영웅호걸의 군대도 이 동계를 지나간 자가 없습니다."

"이 동계에 진을 치면 촉군은 진퇴양난에 빠질 것이오."

맹획은 너무 기쁜 나머지 이마를 두드리며 북쪽을 향해 소리쳤다.

"공명, 어디 한번 와보아라."

그 무렵, 공명은 이미 서이하 지방을 평정하고 다시 남쪽으로 행군을 계속하고 있었다.

"앞쪽 수백 리에 남만군은 물론 깃발 하나 보이지 않습니다. 원주민을 붙잡아 물어보니 맹획과 맹우는 더 깊숙이 들어가 독룡동이라고 하는 산악지방에서 병사들을 모으고 있다 합니다."

정찰대의 보고에 공명이 지장도를 꺼내 살펴봤지만 그런 동계는 나와 있지 않았다.

공명이 곁에 있던 여개에게 지도를 보이며 물었다.

"독룡동이라는 지방은 여기에 니와 있지 않은데, 그대는 이에 대해 아는 것이 없는가?"

"지장도에도 나와 있지 않은 지방이라면 상당히 오지일 것인데, 그렇다면 저도 아는 것이 없습니다."

그러자 뒤에서 지도를 보고 있던 장완이 탄식하며 간했다.

"이젠 촉의 위엄을 충분히 보이셨고, 또 원주민을 선무宣撫하여 왕화를 널리 알리셨으니 이쯤에서 돌아가시는 것이 어떠한지요? 너무 깊숙이 오지로 들어갔다가는 위험해질지 모릅니다."

공명은 힐끗 장완의 얼굴을 돌아보며 말했다.

"그것이 바로 맹획이 바라는 바일 것이오."

장완은 얼굴이 빨개져서 입을 다물었다. 공명은 먼저 왕평의 군사에게 앞서 가라 명하고 그들을 서북의 산지로 들여보냈다. 그런데 며칠이 지나도 그들은 돌아오지 않았다. 그러자 공명은 관색에게 병사 천 명을 내려 그들을 찾아보게 했다.

얼마 후 관색이 돌아와서 왕평의 병사들 대부분이 네 곳의 독수 때문에 병이 들거나 죽었고, 자신의 군마 수십 명도 희생당했다고 고했다. 그 말에 공명은 깜짝 놀랐다. 그의 해박한 지식으로도 해결 방법이 없었다. 드디어 결단을 내린 공명은 삼군에 출발을 명해 마침내 그곳에 도착했다.

나무 한 그루 풀 한 포기 없는 황량한 들판을 건너 간신히 봉우리를 넘어 밀림지대에 들어가자 왕평이 마중을 나와 네 곳의 샘이 있는 곳으로 안내했다. 그 샘은 누구나 달려들어 마시고픈 충동을 느끼게 했다. 하물며 공명마저 그런 충동을 느낄 정도였다. 주위를 살펴보니 사방의 산이 병풍처럼 둘러섰고, 새 한 마리, 짐승 한 마리 보이지 않아 실로 요사스러운 기운이 전신을 감싸고 도는 듯했다. 그리고 봉우리 중턱에 사당 한 채가 보였다. 절벽을 기어오르고 넝쿨에 매달려 올라가자 바위를 깎아서 만든 암굴이 있었다. 그것을 사당으로 삼아 한 장군의 석상을 제사 지내고 있는 듯했다. 옆에 세워져 있는 비명을 보니 한의 복파장군 마원의 묘라고 쓰여 있었다. 옛날 복파장군 마원이 남만을 정벌하고자 이 땅에 들어왔는데, 이곳 사람들이 그의 덕을 기려 제사를 지내고 있었던 것이다.

공명은 석상 앞에 엎드려 살아 있는 사람에게 고하듯 성심을 다해 기원했다.

"불초, 선제로부터 후사의 유명遺命을 맡고 후주의 조서를 받들어 이곳에 왔습니다. 이에 뜻밖에도 하늘의 도움으로 조업祖業의 유적에 들어 장군의 혼백을 알현하게 되었습니다. 장군의 혼백이 계시다면 공명의 부족함을 도와 한조의 삼군을 보살펴주시길 바랍니다."

그때 노인 한 명이 지팡이를 짚고 건너편 바위에 앉아 공명에게 오라고 손짓을 해 보였다.

"노옹은 누구시오?"

공명이 묻자 노인이 자신은 이곳 사람이라고 밝혔다.

"이곳에서 몇 리 정도 들어가면 골짜기가 있는데, 다시 20여 리 정도 더 안으로 들어가면 오봉五峰 기슭에 만안계萬安溪라고 하는 다소 넓은 골짜기가 있습니다. 그곳에 만안은자萬安隱者라는 은사가 있습니다. 그는 수십 년 동안 골짜기에서 나오지 않고 있는데, 그가 거처하는 암자 뒤에 샘 하나가 있습니다. 그 샘을 안양천安養泉이라 부릅니다. 그 안양천이 지금까지 독수에 중독된 여행자나 주민들 수천 명을 살렸습니다. 지금 승상의 군사도 분명 위험에 처했을 것입니다. 저희는 승상의 덕으로 다소 왕화가 무엇인지 알게 되어 오늘까지 살아온 보람을 느끼고 있습니다. 승상, 어서 만안계로 가보십시오."

노인은 그렇게 말한 후 자신의 이름도 말하지 않고 사라져버렸다.

"신묘神廟의 계시임에 분명하구나."

다음 날 공명은 시종들과 함께 노인이 가르쳐준 오봉의 안쪽 골짜기를 찾아갔다.

***

어두운 바닷속을 걷듯 끝없이 깊은 숲과 늪을 지나자 홀연히 하늘에서 무지개와 같은 햇빛이 흘러넘쳤다. 널찍한 산기슭의 골짜기, 만안계가 분명했다. 공명은 말에서 내려 은사의 집을 찾았다.

"저깁니다. 저 산장입니다."

그곳에 도착하니 오래된 소나무와 큰 떡갈나무가 무성하게 지붕을 덮고 있었다. 또한 남국의 대나무와 야자수, 기이한 자줏빛 꽃 등이 울타리를 이루어 바람을 따라 향기를 풍겨왔다. 공명은 자신도 모르게 발길을 멈추고 황홀히 바라보았다.

개 한 마리가 낯선 공명 일행을 보고 사납게 짖어댔다. 그러자 산장에서 새카만 금속의 탄생불을 닮은 발가벗은 동자가 뛰어나와 개를 쫓으며 물었다.

"촉의 승상이 아니십니까? 이쪽으로 들어오십시오."

"동자, 어찌 나를 알고 있는가?"

동자의 안내를 받으며 걸어가는 중에 공명이 물었다. 동자는 하얀 이를 드러내 보이고 웃었다.

"저렇게 많은 군사를 이끌고 남만을 공격해왔는데, 남만 사람들이 모를 리 없지 않습니까."

그때 푸른 눈에 노란 머리를 한 노인이 안에서 대나무 문을 열고 나왔다.

"손님에게 무슨 말버릇이냐."

그가 바로 은사였다. 은사는 동자를 꾸짖고 공명을 정중하게 안으로 맞아들였다.

은사는 붉은 비단 도포를 입고 대나무 관을 쓰고 있었으며, 살이 찐 귀에는 금고리를 걸고 있었다. 공명이 은사와 인사를 나눈 후 자리에 앉아 찾아온 이유를 말했다. 그러자 은사가 껄껄 웃으며 대답했다.

"산야에 버려진 늙은이라 세상 사람들에게 아무런 도움을 주지 못할 줄 알았는데, 이렇듯 승상께서 저를 찾아주시니 그저 한량없이 기쁘고 황송할 따름입니다. 자, 사천의 독으로 쓰러진 병사들을 속히 이곳으로 데려오십시오. 저는 아무런 힘이 없지만 천연의 약수가 가까이에 있습니다."

공명이 크게 기뻐하며 시종에게 명했다.

"왕평과 관색에게 가서 병자와 부상자를 속히 데려오라고 전하라."

이윽고 병사들이 도착하자 동자는 은사와 사람들을 만안계의 샘으로 안내했다.

병사들은 약수에 몸을 담그고, 해엽薤葉의 잎을 씹고, 운향蕓香의 뿌리를 마시고, 잣차와 송화채松花菜 등을 먹었다. 마침내 중병을 앓던 사람은 혈색이 돌아오고 증세가 가벼웠던 사람은 그 자리에서 쾌차했다.

은사가 공명에게 주의를 주었다.

"이 지방에는 독사와 전갈이 많으니 주의하십시오. 또 행군에 있어 가장 골칫거리는 물인데, 복숭아잎이 계곡물에 떨어져 썩으면 반드시 맹독이 생기니 말에게도 먹여서는 안 됩니다. 번거롭더라도 땅을 파서 지하수를 마시면 안전할 것입니다."

공명은 감사의 절을 하고는 은사에게 이름을 물었다. 그러자 은사는 놀라지 말라고 한 뒤 히죽 웃었다.

"무엇을 숨기겠습니까. 저는 남만왕 맹획의 형인 맹절이라고 합니다."

"예? 맹획의 형님이시란 말입니까?"

"그렇습니다. 실은 저희는 삼 형제입니다. 제가 장남이고 둘째가 맹획, 셋째가 맹우입니다. 부모님은 일찍 돌아가시고 물욕이 남달랐던 두 아우가 권력과 영화를 좋아하여 저도 어찌 손을 쓸 수 없을 정도로 도리에 어긋난 일을 계속해왔습니다. 제가 아무리 말해도 도무지 고쳐지지 않았습니다. 그래서 저는 왕성을 버리고 두 아우와 헤어져 20여 년 전에 이 골짜기로 들어와 숨어 지내고 있습니다."

"아, 그렇습니까."

공명은 감탄하며 말했다.

"지난날에도 유하혜柳下惠와 도척盜跖과 같은 형제가 있었는데, 오늘날에도 은사와 같은 분이 있었습니다그려. 황제에게 청하여 은사를 반드시 남만의 왕으로 봉하겠습니다."

"아닙니다. 사양하겠습니다. 부귀를 원했다면 이런 곳에 있지도 않았을 것입니다."

맹절은 손을 저으며 사양했다.

공명은 미개한 땅에도 맹절과 같은 숨은 인물이 있다는 사실에 크게 감탄했다.

이렇듯 삼군은 난관을 극복하고 마침내 독룡동으로 진군해갔다. 그런데 한 가지 곤란한 문제가 또 생겼다. 바로 식수를 얻는 일이었다. 어떤 때는 20여 리의 길을 파내려가기도 하고, 또 어떤 때는 물 한 바가지를 얻기 위해 목숨을 걸고 천 리 길 아래의 계곡으로 물을 길러 가기도 했다. 하는 수 없이 도중에 천 개의 수통을 만든 후 빗물을 받아가며 진군해야만 했다. 여기에 옷과 식량도 부족하여 곤란함은 이루 말할 수가 없었다.

반면에 대원정군은 이미 독룡동의 땅으로 들어가 있었다. 그들은 진을 치고 얼마 동안 병마에 좋은 물을 쓰고 야영 막사를 짓고 움직이지 않았다. 하지만 안으로는 관색과 왕평, 위연 등의 각 부대에게 명을 내려 정면의 적지를 우회하여 진군시키고 있었다. 그것이 무엇을 목표로 한 작전인지는 오직 공명만이 알고 있었다.

이윽고 독룡동에서는 공명의 대군이 근처까지 진군해왔다는 소식을 듣고 큰 혼란에 빠졌다. 처음에는 타사대왕과 맹획 형제가 그럴 리 없다며 믿지 않았다. 그들은 부하들의 생생한 증언을 듣고 산에 올라 멀리 앞을 바라보고는 촉군이 진을 친 막사가 몇십 리에 걸쳐 펼쳐져 있다는 것을 확인했다.

타사대왕은 곧 기절이라도 할 듯 얼굴이 새하얗게 변했다. 그러다 곧 정신을 차리고 말했다.

"이렇게 된 이상 부족과 동계의 모든 병사를 이끌고 공격하여 저들을 모조리 죽이든가 우리가 죽든가, 싸울 수밖에 없구나."

타사대왕은 맹획 형제와 생사를 함께하는 피를 나누어 마시고 수만의 만군에게 선포했다. 맹획도 크게 고무되어 호언장담했다.

"비록 저들이 이곳까지 왔다고는 하나 이미 지쳐 있을 것이오. 대왕에게 그런 결사의 마음이 있다면 반드시 이길 수 있소. 이번에야말로 저들을 한 놈도 살려 보내지 않을 것이오."

그러고는 소와 말을 잡아 병사들에게 술과 함께 베풀었다. 그리고 촉군들이 가져온 좋은 창칼과 전포, 말에서부터 거마에 쌓여 있는 식량과 보물 등을 모두 나누어주겠다고 약속했다. 그렇게 병사들의 사기를 고무시키고 있는데 보고가 들어왔다.

"옆 동의 동주洞主인 양봉楊鋒 일족이 3만여 명을 데리고 도우러 왔습니다."

타사대왕은 뛸 듯이 기뻐했다.

"이곳이 패하면 당연히 인접한 은야동銀冶洞도 위험해질 터이니 도우러 온 것이구나. 이는 우리가 이길 전조이다."

양봉은 다섯 명의 아들과 일가권속을 모두 데리고 진중의 타사대왕에게 왔다.

"대왕, 귀동의 어려움은 바로 저희 동의 어려움과 마찬가지이니, 내 어찌 수수방관만 할 수 있겠습니까. 내게는 다섯 아들이 있는데 모두 무예가 높고 용맹합니다. 이제 아무 걱정하지 마십시오."

양봉이 다섯 아들을 소개했는데, 모두 표범처럼 날래고 호랑이처럼 위풍당당해 보였다.

타사대왕과 맹획은 너무도 흡족하여 술과 고기를 내오고 잔에다 피를 나눠 마신 뒤, 밤늦게까지 잔치를 벌였다.

이윽고 만족의 노래와 춤과 함께 술이 돌고 여흥이 고조되었다. 모두들 이미 승리를 기정사실로 받아들이고 있었다.

크게 취한 양봉이 맹획과 맹우와 잔을 나누다가 문득 타사대왕을 보며 말했다.

"제가 데려온 권속 중에 춤을 잘 추는 젊은 여자들이 있는데, 취흥을 돋우기 위해 그들의 춤을 보는 것이 어떻겠습니까."

타사가 맹획 형제를 돌아보자 그들도 좋다고 했다.

"지금부터 미녀들이 춤을 추는데 너무 좋아 기절하는 일은 없도록 하십시오."

양봉의 말에 우레와 같은 박수갈채가 쏟아졌다. 양봉은 휘파람을 불어 그들을 불러들였다. 그러자 미녀들이 일렬로 늘어서서 안으로 걸어 들어왔다.

만족 여자의 피부는 모두 다갈색으로 빛나고 있었다. 갈래지어 묶은 머리에는 꽃을 꽂고 허리에는 새의 깃털과 동물의 어금니로 장식을 했다. 그녀들은 짧은 만족의 칼을 차고 둥글게 원을 지어 엉덩이를 흔들며 춤을 추었다.

좌중은 환호작약하며 요란을 떨었다. 그사이에 여자들이 맹획과 맹우를 둘러싼 후 손을 잡고 원을 그리며 만가를 불렀다. 그때 갑자기 양봉이 잔을 던지며 소리쳤다.

"당장 저들을 잡아라."

양봉이 소리치자 여자들은 단검을 뽑아들고 원진을 좁혀갔다. 맹획과 맹우가 고함을 치며 원진 밖으로 뛰어나온 순간, 양봉의 다섯 아들과 일족이 달려들어 밧줄로 두 사람을 묶어버렸다.

도망치려던 타사는 양봉의 발에 걸려 자빠졌기에 별 어려움 없이 사로잡혔고, 그 자리에 있던 만족 장수들도 술에 취한 탓인지 양봉의 부하들에게 둘러싸여 맥없이 붙잡혔다.

언제 신호가 갔는지, 공명의 삼군이 함성을 지르고 북을 치며 독룡동으로 진군해오고 있었다. 그 사실을 안 독룡동의 병사들은 앞다퉈 산으로 들로 뿔뿔이 흩어져 도망치고 말았다.

맹획은 양봉을 향해 큰 소리로 고함을 치며 대들었다.

"양봉, 너는 만국의 동주가 아니냐. 그런데 어찌 동족을 배신하고 공명을 돕는단 말이냐."

양봉은 웃고 있었다.

"사실은 나도 사로잡혀 공명에게 끌려갔는데 공명의 은혜를 입어 그에 보답하고자 이 일을 자처하여 맡은 것이다. 그대도 그만 항복을 하라."

맹획이 미처 날뛰는 사이에 공명이 도착했다. 그런데 놀랍게도 양봉의 다섯 아들은 모두 촉군의 장수들이었다. 그들은 분장을 지우고 투구와 갑옷을 갖추고 공명을 맞이했다.

공명은 맹획 앞에서 걸음을 멈추었다.

"맹획, 이번이 다섯 번째구나. 이번에는 진심으로 항복하겠느냐?"

"내가 언제 네게 사로잡혔더냐. 나를 사로잡은 건 배신자의 밧줄이다."

"한 명의 필부를 굴복시키는 데 총사의 위치에 있는 자가 어찌 직접 손을 쓴단 말이냐."

"나는 남만의 국왕이다. 남만의 중심인 은갱산(운남성)은 우리 조상 대대로 살아온 곳으로 삼강의 요새와 견고한 관문으로 둘러싸여 있다. 그곳에서 나를 사로잡는다면 내 너를 인정하겠다. 그런데 이 정도의 승리로 총사 운운하며 그렇게 자만하다니 참으로 우스운 일이 아닌가."

맹획은 여전히 기세등등했다.

＊＊＊

공명은 다섯 번째로 맹획을 풀어주면서 말했다.

"네가 원하는 땅에서 네가 원하는 조건으로 다시 한번 일전을 겨루도록 하자. 하지만 다음에는 네 구족을 멸할 것이다."

맹우와 티사도 함께 풀어주자 세 사람은 말을 타고 사라졌다.

본래 맹획의 본국인 남만 중부의 만도蠻都는 운남雲南보다 훨씬 남쪽에 있었다. 그리고 만도의 지명을 은갱동이라 불렀다. 그곳은 비옥한 토지와 삼강三江(노수瀘水·감남수甘南水·서성수西城水)이 교차하는 땅에 있었다.

지금의 지도로 보면 당시의 지명은 남아 있지 않지만, 인도차이나반도의 동부에 있는 옛 프랑스령인 인도차이나의 메콩강 상류, 또 태국의 메남강 상류, 미얀마의 살윈강 상류 등은 모두 그 원류가 운남성, 서강성西康省, 티베트 동쪽 기슭의 지방에서 발원하여 공명이 원정을 왔던 당시의 남만 지방을 관통하고 있는 것처럼 여겨진다. 그리고 당시의 만도를 묘사하고 있는 원서의 기술을 보면 다음과 같다.

이곳 은갱산은 노수, 감남수, 서성수의 삼강이 만나고 땅은 평평하고 북쪽으로 천 리 사이에는 온갖 산물이 풍부하며 동쪽 3백 리에는 염정鹽井이 있고 남쪽 3백 리에는 양도동梁都洞이 있으며, 남쪽 높은 산에서는 은銀이 많이 났다. 이에 이곳을 은갱동이라고 불렀는데, 바로 이곳에 남만왕이 은으로 된 궁궐과 누각을 지어 거처로 삼았다. 사람들은 모두 비단옷을 입었으며 감람나무 열매를 즐겨 씹고 술 항아리에는 항상 술이 가득했다.

궁궐 뒤편에 가귀家鬼라는 사당을 짓고 사시사철 소와 말을 잡아 제를 올렸는데, 복귀ㅏ鬼라는 이 제사에는 해마다 외지 사람을 잡아다 제물로 바쳤다.

즉 지금의 미얀마, 인도, 운남성 경계 부근이라고 생각하면 될 것이다.

맹획이 중부의 만도를 떠나 일부러 공명의 원정군을 귀주貴州와 광서성廣西城 경계 부근에서 맞아 악전고투를 거듭한 것도, 이른바 맹획 자신이 부추겨 난을 일으킨 촉의 경계 지방의 태수나 각 동의 만장들의 선두에 서야만 했기 때문이다. 그래서 공명에게 호언장담한 것처럼 맹획은 자신의 본거지인 만도의 삼강을 요새로 삼아 싸우기를 바란 것이었다.

패전에 패전을 거듭하던 맹획은 드디어 자신이 원하던 만도로 돌아왔다. 만궁에는 사방의 동주와 추장酋長 등 수천 명이 모여 있었는데, 이는 개벽 이래 최대의 모임이었다. 날을 거듭하여 의논을 하던 중 맹획 부인의 동생인 팔번부장八番部長 대래帶來가 의견을 내놓았다.

"이제는 서남의 열국에서 위세를 떨치고 있는 팔납동장八納洞長인 목록왕木鹿王의 힘을 빌릴 수밖에 없습니다. 목록왕은 항상 큰 코끼리를 타고 선두에 서서 신비한 법력을 사용하여 바람을 일으키고 호랑이와 표범, 승냥이와 이리, 독사와 전갈 등을 마치 수족처럼 이끌고 다닌다 합니다. 또 수하에는 3만 명의 용맹한 병사가 있기에 그의 위세는 천국天竺도 무서워할 정도입니다. 비록 오랫동안 우리 만도와 대립하고 있지만, 우리가 예를 취하고 예물을 바치며 호소하면 그도 만국의 사람이니 반드시 힘을 빌려줄 것입니다."

모든 사람들이 그의 말에 찬성했다. 맹획이 대래에게 그 임무를 맡기자 그는 즉시 서남국으로 떠났다.

은갱산의 만궁의 전초기지라 할 수 있는 삼강의 요지에 삼강성三江城이 있었는데, 맹획은 타사대왕을 삼강성에 머물게 하고 총대장으로 삼았다.

며칠 후 촉의 대군이 삼강에 이르렀다. 삼강성은 삼면이 강에 접해 있고 한쪽이 육지로 이어져 있었다.

공명은 먼저 시험 삼아 위연과 조자룡에게 명하여 삼강성 공격을 시도해보았는데, 과연 성은 견고했고 성의 병사들도 정예병인 듯했다. 성벽 위에는 많은 석궁을 배치해놓았는데, 한 번에 열 발의 화살을 쏠 수 있었다. 그들이 쏘아올린 화살촉에는 독이 발라져 있어 맞으면 그 자리에서 살이 썩어 들어가고 오장을 쏟아내며 즉사했다.

공명은 네 번째 공격 이후, 진영을 10리 뒤로 물렸다.

"촉군이 독화살을 무서워하여 후퇴했다."

남만군은 기세를 올렸고, 마침내 열흘이 지나자 촉군을 경시하게 되었다.

"천하의 공명이라더니 과대평가된 것이 틀림없다."

공명은 기상을 살피고 있었다. 그는 어떠한 경우에도 자연을 자신의 편으로 만드는 일에 소홀히 하지 않았다. 강풍이 부는 날이 이어졌다. 모래를 품은 강풍이 내일도 불 것이 분명했다.

공명의 이름으로 모든 진지에 포고문이 내걸렸다.

내일 저녁 초경初更까지 모든 병사들은 한 사람도 빠짐없이 가
리개를 준비하라. 이를 어기는 자는 참수에 처할 것이다.

병사들은 무슨 까닭인지 몰랐지만, 군령을 어길 수 없어 장수에서 병졸에 이르기까지 모두 가리개를 준비했다.

이윽고 초경에 출정의 명이 떨어지고 공명이 세 가지 명을 내렸다.

"가지고 있는 가리개에 흙을 담을 것, 흙을 담은 가리개를 가지고 명령에 따라 진군할 것, 삼강성 성벽 아래에 당도하면 흙을 담은 가리개를 쌓아서 성안으로 진입할 것. 앞장서서 들어가는 병사들에게는 큰 상을 내릴 것이다."

그제야 병사들은 공명의 생각을 알아차렸다. 20만여 대군은 흙을 담은 가리개를 짊어지고 서둘러 삼강성으로 몰려갔다.

맹독의 석궁도 20만여 대군이 일시에 몰려들자 위력을 발휘하지 못했다. 순식간에 흙주머니로 이루어진 산이 여기저기 생겨났는데, 그 높이는 삼강성을 뛰어넘기에 충분했다.

위연, 관색, 왕평 등의 부대가 앞다퉈 성벽을 올라 성 위로 뛰어들었

다. 그러자 만군은 우왕좌왕하며 무너지기 시작했다. 대부분은 은갱산 쪽으로 도망가거나 수문을 열고 강으로 줄행랑을 치기 바빴는데 타사 대왕은 여기서 최후를 맞이했다. 성을 함락한 촉군은 성안의 창고를 열어 보물과 재화를 삼군의 병사들에게 모두 나누어주었다.

"삼강성이 적의 수중에 넘어갔단 말이냐?"

은갱산의 만궁에 있던 맹획은 깜짝 놀랐다. 서둘러 일족을 불러 모아 의논을 했지만, 모두 두려워하고 당황하여 방법을 찾지 못했다. 그때 병풍 뒤에서 누군가 혼자 킥킥거리며 웃고 있었다.

"누가 감히 무례하게 병풍 뒤에 숨어 웃고 있느냐?"

사람들이 살펴보니 맹획의 아내인 축융祝融 부인이 평상에 누워 낮잠을 자고 있었다. 옆에는 평소에 그녀가 기르던 숫사자가 턱을 그녀의 허리에 걸치고 반쯤 감긴 졸린 눈을 하고 있었다.

다시 회의가 이어졌다. 그런데 얼마 지나지 않아 축융 부인이 또 깔깔거리며 웃었다. 사람들이 곤란한 표정을 짓자 맹획도 더 이상 가만히 있지 못하고 자리에서 소리를 쳤다.

"부인은 무엇 때문에 그리 웃는 것이오?"

그러자 부인이 사자와 함께 벌떡 자리에서 일어나 다른 사람에게는 눈길도 주지 않고 남편인 맹획을 꾸짖었다.

"당신은 명색이 사내대장부로 태어나 자존심도 없단 말입니까. 적을 앞에 두고 그렇게 전전긍긍해서야 어찌 남만의 왕이라 할 수 있습니까. 비록 여자의 몸이지만 제가 나가 공명과 싸우겠습니다."

축융 부인은 대대로 남만에서 살아온 축융씨의 후예였다. 그녀는 말을 탈 줄 알았고 활도 잘 쏘았다. 특히 짧은 비도飛刀를 잘 다루었는데 단검을 던졌다 하면 백발백중이었다.

맹획은 무안한 표정으로 아무 말도 하지 못했다. 다른 사람들도 거듭된 패전에 면목이 없어 침묵을 지키고 있었다.

"제게 군사를 내어주면 선두에 서서 촉군을 물리치겠습니다. 공명 따위가 활개를 치고 다니는 꼴을 두고 볼 수만은 없습니다."

다음 날, 축융 부인은 맨발로 나가 털이 곱슬곱슬한 자신의 애마를 타고 머리를 묶었다. 그녀는 붉은 전포 위에 구슬이 박힌 황금 가슴가리개를 하고, 등에 일곱 자루의 단검을 끼고, 손에 한 길이 넘는 창을 비껴들고, 종횡무진 적병 사이를 휘젓고 다녔다. 그녀의 창에 쓰러진 촉병의 수는 헤아리기 어려웠다.

이를 본 장의가 그녀에게 달려들었다. 그러자 갑자기 어디선가 비도가 날아와 장의의 넓적다리에 꽂혔다. 장의는 말 위에서 거꾸로 떨어졌다.

"저자를 사로잡아라."

축융 부인은 병사들에게 소리치고 다시 적진으로 돌진했다.

촉의 마충이 달려들자 이번에도 그녀는 단검을 두 자루 뽑아 날렸는데, 한 자루가 말의 얼굴에 꽂혔다. 곧이어 마충도 말에서 떨어져 만군에게 사로잡히고 말았다. 그날의 싸움은 만군의 승리로 돌아갔다.

맹획은 무척 흡족하여 환호작약했다. 축융 부인이 장의와 마충의 목을 쳐서 아군의 사기를 높이려 했다. 그러자 그가 말리며 말했다.

"나는 다섯 번이나 공명에게 사로잡혔지만 공명이 모두 풀어주었소.

그러니 이들을 죽이면 내 체면이 뭐가 되겠소. 공명을 사로잡은 후에 함께 목을 치도록 합시다."

한편 공명은 사로잡힌 두 장수를 걱정했지만 죽임을 당하지는 않을 거라고 예상했다. 이어서 그들을 구출하기 위한 작전을 짰고, 조자룡과 위연에게 지시를 했다.

무더위 속에서 싸움은 계속되었다. 조자룡이 축융 부인에게 싸움을 걸자 그녀도 조자룡을 이길 수 없다고 생각했는지 비도를 날리고 그 틈을 이용해 도망치고 말았다.

"마치 우듬지 위의 새를 쫓는 듯하여 도무지 잡을 수가 없구나."

조자룡은 감탄했다.

다음 날 위연은 일부러 적의 진영 앞으로 병사들을 내보냈다. 그리고 축융 부인에 대한 욕을 하게 했다. 그러자 그녀가 화를 내며 쫓아왔다. 병사들은 도망치기 시작했다. 그때 기회를 엿보고 있던 위연이 소리치며 달려나갔다.

축융 부인이 위연에게 단검을 날리고 그대로 말을 돌려 돌아가려고 하는데 한쪽에서 조자룡이 그녀의 화를 돋우며 야유를 보냈다.

화가 머리끝까지 오른 축융 부인은 촉군을 공격해 들어왔다. 촉군은 일부러 도망치다가 멈추고는 다시 욕을 해댔다. 그렇게 그녀를 산골짜기까지 유인해서 에워싼 뒤 마침내 그녀를 사로잡아버렸다.

공명은 사자를 통해 맹획에게 서신을 보냈다.

네 부인이 우리 진영에 와 있으니 장의, 마충과 교환하도록 하자.

맹획은 깜짝 놀라 바로 두 사람을 돌려보냈다. 공명 역시 축융 부인에게 술을 대접하고 풀어주었다. 다소 풀이 죽어 있던 그녀는 술 한 되를 마시고 나서 맹획처럼 호언장담을 내뱉은 뒤 돌아갔다.

* * *

목록대왕에게 사자로 갔던 대래가 돌아와서 고했다.

"목록대왕이 우리의 요청을 받아들여 며칠 안에 군대를 이끌고 올 것입니다. 목록군이 오면 촉군은 이제 산산조각이 날 것입니다."

대래의 누나인 축융 부인과 맹획이 이제 믿을 사람은 목록대왕뿐이었다.

이윽고 납동의 목록이 수만 명의 군사를 이끌고 도착했다는 소식이 올라오자, 맹획과 축융 부인은 궁문 앞으로 나가 그들을 맞이했다.

"두 분 내외께서 직접 마중을 나오시니 황송합니다."

목록대왕은 금방울을 달고 칠보로 된 안장을 깐 흰 코끼리를 타고 있었다. 몸에는 은란銀襴의 가사袈裟를 걸치고 금구슬로 만든 목걸이와 황금 발찌를 찼으며, 허리에는 영락瓔珞을 늘어뜨리고 두 자루의 대검을 차고 있었다.

"두 분께서는 이제 안심하십시오."

목록은 흰 코끼리에서 내려 이렇게 말했다.

그가 이끌고 온 3만 군사 중에는 천 마리의 맹수도 있었다. 사자, 호랑이, 큰 코끼리, 검은 표범, 이리 등이 울부짖는 소리에 등골이 오싹할 정도였다.

곧바로 왕궁 안에서 환영식이 열렸다. 밤늦게까지 화톳불이 환하게 밝혀졌고 만악이 흘러넘쳤다.

맹획 부부는 사흘 동안 정성을 다해 잔치를 벌여 목록의 환심을 사려고 노력했다. 목록도 크게 만족했는지 드디어 나흘째 되는 날, 싸울 마음이 생긴 듯했다.

"내일은 어디 한번 나가서 촉군을 혼쭐내주겠습니다."

그날 밤 맹수들은 하늘을 향해 울부짖었다. 싸우기 전날에는 먹이를 일절 주지 않고 배를 곯게 했기 때문이다.

다음 날, 드디어 목록이 흰 코끼리를 타고 선두에 섰다. 그는 두 자루의 보검을 차고 손잡이가 달린 종을 들고 있었다.

촉군은 목록의 군대를 보고 깜짝 놀라 싸우기도 전에 겁부터 집어먹었다. 조자룡과 위연이 높은 곳에 올라 살펴보니 병사들이 겁을 먹은 것도 무리가 아니었다. 목록의 군대는 얼굴과 피부가 옻으로 칠한 듯 새카맸는데, 흡사 악귀와 나찰과 같았다. 게다가 목록의 뒤에는 맹수의 무리가 꼬리를 흔들며 하늘을 보고 울부짖고 있었다.

"위연, 내 이때까지 저런 적을 만난 적은 없소이다. 대체 어찌해야 할지 모르겠소."

"나도 처음이오. 참으로 괴이한 군대도 다 있소이다."

두 장수가 어쩔 줄을 모르고 아무런 명령도 내리지 못하는 사이, 목록대왕은 즉시 종을 울려 먼저 창을 든 병사들을 내세워 공격하게 했다. 그러고는 종을 더욱 거세게 흔들었다. 그것을 신호로 사슬이 풀리고 우리가 열렸다. 목록대왕이 입으로 주문을 외우자 사자와 호랑이, 표범, 독사, 전갈 떼가 일제히 촉군에게 달려들었다. 맹수들은 어젯밤부터 아무것도 먹지 못해 배가 굶주려 있었다.

촉군은 오직 도망치는 방법밖에 없었다. 만군은 그런 촉군을 마음껏 유린했다. 결국 촉군은 삼강의 경계까지 물러나고 말았다.

종소리가 다시 울렸다. 목록대왕의 흰 코끼리 주위로 배를 채운 맹수의 무리가 꼬리를 흔들며 돌아왔다. 목록은 맹수들을 다시 우리에 넣거나 사슬로 묶은 후 북을 치며 왕궁으로 돌아갔다.

공명은 조자룡과 위연에게 그날의 전황을 전해 듣고는 소리 내어 웃었다.

"역시 거짓말이 아니었구나. 젊을 적 초려에서 읽은 병서에, 남만국에는 승냥이와 이리, 호랑이와 표범을 부리는 진법이 있다고 적혀 있었는데, 바로 이것을 두고 한 말인 듯하오. 다행히 촉을 떠나올 때부터 만일의 경우에 대비해 대책을 세워놨으니 안심하시오."

공명은 이내 병사들에게 명령하여 수레를 끌고 오라 했다.

이윽고 병사들이 천으로 감싸 군중 깊숙이 숨겨두었던 20여 대의 수레를 끌고 왔다. 공명이 명령했다.

"천을 모두 벗겨라."

수레 안에는 상자들이 쌓여 있었다. 사람들은 무엇이 들어 있는지 호기심 어린 눈으로 지켜보았다. 마침내 천을 걷자 커다란 궤짝이 모습을 드러냈다.

열 대의 수레에는 검은 궤짝이, 나머지 열 대의 수레에는 붉은 궤짝이 실려 있었다. 공명은 열쇠를 들고 직접 붉은 궤짝을 열었다. 그 속에는 나무를 깎아 만든 커다란 짐승들이 들어 있었다. 사자, 호랑이, 코뿔소 등 모두가 크고 무서운 형상을 하고 있었다.

"이것으로 대체 무엇을 하시려는 것인지요?"

"멀리 성도에서 가져온 스무 대의 수레가 이것이었습니까?"

부장들은 공명의 의중을 의심했다.

다음 날, 촉군은 동구洞口의 길목에 다섯 겹으로 방비를 했다. 맹획은 전날의 승리에 심취하여 목록대왕과 함께 선두에 서서 진군해왔다.

"저기 보이는 사륜거 위에 있는 자가 촉의 공명입니다. 대왕, 부디 어제처럼 촉군을 섬멸해주십시오."

맹획이 손으로 공명을 가리키며 말했다.

목록은 고개를 크게 끄덕이며 종을 흔들어 검은 바람을 불렀다. 그러고는 뒤에 있던 맹수 떼를 적진으로 보냈다. 맹수의 포효하는 소리에 천지가 진동하는 듯했다. 공명은 즉시 사륜거를 돌려 두 번째 포진으로 들어갔다.

코끼리를 타고 쫓아온 목록이 위에서 칼을 내리치며 소리쳤다.

"공명, 오늘이야말로 네놈의 목숨을 거두어가겠다."

칼은 사륜거의 기둥 한쪽을 베었다. 목록이 주문을 외우며 두 번 세번 칼을 내리쳤지만 닿지 않았다. 그때 목록의 뒤쪽으로 돌아간 두 명의 촉군이 창으로 코끼리의 배를 찔렀다. 하지만 창 하나는 부러지고 또 하나는 빗나가고 말았다.

그러자 공명이 관색에게 소리쳤다.

"목록을 겨냥하라!"

목록이 공명을 향해 칼을 든 순간, 어디선가 화살이 날아오더니 목록의 목에 꽂혔다. 그와 동시에 관색이 밑에서 찌른 창이 목록의 턱을 관통했다. 목록은 땅으로 고꾸라졌다. 공명의 사륜거를 끌던 사람들은 관색을 비롯해 모두 촉에서 가장 강한 장수들이었다. 목록은 그것도 모르고 함부로 덤벼들었던 것이다.

또한 전날 큰 활약을 보였던 맹수들도 그날은 무용지물이었다. 촉의 나무로 만든 맹수들이 다리에 수레를 달고 입으로 불을 뿜고 기이한 소리를 내며 돌진하자, 살아 있는 호랑이와 표범, 이리 등은 그 괴이한 소리와 커다란 덩치에 놀라 줄행랑을 쳤다. 나무로 만든 맹수 속에는 병사 열 명이 들어가 있었다. 불을 뿜는 것도, 포효하는 것도, 또 움직이는 것도 모두 이들이 내부에서 장치들을 움직여 가능했던 것이다. 이는 모두 공명이 만든 획기적인 무기들이었다. 만군들도 놀랐지만 더 놀란 것은 살아 있는 맹수들이었을 것이다. 맹수들은 꼬리를 말고 도망치기 바빴다. 촉군은 도망치는 만군을 쫓아 마침내 은갱산 왕궁을 점령했다.

맹획과 그의 부인 축융, 대래 등의 일족 등이 왕궁을 버리고 도망치다 매복하고 있던 촉군에게 모조리 사로잡혔다. 하지만 공명은 맹획과 그의 일가권속들을 모두 풀어주었다.

"네 소굴까지 내게 넘어왔으니 이제 네게 무슨 힘이 있겠느냐. 자,

어디 네 마음껏 다시 싸워보아라."

맹획은 더 이상 호언장담을 할 기력도 없는 듯, 머리를 감싸고 도망
쳐 자취를 감추었다.

110
칠종칠금七縱七擒

맹획은 오과국의 올돌골이 이끄는 등갑군과 연합하고,
제갈량은 마침내 맹획을 일곱 번 사로잡지만 다시 풀어주는데……

맹획은 나라도 빼앗기고 왕궁도 적의 수중에 넘어가자 막막하기만
했다. 그가 주위 사람들에게 어디로 가야 할지 묻자 대래가 말했다.

"이곳에서 동남쪽으로 7백 리에 오과국烏戈國이라는 나라가 있습니
다. 그 나라의 왕은 올돌골兀突骨인데, 오곡五穀을 먹지 않고 화식火食
을 하지 않는다고 합니다. 대신 맹수와 뱀을 먹고 몸에 비늘이 돋아 있
다고 합니다. 또 그의 수하에는 등갑군藤甲軍이라 불리는 3만 명의 병
사가 있다 합니다."

"등갑군은 무엇인가?"

"오과국의 산과 들에는 등나무가 무성한데, 그 등나무를 말린 후 기름에 담가두었다가 다시 햇빛에 말리고 기름에 담가두기를 수십 차례 반복하여 갑옷을 만듭니다. 그 갑옷을 입은 병사를 등갑군이라고 하는데, 이제껏 그들을 이긴 나라가 없습니다."

"그것은 어째서인가?"

"이 등갑은 물에 젖지 않으며 대단히 가벼워서 등갑군은 강을 건널 때에도 배를 이용하지 않고 물에 몸을 띄워 자유자재로 헤엄을 칩니다. 또 칼과 화살이 뚫지 못할 정도로 강합니다."

"과연, 천하무적이로다. 그럼 올돌골을 만나 도움을 청해보도록 하자."

맹획은 일족과 패잔병을 이끌고 오과국으로 들어갔다. 올돌골은 흔쾌히 맹획을 돕기로 하고 바로 등갑군 3만 명을 동시洞市로 불러들였다.

맹획의 잔병을 합한 10만 명의 군사는 그길로 오과국을 출발하여 도엽강桃葉江에 진을 쳤다. 도엽강의 강물은 맑고 푸르며 양 기슭에는 복숭아나무가 무성하게 우거져 있었다. 때가 되면 나뭇잎이 강에 떨어져 독수를 뿜어내는데, 그 물을 마시면 심한 설사와 함께 병이 들었다. 하지만 오과국 사람에게는 오히려 정력을 돋아주는 약수가 된다고 알려져 있었다.

공명은 은갱의 만도를 평정하고 군사를 정비한 후 다시 전진해나갔다.

"위연, 군사를 이끌고 가서 도엽강에 있는 적의 군세를 시험해보고 오라."

공명의 명을 받은 위연이 병사들을 이끌고 도엽강으로 향했다. 그리고 얼마 후 촉군은 대담하게 강을 건너오는 오과국 병사와 맹획의 연합군과 맞닥뜨리게 되었다.

만군의 10만 대군의 위세는 어제의 패잔병들의 기세가 아니었다. 그뿐 아니라 촉군이 아무리 화살을 쏘아도 화살이 적병의 몸을 뚫지 못하고 튕겨져버리고 말았다. 게다가 백병전에서는 칼도 뚫지 못했다. 이에 당황한 촉군을 보고 등갑군은 촉병을 집어삼킬 듯한 기세로 칼을 휘두르며 달려들었다.

"모두 퇴각하라."

촉군이 도망치기 시작하자 올돌골은 유유히 병사를 거두어들였다. 등갑병은 본진으로 돌아가기 위해 물에 둥둥 뜬 채 강물의 흐름에 몸을 맡겼다. 그러고는 마치 소금쟁이 떼가 헤엄치듯 강을 건넜다.

위연은 그 모습을 보고 깜짝 놀라 본 그대로 공명에게 전했다. 공명이 고개를 갸웃거리더니 이내 여개를 불러 물어보았다.

"어디의 병사들인지 아는가?"

여개가 지도를 펼쳐서 살펴본 후 말했다.

"필시 오과국의 등갑군일 것입니다. 인륜으로 다스릴 수 없는 야만적인 병사입니다. 또한 도엽강의 독수는 그들 외에는 마실 수가 없습니다. 승상, 이제 이쯤에서 그만 돌아가시는 것이 어떻겠습니까? 저런 반인반수의 군대를 적으로 하여 싸우는 것은 위험합니다."

여개의 말이 옳았지만 공명은 고개를 내저었다. 그러고는 주위 사람들에게 말했다.

"일을 시작하여 끝을 맺지 못하는 것만큼 잘못된 것은 없소. 이번 원정에 죽은 병사가 얼마이오. 지금 철수하면 그들의 혼백에 어찌 사죄할 수 있겠소. 하물며 남방에 황제의 덕을 깨우침에 있어 한 치 어둠을 남기고 돌아간다면 모든 것이 무의미해질 것이오."

다음 날, 공명은 직접 사륜거를 타고 도엽강으로 나가 부근의 지세를 살폈다. 그러다 사륜거에서 내려 북쪽의 산에 걸어 올라가 산세를 살피기도 했다. 잠시 뒤 공명은 말없이 진영으로 돌아와 마대를 불렀다.

"앞서 사용한 나무로 만든 짐승 외에 검은 궤짝을 실은 10여 대의 전차가 있을 것이다. 그대는 일군의 병사와 함께 그것을 끌고 도엽강으로 가라. 그리고 강의 북쪽에 있는 반사곡盤蛇谷 안에 숨어 있다가 전차를 다음과 같이 사용하라."

공명은 마대에게 귓속말로 면밀한 방책을 내린 후 엄숙한 표정으로 덧붙였다.

"만일 일이 누설되어 내부에서 패하였을 때에는 군법으로 엄하게 처벌할 것이니 한 치의 빈틈도 있어서는 안 될 것이다."

그날 마대의 군사는 10여 대의 전차를 끌고 한밤중에 홀연히 모습을 감추었다.

공명은 이번에는 조자룡을 불러 군사를 내어주며 말했다.

"장군은 반사곡 뒤쪽에서 삼강에 이르는 큰길로 나가 이렇게 준비를 하시오. 반드시 일시를 지켜야 할 것이오."

공명은 조자룡에게도 귓속말을 전한 후 다음으로 위연을 불렀다.

"그대는 정예병을 이끌고 적의 정면으로 나가 도엽강 기슭에 진을 치시오. 병사는 원하는 만큼 데리고 가도록 하시오."

위연은 자신이 최전선 선봉에 서게 된 것을 기뻐했다. 그런데 그 순간 공명이 뜻밖의 말을 했다.

"하나 절대로 이겨서는 안 되오. 만일 적이 강을 건너와 공격을 하면 적당히 싸우는 척하다 물러나시오. 진지도 버리고 도망쳐야 하오. 도망쳐서 간 곳에는 백기를 세워두는데, 적이 다시 그곳을 공격하면 또 도망쳐서 다음의 백기가 세워져 있는 곳까지 물러나시오. 그러면 적은 승리에 도취될 것이오. 이렇게 그대는 네 번째, 다섯 번째 백기가 있는 곳까지 진지를 버리고 계속 도망치도록 하시오."

위연이 어리둥절한 얼굴로 물었다.

"대체 어디까지 도망치라는 말씀이십니까?"

"15일 동안 열다섯 번 싸움에 지고 일곱 군데의 진지를 버리고 백기가 보이는 곳까지 도망치면 되오."

위연은 내키지 않는 얼굴로 물러갔다. 그 외에 장익, 장의, 마충 등도 각각 명령을 받고 물러갔다.

그 무렵, 올돌골과 맹획은 강남으로 물러나서 득의만면하면서도 서로 경솔하게 움직이는 것을 경계했다.

"공명이라는 자는 사술에 능하여 무슨 짓을 벌일지 모릅니다. 그러니 대왕도 그 점에 신경을 써서 적이 숨어 있을 만한 곳이 보이면 충분히 주의를 하십시오."

"나도 알고 있소이다. 그대야말로 너무 마음만 앞서지 않도록 주의하시오."

그때 망을 보던 병사가 보고를 했다.

"어젯밤부터 북쪽 기슭에 촉병이 진지를 만들고 있는데, 병력이 꽤 많습니다."

올돌골과 맹획은 강기슭으로 나가 살펴보았다.

"저곳에 견고한 진지를 세우면 골치가 아플 것이다. 지금 당장 부숴야겠다."

올돌골의 명령을 받은 등갑군이 즉시 강을 건너 습격했다. 위연은 계획대로 싸우다 도망치기 시작했다. 그런데 적병이 더 이상 쫓아오지 않았다. 일단 승리를 하자 주저 없이 강을 건너 자신들의 진영으로 돌아간 것이었다.

위연은 다시 기슭으로 돌아와 진지를 쌓았고, 공명은 새로 군사를 보내왔다. 이를 본 만군은 병력을 늘려서 재공격을 해왔다.

***

그날은 올돌골이 직접 지휘를 하여 모든 등갑병이 강을 건너왔다.

촉병은 맞서 싸우는 척하다가 일제히 깃발과 투구 등을 버리고 앞다퉈 퇴각했다. 그리고 백기가 보이는 지점에서 다시 집결했다.

"적은 싸우면 도망치기 바쁘구나. 자, 이젠 적을 쫓아 모조리 죽여라."

올돌골은 기세를 올리며 후진에 있는 맹획에게도 신호를 보냈다. 그러고는 도망치는 촉군을 쫓아 공격을 감행했다.

위연은 역시 이곳에서도 싸우는 척하다 패하기를 반복하며 세 번째, 네 번째 백기가 있는 곳까지 도망쳤다. 그렇게 7일 동안 세 곳의 진지를 버리고 일곱 번 패하여 도망쳤다. 그런데 적이 자꾸 도망만 치자 올돌골은 의심을 하지 않을 수 없었다. 이를 눈치챈 위연이 급히 기세를 올리며 역습을 시도했다.

위연은 선두에 서서 올돌골에게 싸움을 걸었다. 그리고 잠시 싸우는 척하다 또 도망쳤고, 올돌골은 기세를 올리며 병사들을 이끌고 쫓아왔다. 위연은 때때로 말을 돌려 싸우는 척하다 도망치고 허세를 부리는 등 15일 동안 열다섯 곳의 백기를 따라 도망을 쳤다.

상황이 여기까지 이르자 의심이 많던 올돌골도 자만심이 생기지 않을 수 없었다. 그는 부하들을 돌아보며 큰 코끼리 위에서 호언장담했다.

"보았느냐. 15일 동안 촉의 진지를 쳐부순 곳이 일곱 곳, 이긴 것은 열다섯 번에 이른다. 이미 도엽강에서 3백 리 사이에 적은 한 명도 없지 않느냐. 공명도 도망치기 바쁘니 이제 승패가 난 것과 마찬가지다."

다음 날, 올돌골은 흰 코끼리를 타고 해와 달을 나타내는 낭두모狼頭帽를 쓰고 황금 구슬을 박은 비늘갑옷을 입고 사지四肢는 검게 드러내고 나한상羅漢像 같은 무시무시한 표정으로 촉군을 향해 철창을 휘두르며 공격했다. 위연은 그를 맞아 힘껏 싸우는 척하다 도망치기 시작하여 드디어 반사곡 기슭까지 후퇴했다.

부하들과 함께 추격해온 올돌골은 일단 코끼리를 멈추고 복병이 없는지 주의 깊게 살폈다. 주위의 산에는 풀과 나무도 없고 복병이 숨어 있는 기색도 보이지 않자, 그는 안심하고 군사들을 골짜기에서 쉬게 했다.

잠시 쉬고 있던 올돌골에게 부하가 와서 고했다.

"이 앞쪽 곳곳에 거대한 화차와 같은 것이 10여 대 버려져 있습니다."

올돌골이 직접 가서 보니 정말로 병량을 실은 것으로 보이는 화차貨車가 여기저기 있었다. 올돌골이 병사들에게 명했다.

"아주 좋은 노획물이다. 적이 너무 당황한 나머지 이곳으로 끌고 오다 내던지고 도망쳤을 것이다. 화차 안에는 성도의 진귀한 물건들이 들어 있음에 틀림없다. 여봐라, 화차들을 골짜기 밖으로 끌어내 한곳에 모아두어라."

이윽고 올돌골이 골짜기의 어귀를 막 벗어날 무렵, 갑자기 천지를 뒤흔들며 거대한 바위와 나무가 올돌골의 머리 위로 떨어졌다. 좌우의 수백 명의 만병은 피할 틈도 없이 바위와 나무에 깔려 죽었다. 게다가 떨어진 바위와 나무로 길이 막혀버리고 말았다.

"산 위에 적이 있다. 어서 빨리 길을 열어라."

올돌골은 미친 듯이 부하들을 독촉했다. 그때 옆에 있던 전차 한 대에서 불꽃이 일더니 불이 활활 타올랐다.

깜짝 놀란 만군이 앞다퉈 골짜기 안쪽으로 몰려갔다. 그 순간 굉음과 함께 대지가 진동했다. 폭발에 날아간 만병들의 손과 발은 토사와 함께 허공의 먼지가 되었다.

올돌골은 코끼리에서 뛰어내렸다. 불길에 놀란 흰 코끼리는 날뛰다 결국 불에 타 죽었다. 그는 절벽에 들러붙어 기어오르려고 했다. 하지만 양쪽의 산 위에서 횃불이 비처럼 쏟아지고 바위틈과 땅 밑에 숨겨져 있던 도화선에 불이 붙자 여기저기서 화약이 터졌다. 이내 불꽃이 하늘로 치솟고 폭발음이 천지를 진동하고 화약 냄새와 연기가 피어오르는 등 골짜기는 불지옥으로 변했다.

마침내 오과국의 등갑군은 모두 불타 죽고 말았다. 그 수가 3만 명이 넘었는데 불길이 잦아든 후, 반사곡 위에서 바라보니 마치 불타 죽은 벌레의 허물 같았다.

다음 날, 공명은 그곳에 서서 눈물을 뚝뚝 흘리며 탄식했다.

"종묘사직을 위해서는 공을 세웠지만 이런 무참한 살육을 벌이고도 내 어찌 수명을 다하기를 바라겠는가."

주위의 사람들도 비통해했다. 하지만 오직 조자룡만이 그런 공명을 꾸짖듯 말했다.

"살아 있는 것은 모두 흘러가고 변하기 마련이고, 형상을 이루고는 사라지기 마련입니다. 이는 천고의 생명의 모습이 아닙니까. 황하의 강물이 한 번 넘치면 만 명의 목숨을 앗아가지만, 그들이 죽어 땅에 묻혀 벼가 익고 그 벼로써 사람들은 살아갑니다. 황하의 강물에는 천의가 있을 뿐 사람의 덕이 없지만, 승상의 대업에는 왕화의 사명이 있지 않습니까. 저들의 죽음으로 이곳 만국의 땅에 천년의 덕을 남기게 되었으니 어찌 슬퍼만 할 일이겠습니까."

공명은 말없이 조자룡의 손을 잡고 눈물만 흘렸다.

한편 그 무렵 맹획과 만 명의 남만군은 후진에 남아 있었기에 아직 오과국의 병사가 전멸한 사실을 모르는 상태였다. 곧이어 천여 명의 만병이 돌아가 고했다.

"오과국의 왕이 등갑군을 이끌고 촉군을 뒤쫓아 마침내 공명을 반사곡 안으로 몰아넣었습니다. 대왕께서도 속히 오셔서 함께 공명의 최후를 지켜보시라고 합니다."

맹획은 즉시 코끼리를 타고 군사를 이끌고 반사곡으로 달려갔다.

"너무 서두른 탓에 길을 잘못 든 것이 아닌가?"

맹획이 그것을 깨달았을 때는 길을 안내해온 만병들이 어디론가 자취를 감춘 후였다.

"흠, 뭔가 이상하구나."

맹획이 돌아가려고 했지만 이미 때는 늦었다. 한쪽 숲에서 장의와 왕평이 북을 치며 뛰어나오고 다른 쪽 산에서는 위연과 마충이 함성을 지르며 쫓아왔다. 맹획은 당황하여 산기슭 쪽으로 도망쳤는데, 산 위에서 깃발이 솟고 북소리가 울리더니 촉군이 물밀듯 내려왔다.

"맹획, 각오하라."

관색과 마대 등의 촉장이 창칼을 휘두르며 달려오고 있었다.

맹획이 탄 코끼리는 너무 느렸다. 맹획은 뛰어내려 수풀 속으로 내달렸다. 그러자 앞쪽에서 방울 소리를 울리며 한 대의 사륜거가 나타났다. 공명이 웃으면서 부채를 들더니 소리쳤다.

"반노叛奴 맹획아, 아직도 깨닫지 못했느냐."

맹획은 하늘을 향해 양손을 들어 주먹질을 하더니, 어느 순간 큰 신음 소리를 내고 정신을 잃었다. 마대가 그런 맹획을 사로잡았다.

***

공명은 부장들과 함께 이야기를 나누었다.

"비록 조운이 나를 위로하여 그렇게 말했지만 나는 이번 싸움에서 은덕隱德을 크게 잃었소."

그리고 공명은 이번 전략에 대해 설명했다.

"이미 그대들도 열다섯 번 거듭 퇴각하여 적을 반사곡으로 끌어들인 계책에 대해 알고 있을 것이오. 이번 싸움에서는 내가 지난날 젊을 적부터 연구해온 지뢰와 전차, 도화선 등을 사용했는데, 기존의 전쟁과 비교하면 싸움의 양상이 많이 달랐을 것이오. 하지만 전쟁이라는 것은 어디까지나 '사람'이 주가 되지 '병기'가 주가 될 수 없소. 따라서 이들 신병기를 촉이 소유하게 됨으로써 촉의 병사가 약해지는 일이 있어서는 결코 아니 될 것이오."

공명은 잠시 숨을 고른 뒤 말을 이었다.

"처음에 등갑군이 나타났을 때 잠시 방책이 곤궁했으나, 그들의 약점을 헤아려보고는 물에 유리한 것은 분명 불에 약하다는 원리를 깨닫게 되었소. 기름에 절여 등나무로 만든 갑옷은 불에 대해서는 아무런 방비가 없었던 것이오. 화차火車나 지뢰는 모두 이로부터 얻어낸 계책이었소."

부장들은 공명의 신묘한 지략은 가히 헤아릴 수 없다며 탄복했다.

다음 날, 공명은 진중의 감옥에서 맹획과 축융 부인, 대래, 맹우 등을 끌고 오게 했다.

"인간의 도리를 모르는 짐승만도 못한 자들에게 더 이상 무슨 말을 하겠느냐. 여봐라, 이들을 풀어주고 돌려보내라."

"승상, 잠깐 기다려주시오."

갑자기 맹획이 우는 듯한 목소리로 외치더니 공명의 옷자락을 붙잡았다. 공명이 곁눈으로 쳐다보자 맹획이 이마를 땅에 찧으며 말했다.

"제 잘못을 용서해주십시오. 내 비록 배우지 못하고 미개한 자이지만 일곱 번 사로잡아 일곱 번 풀어줬다는 얘기는 들은 적이 없습니다. 아무리 왕화를 입지 못한 자라 하나 어찌 이런 큰 은혜에 감복하지 않을 수 있겠습니까. 부디 용서해주십시오."

"흐음, 진심으로 하는 말인가?"

"어찌 이제 와서 거짓을 고하겠습니까."

공명은 무릎을 치며 직접 맹획의 밧줄을 풀어주고는 축융 부인과 맹우, 대래 등의 일족까지 모두 풀어주었다.

"이제야 내 마음이 통한 듯하여 참으로 기쁘기 그지없소이다."

맹획의 권속은 입을 모아 맹세했다.

"승상의 큰 은혜와 황제의 은덕을 두 번 다시 거역하지 않겠습니다."

공명은 맹획의 손을 잡고 장상으로 청했다. 그리고 부인과 그 일족에게도 자리를 내어주며 잔을 들어 약속했다.

"그대의 죄는 모두 이 공명이 질 것이며, 이 공명의 공은 그대에게 양보할 것이오. 그러니 그대는 이전과 다름없이 오랫동안 남만국의 왕으로 백성들을 사랑으로 다스려주시오. 그리고 나를 대신하여 왕화에 진력을 다해주길 바라오."

그 말을 들은 맹획은 두 손으로 얼굴을 가리고 참회의 눈물을 흘렸다. 일가권속들도 감복하여 눈물을 흘리고 기뻐했다.

                                    * * *

  원정 만 리, 귀환의 날이 왔다. 돌아보면 백 가지 난관과 백 번의 싸움이 있었다. 아직도 살아 있다는 것이 기적처럼 느껴졌다. 장사長史 비위費褘가 공명에게 은밀히 간했다.

  "이렇듯 멀리 만토에 들어와 죽을 고생을 하며 공을 세워놓고, 촉의 관인을 한 명도 남겨두지 않고 가신다니, 풀을 벤 후 비를 기다리는 일과 무엇이 다르겠습니까."

  "아니오."

  공명은 고개를 저었다.

  "그대의 말은 일면 옳은 듯하지만, 세 가지 면에서 그릇되오. 관리를 두면 왕화를 훼손할 염려가 있고, 그 관리가 왕도에서 멀리 떨어져 있으면 관무를 게을리하고 사사로이 황제의 위엄을 훼손할 염려가 있소. 또한 만인은 누대로 왕을 폐하여 죽이거나 내쫓아왔는데, 이제 전쟁이 끝났으니 그들의 마음에 서로 의심하고 싸울 염려가 있소. 그러니 관리를 두어 다스리는 것은 본래의 만왕와 만인이 서로 협력하는 것보다 좋지 못할 것이오. 오히려 관리를 두지 않고 공물을 바치게 하면 이를 지키고 운반하는 수고도 없고, 나라의 외벽이나 특산지로 삼을 수도 있지 않겠소."

  "승상의 말씀이 지극히 옳은 경세經世입니다."

  촉군이 북으로 돌아간다는 소식을 듣자 만인들은 앞다퉈 진귀한 보물과 향료, 붉은 옻칠 염료, 약재, 짐승 가죽, 소와 말 등을 가지고 나와 고했다.

"앞으로 황제께 올릴 공물도 빠뜨리지 않을 것이며, 어떠한 명도 거역하지 않을 것입니다."

그 후 그들은 공명을 자부慈父 승상, 대부大父 승상이라 부르며, 각 지방의 전적지戰績地마다 생사당生祠堂을 지어 사시사철 공물을 올리고 제사를 지냈다.

때는 촉의 건흥 3년 9월 가을, 공명과 삼군은 드디어 귀로에 올랐다.

중군, 좌우군은 공명의 사륜거를 굳게 호위하며 앞뒤에는 붉은 깃발과 은빛 기치를 내걸고 공물을 실은 화차에 기마대와 백상대白象隊와 보병 부대를 세웠다. 그 모습은 원정을 올 때보다 더 장관을 이루었다.

남만왕 맹획을 비롯한 일가권속과 각 동주와 추장들도 뒤따르며 북을 치고 노수 근처까지 마중을 했다. 노수는 반사곡에서 죽은 3만 명의 등갑군과 더불어 많은 만인 병사가 피를 흘린 곳이었다. 그날 밤 공명은 중류에 배를 띄우고 하늘에 제를 올리는 표문을 썼다. 그리고 수만의 혼령을 위로하고 그들의 명복을 빌며 공물을 강물에 흘려보냈다.

예로부터 노수의 강이 거칠어지고 저주를 내릴 때에는 세 명의 산사람을 제물로 삼아 강에 던져 제사를 지내는 풍습이 있었다. 이것을 알고 있던 공명은 밀가루에 고기를 넣고 반죽하여 사람 머리 모양을 만들어 공물로 바쳤는데, 이 공물의 이름을 '만두'라고 했다.

이렇듯 공명은 귀환의 도정에 오른 후에도 각 지방의 토속과 풍습과 신앙적인 면까지 배려하여 덕과 온정을 베푸는 데 있어 깊은 주의를 기울였다.

어느덧 영창군에 들어온 공명이 그동안 안내를 맡았던 여개의 임무를 치하한 후 왕항과 함께 부근 사군의 방비를 맡도록 명했다.

"이번 원정에 그대들의 노고가 많았소. 황제께서 곧 큰 상을 내리실 것이오."

그리고 그곳까지 함께 온 맹획에게 세심한 가르침을 주었다.

"부디 정사에 힘쓰고, 백성들이 농사를 짓는 일을 장려하고, 집안을 잘 돌보도록 할 것이며, 지금의 절개를 잊지 않도록 하시오."

맹획은 눈물을 흘리며 남으로 돌아갔다.

"분명 맹획이 살아 있는 동안에는 만국은 두 번 다시 모반을 일으키지 않을 것이다."

공명은 부하들을 향해 중얼거리듯 말했다.

성도는 벌써 겨울이었다. 남쪽에서 돌아온 삼군은 익숙한 한풍을 맞으며 개선했다.

111
출사표

위제 조예는 마속의 계책에 속아 사마의를 쫓아버고, 공명은 선제 유비의
유지를 받들어 후주 유선에게 출사표를 올리고 북벌에 나선다

공명이 돌아왔다는 소식에 성도는 환호로 들끓었다. 후주 유선도 공
명과 삼군을 맞이하기 위해 난가鸞駕를 타고 궁문 밖 30리까지 나왔
다. 황제의 난가를 본 공명은 사륜거에서 뛰어내려 땅에 머리를 조아
렸다.

"신, 남만을 평정하는 데에 시간이 오래 걸렸을 뿐 아니라, 많은 어
림의 병사들의 목숨을 잃게 하여 주상의 신금宸襟을 어지럽힌 죄를 벌
하여주시옵소서."

"승상, 무슨 말씀이오. 이렇듯 승상의 무사함을 보니 짐은 그저 기쁘

기 그지없소."

황제는 시종에게 명하여 공명을 일으켜 세우고 난가의 안으로 공명을 이끌었다.

어린 황제와 승상 공명이 나란히 난가를 타고 성도궁의 화양문華陽門에 들어서자 백성들은 하늘이 무너질 듯 환호했다.

공명은 곧 이번 원정에서 전사한 병정의 자손을 찾아보고 그들을 위로했다. 그리고 곧바로 그동안 돌보지 못했던 정무를 돌보았다. 그는 지방을 순시하여 올해의 수확을 살피고, 각 마을을 돌며 효자에게 상을 내리고, 탐관오리를 징벌하고, 세금의 많고 적음을 살펴 분배하는 등 오로지 나라를 돌보는 일에 힘을 쏟았다.

한편 위에서는 대위황제 조비의 태자인 조예曹叡의 영특한 재주가 화제에 올랐다.

태자 조예의 나이는 열다섯 살로, 그의 어머니는 견甄씨의 딸이었다. 경국지색으로 처음에 원소의 둘째 아들인 원희袁熙의 부인이었지만 조비가 빼앗아 부인으로 삼았고, 후일 태자 조예를 낳았다. 하지만 조비의 사랑이 곽귀비郭貴妃에게 옮겨가면서 조예에게도 일말의 불행이 찾아왔다.

곽귀비는 광종廣宗에 사는 곽영郭永의 여식으로 그 미색이 위에서 따를 사람이 없을 정도였다. 세상 사람들은 그녀를 여자 중에 왕이라고 칭찬했다. 조귀비는 궁에 들어온 후 '여왕 곽귀비'라고 불릴 정도였다. 그런데 곽귀비의 마음은 미색과 같이 아름답지 않았다. 그녀는 견황후를 제거하기 위해 신하 장도張韜와 짜고 오동나무 인형에 위제의 생년월일과 몇 년 몇 월에 땅에 묻힌다는 주문을 적어넣고, 일부러 조비의 눈에 띄는 곳에 놓아두었다. 조비는 이 간계에 속아 넘어가 견황후를 폐위시켜버렸다.

태자 조예는 어릴 때부터 곽여왕의 손에서 자라며 고생을 겪었지만, 성격이 쾌활하여 조금도 기죽지 않았다. 특히 궁마에는 천부적인 소질을 보였다.

그해 이른 봄, 조비는 군신들을 데리고 사냥을 나갔다. 조비가 암사슴을 발견하고 화살을 쏘아 맞혔다. 어미 사슴이 화살을 맞고 쓰러지자 새끼 사슴은 무서움에 떨며 조예가 타고 있는 말의 밑으로 들어가 숨었다. 조비가 큰 소리로 말했다.

"조예, 새끼 사슴이 네 말 아래에 있는데 왜 쏘지 않느냐? 활이 싫다면 칼을 사용하라."

그러자 조예가 눈물을 흘리며 말했다.

"지금 아버지께서 어미 사슴을 죽이셨을 때에도 가슴이 아팠는데, 어찌 새끼 사슴을 죽일 수 있겠사옵니까."

조예는 활을 내던지고 소리 내어 통곡했다.

"아, 이 아이는 어질고 덕이 있는 왕이 될 것이다."

조비는 오히려 기뻐하며 조예를 제공齊公에 봉했다.

그리고 그해 5월 여름, 조비는 마흔 살의 젊은 나이에 상한傷寒으로 죽고 말았다.

조비의 유언으로 태자 조예가 황제의 자리를 이어받았다. 이는 가복전嘉福殿의 약조에 의한 것이었다. 가복전의 약조란 조비가 위독할 때

세 사람의 중신을 침소에 불러 유언을 내린 것을 말한다.

"조예는 아직 어리지만 어질고 영민하니 대위의 적통을 이을 자격이 있다. 그대들은 마음을 합쳐 조예를 도와 짐의 뜻에 어긋남이 없도록 하라."

"맹세코 황제의 유지를 받들겠습니다."

세 중신이 그렇게 맹세한 것이 가복전의 약조이다. 세 명의 중신은 바로 중군대장군中軍大將軍 조진曹眞, 진군대장군鎭軍大將軍 진군陳群, 무군대장군撫軍大將軍 사마의司馬懿 중달仲達이었다.

세 중신은 조비의 뜻을 받들어 조예를 후주로 옹립하고 조비에게 문제文帝, 견씨에게 문소황후文昭皇后라는 시호를 올리고, 위궁의 측신의 면모와 관직도 일신했다.

먼저 종요를 태부로 삼고 조진은 대장군에, 조휴는 대사마에 올랐다. 그 외에 왕랑을 사도司徒로, 진군을 사공司空으로, 화흠을 태위太尉로 삼고, 문무백관의 관직을 한 단계 높이거나 벼슬을 내리는 한편 천하에 대사면령을 내렸다.

여기서 한 가지 문제는 사마의 중달이 표기장군驃騎將軍에 오른 것이었다. 뿐만 아니라 그는 그 무렵 옹량雍凉의 주군州郡을 지키는 사람이 없다는 것을 알고는 표문을 올려 자신이 서량주군을 지키겠다고 청했다.

서량주西涼州는 북이北夷의 경계에 가깝고 수도와는 비교할 수 없을 정도의 변경이었다. 일찍이 마등과 마초가 군사를 일으키는 등 난이 많아 다스리기 어려운 곳이었다. 그런데 사마의가 자청해서 그곳을 다스리겠다고 하자 황제 조예는 당연히 허락했고, 중신들 중에서도 만류하는 사람이 없었다. 이에 조정에서는 특별히 사마의의 관직을 병마제독兵馬提督으로 삼고 인수를 내렸다. 사마의 중달은 북쪽의 부임지로 향하는 말 위에서 실로 오랜만에 좁은 새장에서 푸른 하늘로 나온 듯한 느낌을 받았다.

그러한 위의 변화들은 세작에 의해 이미 성도로 전해졌다. 촉의 신하들 중 어느 누구도 그 일을 주목하는 사람이 없었다.

"중달이 서량으로 갔구나."

그 정도의 관심밖에 표하지 않았다. 하지만 이를 심상치 않게 여긴 사람이 있었는데, 그는 바로 공명이었다. 그리고 또 한 사람, 공명과 똑같이 깜짝 놀라 급히 승상부로 온 사람이 있었다. 젊은 마속이었다.

"소식 들으셨습니까?"

"어제 들었네."

"저는 하내군河內郡 온현溫縣 출신의 사마의를 위국의 인물이라기보다 당대의 영웅으로 보고 있었습니다."

"조예가 황제 자리에 오른 것은 그다지 걱정할 바가 아니지만 후일, 촉에 우환을 가져올 자가 있다고 한다면 필시 그일 것이네."

"저도 그리 생각합니다. 중달의 서량 부임을 간과해서는 안 됩니다."

"지금 그를 쳐야 하겠는가?"

"승상, 아닙니다. 남만 원정이 끝난 지 얼마 되지 않습니다. 제게 맡겨주시면, 조예를 이용하여 병사를 쓰지 않고 사마의의 목숨을 빼앗도록 하겠습니다."

마속은 젊은 나이에 실로 호언장담을 했다. 공명은 마속의 얼굴을 물끄러미 바라보았다.

* * *

한동안 공명은 조용히 마속을 응시하고 있었다.

"사마의 중달이라는 자는 깊은 재략을 가지고 오랫동안 위를 섬겨 왔는데, 무슨 연유에선지 조조는 그를 중히 쓰지 않았습니다. 그가 조조를 섬기면서 문학연文學掾으로 있었던 때가 그의 나이 스무 살 전후라고 들었습니다. 조조와 조휴, 그리고 조비, 삼대에 걸쳐 섬겨온 공신 치고는 지금의 그의 관직은 너무도 적요하지 않습니까?"

마속은 그렇게 말한 후 마음속에 품은 계책 하나를 공명에게 이야기 했다.

"사마의는 자청하여 서량주로 부임했습니다. 이는 분명 마음속으로 위의 중앙에서 몸을 피하고 싶다는 생각을 품고 있었기 때문입니다. 당연히 위의 중신들은 그의 행동을 의심쩍게 생각하고 있을 것입니다. 그래서 사마의 중달이 모반을 일으킬 조짐이 있다는 말을 퍼뜨리고 거짓 회문回文을 각국에 보내면, 위의 조정은 그를 가만히 두지 않을 것입니다. 그를 죽이든가 관직을 박탈하고 변경으로 쫓아낼 것이 분명합니다."

마속의 계책은 공명의 생각과도 일치했다. 공명은 그의 계책을 받아들이고 은밀히 행동에 들어갔다. 여행자와 간자를 이용하는 등 모든 통로를 이용해 거짓 소문을 퍼뜨렸다.

그러는 한편, 격문을 만들어 각 주의 무가에 보냈다. 예상대로 세간에서 사마의의 모반에 대한 말들이 횡행할 즈음, 격문 한 통이 낙양 업성의 문을 지키는 속리의 손에 들어갔다. 그리고 그 격문은 다시 위의 궁중으로 올라갔다.

격문의 내용은 과격한 내용으로 채워져 있었다. 위 삼대에 걸친 죄상을 낱낱이 고하고, 이에 불평불만을 가진 사람들을 향해 위조를 타도하자고 선동하고 있었다.

"이것이 정말로 사마의가 쓴 격문이란 말인가?"

조예는 놀라면서도 의심스러운 듯 중신들에게 물었다.

태위 화흠이 답했다.

"앞서 사마의가 서량의 땅을 다스리겠다고 청한 것이 무슨 연유에서인지 의심스러웠는데, 이로써 그의 속내를 알 수 있을 듯합니다."

"하지만 짐은 사마의가 모반을 꾀하는 연유를 모르겠소. 대체 그가 위에 원한을 품을 이유가 무엇이란 말이오?"

"그것은 태조 무제께서도 일찍이 간파하고 계셨던 일이옵니다. 무제께서 그를 두고 '매처럼 노려보고 이리처럼 고개를 틀어 뒤돌아본다' 하시어 재위 중에 서고의 문서 등을 정리하는 한직에 놓아두고 병마와 관련된 일에는 쓰지 않으셨습니다. 만일 그에게 병권을 부여하면 오히려 나라에 해를 끼칠 자라고 생각하셨기 때문입니다."

왕랑도 자신의 견해를 밝혔다.

"지금 태위 화음의 말처럼 사마의는 약관의 나이 때부터 도략韜略을 깊이 연구하고 군기와 병법을 깨우쳤기에 주도면밀하여 선제의 대에서는 때를 기다렸을 것입니다. 그리고 오늘날 폐하께서 아직 어리신 틈을 보고 비로소 매와 같은 습성을 드러내고 이리와 같이 서량에서 격문을 보내 오랜 야망을 도모하고 있는 듯합니다. 한시라도 빨리 이를 정벌하지 않으면 요원의 불길이 될 것입니다."

조예는 중신들의 말을 듣고도 여전히 망설이며 결단을 내리지 못했다. 그때 조진이 중신들을 향해 말했다.

"만일 경솔하게 징벌하여 이것이 사실이 아닌 걸로 판명이 나면 어찌할 것인가?"

그렇게 의견이 엇갈리자, 결국 한고조漢高祖가 운몽雲夢에 놀러간 척하며 한신을 사로잡은 지략을 그대로 따르기로 했다. 조예가 안읍安邑으로 가서 사마의의 기색을 살핀 후 만일 모반을 할 기색이 보이면 그 자리에서 사로잡기로 한 것이었다.

이윽고 조예가 왕궁 밖으로 행차했다. 미리 연락을 받은 사마의 중달은 위제 조예를 맞이하기 위해 서량의 수만 병사를 정렬하여 안읍으로 향했다.

"사마의가 10만 명의 군사를 이끌고 오고 있다."

안읍에 도착한 조예는 그 소식을 듣고 낯빛을 잃었고, 신하들은 동요하며 술렁거리기 시작했다.

아무것도 모르는 사마의 중달은 수만 명의 병사를 거느리고 안읍으로 들어왔다. 그러자 철갑으로 무장한 군사가 그를 막아섰고, 곧 조휴가 말을 타고 나와 소리쳤다.

"중달은 들어라. 너는 선제로부터 지금의 주상을 잘 돌보라는 유지를 받은 자가 아닌가. 그런데 어찌 모반을 획책하느냐? 여기부터 한 발이라도 들여놓으면 가만두지 않겠다."

중달은 깜짝 놀라며 그것은 촉의 계략이라고 소리 높여 말했다. 그러고는 말에서 내려 검을 버리고 수만의 병사를 성 밖으로 물린 후 말했다.

"자세한 것은 황제를 뵙고 직접 말씀 올리겠습니다."

이윽고 황제의 앞으로 나간 중달은 땅에 엎드려 절하고 눈물로 고했다.

"신이 서량의 봉직을 바란 것은 절대로 사리사욕 때문이 아닙니다. 이 땅의 중요성을 알고서 은밀히 촉에 대비하고자 함이었음을 부디 헤아려주십시오. 소신, 반드시 촉을 치고 오를 멸하여 삼대의 군은君恩에 보답하겠습니다."

조예는 중달의 말에 마음이 움직였지만, 화음과 왕랑 등은 쉽사리 믿지 않았다. 그들은 일단 중달을 물리고 어린 황제를 중심으로 의논을 했다. 하지만 의논이라고 해도 화흠과 왕랑이 결정한 것이나 마찬가지였다. 즉, 사마의에게 병권을 지닐 지위를 준 것 자체가 문제였으니 발톱이 없는 매로 만들어 황야에 풀어놓으면 된다는 것이었다. 그렇게 사마의 중달은 관직을 박탈당하고 고향으로 쫓겨나게 되었다. 그리고 서량의 군마는 조휴가 맡게 되었다.

그 일은 촉의 세작에 의해 바로 성도로 전해졌다. 소식을 들은 공명이 기뻐하며 말했다.

"중달이 서량에 있는 동안은 뜻을 펼치기가 어려웠는데, 이젠 그 근심이 사라졌구나."

공명은 승상부에 틀어박혀 며칠 동안 문을 닫고 아무도 들이지 않았다. 위가 5로로 공격해왔을 때에도 그곳의 문을 닫아건 적이 있지만, 이번에는 후원의 연못에서도 그의 모습을 볼 수가 없었다.

어느 날 밤, 공명은 목욕재계한 뒤 초를 밝히고 후주 유선에게 올리는 글을 쓰고 있었다. 바로 출사표였다. 공명은 이제 북벌을 결심했다. 그는 한 자 한 자 심혈을 기울여 써내려갔다. 이른바 충성과 국가의 백년대계를 논하는 것이었다.

먼저 황제로서 후주가 행해야 할 왕덕을 깨우치고 작금의 천하 정세를 논하고, 촉의 현상과 충직하고 선량한 신하들의 이름을 거론하며 신임을 내릴 것을 권했다. 또 선제 유비와 자신의 오랜 인연과 정을 돌아볼 때에는 종이 위에 눈물을 흘린 흔적까지 있었다. 표문은 장문이었다.

신 제갈량이 아뢰옵니다.

선제께옵서 창업의 뜻을 반도 이루시기 전에 붕어하시어, 지금 천하는 셋으로 나뉘어 익주가 피폐해져 있으니, 지금은 실로 나라의 위급존망이 걸린 때입니다. 이러한 때, 안으로는 곁에서 폐하를 모시는 신하들이 게으르지 않고, 밖으로는 충성스러운 무사들이 목숨을 돌보지 않음은 선제의 각별한 돌봄을 잊지 않고 오직 폐하께 보답하고자 하는 마음 때문입니다.

이에 폐하께서는 진실로 성덕聖德을 크게 넓히시어 선제의 유
덕遺德을 빛내시고 뜻있는 선비들의 의기를 더욱 넓히고 키우
셔야 할 줄 아옵니다. 결코 스스로를 덕이 없고 재주가 없다
여겨 옳지 않은 비유로 의義를 잃지 마시옵고, 그로써 충성스
러운 간언의 길을 막으시면 아니 될 것입니다.

이렇듯 출사표의 첫머리는 어린 황제에게 고하는 내용이 담겨 있
었다.

　　궁중宮中과 부중府中은 함께 하나가 되어 잘한 일에는 상을 내
리고 못한 일을 벌하는 데 오로지 다름이 있어서는 아니 될 것
입니다. 만일 간사한 짓을 저지른 자나 충성되고 선한 일을 한
자가 있으면 그 일을 맡은 관리로 하여금 그 형벌과 포상을 의
논하게 하시어 폐하의 공명하고 공평한 다스림을 명확하게 하
시고, 사사로움에 치우쳐 그 안팎으로 법을 달리해서는 아니
될 것입니다.
　　시중侍中 곽유지郭攸之와 비위費褘, 시랑侍郎 동윤董允 등은 모두
선량하고 신실하며 사려가 깊고 충성스럽고 순박합니다. 그
렇기에 선제께서 그들을 발탁하여 폐하께 남기셨습니다. 어
리석은 신이 생각하건데 궁중의 크고 작은 일은 모두 그들과
상의하여 시행하시면 반드시 부족하거나 허술한 점을 보완할
수 있으며 널리 이로울 것입니다. 장군 상총常寵은 성품과 행

실이 맑고 치우침이 없으며 군사軍事에 밝아 지난날 선제께서
도 그의 능력을 높이 사 그를 도독으로 삼았습니다. 신이 생각
하건대 영중의 크고 작은 일은 모두 그와 의논하시면 반드시
진중은 화목할 것이고 뛰어난 자와 부족한 자를 적재적소에
나누어 쓸 수 있을 것입니다.

전한前漢이 흥성한 까닭은 현명한 신하를 가까이하고 소인을
멀리했기 때문이고, 후한이 기울어진 까닭은 소인을 가까이
하고 현명한 신하를 멀리했기 때문입니다. 선제께서는 항상
이 일을 신과 논하시면서 환제桓帝와 영제靈帝 때의 일에 대해
통탄하고 한스럽게 여기셨습니다. 시중상서와 장사참군은 모
두 곧고 밝아 죽음으로써 절의를 지킬 신하들이니, 바라옵건
대 폐하께서 그들을 가까이하고 믿으시면 한실이 번성할 날을
손꼽아 기다릴 수 있을 것입니다.

신은 본래 포의布衣로 남양南陽에서 밭을 갈며 비루하게도
난세에 성명性命을 보존하고자 하였을 뿐, 제후에게 영달
을 바라지 않았습니다. 하오나 선제께서는 신을 비천하게
여기지 않으시고 몸소 귀한 몸을 굽혀 세 번이나 신의 초
려를 찾으시어 제게 당세의 일을 물으셨습니다. 신은 이
에 감격하여 마침내 선제를 위해 헌신하기로 결심했습니
다. 그 후 기운이 기울어지고 싸움에서 패하고 쇠하여 목
숨이 위태로운 지경에서 소임을 맡아온 지 어언 스무 해
하고도 한 해가 지났습니다.

선제께서는 신의 신중함을 알고 돌아가실 즈음에 임하여 신에게 대사를 맡기셨습니다. 선제의 명을 받은 이래 부탁하신 바를 이루지 못할까 봐 아침저녁으로 근심 걱정하였습니다. 이에 선제의 밝음에 폐를 끼치는 것을 두려워하여, 지난 5월에는 노수를 건너 불모의 땅 깊이 들어가 남방을 평정하였고 이제 병기와 갑옷도 충분합니다. 이에 삼군을 이끌고 북으로 나가 중원을 평정하고자 합니다. 어리석고 아둔하지만 신은 진력을 다해 간흉한 무리를 제거하고 한실을 다시 일으켜 세워 옛 도읍으로 돌아가고자 합니다. 이는 신이 선제께 보답하고 폐하께 충성해야 하는 마땅한 직분일 것입니다.

이제 폐하께 손익損益을 헤아려 충언을 드릴 일은 곽유지, 비위, 동윤의 소임에 대해서입니다. 바라옵건대, 폐하께서는 신에게 역적을 토벌하고 한실 부흥에 힘쓰라는 명을 내리시옵소서. 만일 신이 이를 이루지 못한다면 신의 죄를 다스리시고 선제의 영전에 고하시옵소서. 또 만일 흥덕興德의 충언이 없을 시에는 곽유지, 비위, 동윤의 허물을 책망하시어 그 게으름을 세상에 드러내십시오. 또한 폐하께서는 스스로 옳고 선한 길을 헤아려 취하시고 바르고 옳은 말을 살펴 받아들이시어 선제께서 남긴 뜻을 좇으시옵소서. 신은 지금껏 받은 은혜에 감격을 금할 수 없는데, 이제 멀리 떠남에 있어 표문을 올리려 하니 눈물이 앞을 가려 무슨 말씀을 올려야 할지 모르겠습니다.

촉의 건흥 5년, 공명의 나이 마흔일곱이었다.

공명은 문을 나섰다. 오랜만에 조정에 오른 그는 바로 후주 유선의 앞에 나가 출사표를 올렸다.

공명의 출사표를 본 유선이 말했다.

"상부相父, 상부께서 남방을 평정하고 돌아오신 지 겨우 1년밖에 지나지 않았습니다. 그런데 또다시 이전보다 더 큰 싸움에 임하시는 것은 아무리 생각해도 무리인 듯싶습니다. 나라를 위해서라도 조금 더 쉬며 몸을 돌보시는 것이 좋을 듯합니다."

공명이 감읍해하면서 말했다.

"황송한 말씀이오나, 신은 선제께 폐하를 부탁한다는 말씀을 들은 이래로 그 뜻을 이루지 못할까 봐 늘 노심초사했습니다. 제 몸은 무병하고 이제 나이도 오십 줄을 앞두고 있으니 지금 그 소임을 이루지 못하면 후일 늙어서는 더욱 요원해질 것이며 후회할 것입니다. 너무 심려치 마시옵소서."

공명은 그렇게 유선을 위로하고 일단 물러갔다.

하지만 공명이 출사표에서 밝힌 '북벌의 단행'은 촉의 후주 유선뿐 아니라 촉의 조정에 커다란 불안감을 몰고 왔다. 촉한 땅은 선제 유비가 다스린 이래로 아직 나라의 역사가 짧고 해마다 군역이 이어져, 위나 오와 대립할 만한 실력이 도저히 갖추어져 있지 않았기 때문이다.

재작년, 남방 평정을 위한 원정으로 소비한 자원과 인원만으로도 내정과 재무를 맡아보는 관리들은 피폐해진 국고를 걱정할 정도였다. 다행히 원정이 큰 성공을 거둬 남방의 공물이 들어옴으로써 큰 위기에 이르지 않았지만, 그것도 아직 1년 반밖에 지나지 않았던 것이다.

그러한 때에 승상 공명의 결의를 담은 출사표에 대해 드러내놓고 반대를 하는 사람은 없었지만, 다시 위를 정벌하기 위해 군사를 일으키는 것은 무모한 일이라는 여론이 조정 안에서 일어나고 있었다. 그들이 가장 염려하는 점은 병사가 부족하다는 것과 전쟁을 치르는 데 필요한 재원의 확보였다. 촉의 호적부에 따라 위, 촉, 오의 호구수를 비교해보면 촉은 위의 3분의 1이고 오의 반밖에 되지 않았다. 게다가 인구 밀도 역시 위의 5분의 1, 오의 3분의 1 정도밖에 되지 않았다. 따라서 촉의 개발과 지세가 얼마나 지키기에 좋은지, 문화가 뒤처져 있는지 알 수 있었으며, 상비군의 수에 있어서는 중원을 보유한 위나 오와 비교가 되지 않을 정도로 빈약했다.

게다가 후주 유선이 제위에 오른 지 4년, 나이도 스물한 살이 되었지만, 반드시 명군이라고 할 수 없는 점이 있었다. 선제 유비와 같은 대재가 없었고, 무엇보다 어려움을 모르고 자라왔던 것이다.

"승상께서 이러한 여건을 모르지 않을 터인데 대체 무슨 생각으로 그렇게 큰 싸움을 결행하시려는 것일까?"

사람들은 모두 공명을 따르고 있었지만 그의 진의를 알고 싶어 했다. 하지만 '아는 사람은 알 것이다'가 공명의 마음이었다.

어느 날 밤, 촉신 전체의 불안을 대표하듯 태사太史 초주譙周가 공명을 찾아와 간했다. 그러자 공명이 말했다.

"오로지 지금뿐이오. 지금이 아니고서는 위를 칠 기회가 없소이다. 위는 본래 천혜의 비옥한 땅으로 인마가 강하여 조조 이래로 대국으로 자리 잡아 왔소이다. 하루빨리 위를 치지 않으면 앞으로 도저히 위를 공략할 수 없을 뿐 아니라 촉은 자멸할 수밖에 없소이다."

공명은 먼저 때를 논하고 촉의 방비에 대해 말했다.

"우리 촉은 아직 약소국이오. 촉의 13주 중 온전히 우리가 영유하고 있는 땅은 익주 한 곳밖에 없으니, 면적에 있어서 위와 오에 비견할 수 없소. 더욱이 병사도 부족하고 군수물자도 그들에 비하면 턱없이 부족하오. 하지만 그동안 성과가 없었던 것은 아니오."

공명은 장부를 내밀면서, 아직 아무에게도 밝히지 않았던, 비밀리에 준비해온 예비군의 존재를 처음으로 털어놓았다. 그것은 형주 이래로 녹을 내려 영외 여러 곳에서 양성해온 낭인 부대와 남방 이외의 변경에서 끌어 모아 조자룡과 마충에게 1년 동안 조련시키게 한 외인 부대였다. 공명은 그 부대를 연노대連弩隊, 폭뢰대爆雷隊, 비창대飛槍隊, 천마대天馬隊, 토목대土木隊 등의 5부로 편제하고, 기동작전에 활용하기 위해 충분한 훈련을 시켰던 것이다.

공명은 물자에 대해서도 밝혔다.

"북벌의 대망은 절대로 하루아침에 결정한 것이 아니오. 내가 선제의 유지를 받았던 때부터 세워온 계획이오. 하여 나는 그 기초가 농사에 있다 생각하여 대사농大司農과 독농督農의 관제를 두고 농업과 산업의 진흥에 힘쓴 결과, 해마다 군역이 있었는데도 촉의 농업은 충분한 여력을 갖추게 되었소. 또한 전부田賦와 호세戶稅 외에 몇 년 전부터 소금과 철을 나라에서 관리하게 되었소. 소금과 철은 실로 하늘이 우리 촉에 내려주신 천혜의 자원이라 할 수 있으니, 이로써 중원으로 진출할 자원을 얻을 수 있소."

공명은 그간의 고심을 절절이 술회했다. 또한 그가 평소에 나라의 경제를 얼마나 세심하게 준비해왔는지, 그 일례로 성도와 농촌의 부녀자들에게 촉의 목화로 직물을 만들게 해 남방과 서량에 수출하여 나라의 중요한 물자로 삼은 것만 봐도 알 수 있었다.

그러한 고심과 준비에 대하여 상세하게 설명을 들은 초주는 아무 말도 하지 못하고 돌아갈 수밖에 없었다. 그로써 조정의 불안과 반대의 목소리는 잦아들었다. 오히려 공명이 그 정도로 빈틈없이 준비를 해왔다면 반드시 이길 수 있다는 의견이 나왔고, 사람들은 승리를 낙관하고 천하통일의 대업을 이룰 날이 머지않았다고까지 생각하게 되었다.

하지만 공명은 승리를 기대하지 않았다. 그는 누구보다 위가 강하다는 것을 잘 알고 있었다. 그런 만큼 자신이 살아 있는 동안 선제 유비로부터 받은 유지를 이루어야 한다는 일념뿐이었다.

다른 사람들에게는 말하지 않았지만, 공명은 후주 유선의 자질이 선제 유비에 이르지 못한다는 사실을 매우 한스럽게 생각하고 있었다. 또 위는 조조 이래로 여전히 인재들이 넘쳐났고, 경영의 대재와 진영의 영웅이 적지 않았다. 그에 반해 지금의 촉에는 관우와 장비와 같은 무장도 없고, 황제는 어리고, 신하는 많지만 범인들뿐이었다. 그러한 점도 공명을 더욱 근심에 잠기게 했던 것이다.

하지만 그는 촉의 대업과 유비가 남긴 뜻이 불가능하다고 생각하지 않았다. 천여 자의 출사표 어디를 살펴봐도 원망하거나 주저하는 문구 따위는 없었다.

* * *

삼군의 정비가 이루어졌다.

그사이 궁중 내에서 이런저런 복잡한 경위가 있었지만, 밖으로는 아무런 정보도 새어나가지 않을 만큼, 이는 신속하고 은밀히 진행되었다.

건흥 5년(227년) 3월 봄 병인일丙寅日, 마침내 출정의 명이 떨어졌다.

마지막 인사를 하기 위해 공명이 조정에 올라 후주 유선을 알현하자 그는 눈물을 머금고 말했다.

"상부, 부디 몸을 잘 돌보시길 바랍니다."

유선의 모습을 올려다볼 때, 공명의 뇌리에는 선제 유비의 자취가 떠올랐다. 그는 유선의 뒤에는 항상 유비가 있다고 생각하고 있었다.

"너무 심려치 마십시오. 설사 제가 5년, 10년을 이곳에 없다고 하더라도 폐하의 곁에는 저리 충성스럽고 재량이 뛰어난 신하들이 있으니, 폐하를 도와 나라를 잘 돌볼 것입니다."

공명은 그렇게 말하며 왕좌의 좌우로 눈길을 돌렸다. 실로 공명이 오로지 근심하는 바는 자신의 원정이 아니라 뒤에 남은 유선을 보좌하는 일과 내치뿐이었다.

그래서 공명은 요 열흘 동안 인사이동을 단행했다. 곽유지, 동윤, 비위를 시중으로 삼고 그들에게 궁중의 모든 일을 맡아보게 했다. 또 어림군사에는 상총을 근위대장으로 삼고 궁중의 호위와 방비를 맡겼다. 여기에 장예長裔를 장사로 임명하여 자신을 대신하여 승상부를 맡게 하고, 간의대부에는 두경杜瓊과 두미杜微, 상서尙書에는 양홍楊洪, 좨주祭酒에는 맹광孟光과 내민來敏, 박사博士에는 윤묵尹黙과 이선李譔, 태사에는 초주를 봉했다. 그 외의 사람들은 각자 능력에 따라 문무 기관의 알맞은 자리에 배치했다.

지금 공명이 황제의 주위를 둘러본 것은 황제를 보좌하는 신하들에게 황제를 잘 돌보고 나라를 잘 부탁한다는 마지막 인사와 같은 것이었다.

마침내 공명이 성도를 떠나는 날, 후주 유선은 궁문을 나와 저잣거리까지 공명을 배웅했다.

삼군의 정기가 봄바람에 휘날리고 있었다. 황제와 조정 신료가 승상부 앞에 모여 출정하는 병마의 편제를 보니 다음과 같았다.

전독부前督部는 진중장군鎭北將軍 영승상사마領丞相司馬 위연魏延이 맡았고, 전군도독前軍都督은 영부풍태수領扶風太守 장익張翼이 맡았으며, 아문장牙門將은 비장군裨將軍 왕평王平, 후군영병사後軍領兵使는 여의呂義, 관운량菅運糧 및 좌군영병사左軍領兵使는 평북장군平北將軍 진창후陳倉侯 마대馬岱가 맡았고, 부장副將은 비위장군飛衛將軍 요화寥化, 우군영병사右軍領兵使는 분위장군奮威將軍 마충馬忠, 무융장군撫戎將軍은 관내후關內侯 장의張嶷, 행중군사行中軍司는 거기대장군車騎大將軍 유염劉琰, 중감군中監軍은 양무장군揚武將軍 등지鄧芝, 중참군中參軍은 안원장군安遠將軍 마속馬謖, 전장군前將軍은 도향후都亨侯 원림袁琳, 좌장군左將軍은 고양후高陽侯 오의吳懿, 우장군右將軍은 현도후玄都侯 고상高翔, 후장군後將軍은 안락후安樂侯 오반吳班이 맡았다. 또 영장사

312

領長史는 수군장군綏軍將軍 양의楊儀, 전장군前將軍은 정남장군征南將軍 유파劉巴, 전호군前護軍은 편장군偏將軍 허윤許允, 좌호군左護軍은 독신중랑장篤信中郞將 정함丁咸, 우호군右護軍은 편장군偏將軍 유민劉敏, 후호군後護軍은 흥군중랑장興軍中郞將 관옹官離이 맡았고, 행참군行參軍은 소무중랑장昭武中郞將 호제胡濟, 간의장군諫議將軍 염안閻晏, 비장군裨將軍 두의杜義가 맡았으며, 무략중랑장武略中郞將은 두기杜祺, 수융도위綏戎都尉는 성발盛勃, 종사무략중랑장從事武略中郞將은 번기樊岐, 전군서기典軍書記는 번건樊建, 승상영사丞相令史는 동궐董厥, 장전좌호위帳前左護衛는 용양장군龍驤將軍 관흥關興, 우호위사右護衛使는 호익장군虎翼將軍 장포張苞가 맡았다.

그중에 없어서는 안 될 대장이 한 명 빠져 있었는데, 그것은 유비 이래의 공신, 상산 조자룡이었다. 그날 조자룡의 모습이 출정군 속에서 보이지 않았던 연유가 있었다. 장판교 이래의 영웅호걸도 지금은 나이가 들고 머리도 하얗게 변해 있었다. 공명은 남정 때에도 조자룡이 노구를 이끌고 참여해 공을 세운 것을 배려하여 일부러 이번 원정에서 제외하고 성도에 남겨두었던 것이다. 그런데 조자룡은 오히려 그런 공명의 배려를 기뻐하기는커녕 편제가 알려지자 즉시 승상부의 공명에게 달려가 말했다.

"어찌하여 제 이름이 이번 원정에 빠져 있는 것입니까? 제 입으로 말하기는 뭐하지만 선제의 대부터 싸움에 임하여 물러선 적이 없고 적을 앞에 두고 맨 앞에 서지 않은 적이 없었소이다. 내 늙었다고는 하나 아직 젊은 자들에게 지지 않을 자신이 있소이다. 장수가 전장에서 죽

는 것보다 더 큰 행운은 없소이다. 그런데 어찌 승상은 이러한 나의 절
개를 썩어가는 고목나무와 같이 여기시는 것입니까?"

"장군이 그렇게까지 말하니 달리 말릴 수가 없구려. 그렇다면 내가
뽑은 부장 한 명을 데리고 가도록 하시오."

"그것이 누구입니까?"

"중감군中鑒軍 등지이오."

조자룡은 기뻐했다. 이에 공명은 편제의 일부를 바꾸었다. 조자룡과
등지에게 정예병 5천 명과 장수 열 명을 내리고, 전부대선봉군前部大先
鋒軍으로 삼아 하루 앞서 성도를 출발하도록 명했다.

그렇게 대규모 군대가 원정에 나서는 것은 성도가 생긴 이래 처음
있는 일이라서 그날 백성들은 모두 일을 쉬고 거리로 나와 환송을 했
다. 후주 유선은 문무백관들과 함께 북문 밖 10리까지 배웅을 했다.

이미 삼군은 성도의 거리를 빠져나와 교외로 접어들었다. 그곳에서
도 남녀노소 모두가 나와 원정을 격려했다. 각 고을의 거리에서도, 논
밭과 들녘에서도 사람들이 마주 서서 공명의 사륜거에 절을 했다. 마
을 여자들이 병사들을 위해 수수로 빚은 감수甘水를 따라주고, 쑥떡을
만들어 장수들에게 바쳤다. 공명은 그런 모습을 애잔한 눈으로 바라
보았다.

한편 위는 촉이 출사에 임했다는 소식을 듣고 큰 충격에 빠졌다. 위
는 제갈공명이라는 이름만 들어도 전율을 느끼고 있었던 것이다.

위제 조예가 군신들에게 제갈공명을 막을 사람이 없는지 물었지만
재빨리 나서는 사람이 없었다. 그때 한 사람이 자처하여 앞으로 나서

자 사람들의 눈길이 그에게로 쏠렸다.

안서진동장군安西鎭東將軍이자 상서부마도위尙書駙馬都尉를 맡고 있는 자가 자휴子休인 하후무夏侯楙였다. 하후무의 아비는 바로 무조 조조 이래의 공신으로 한중 싸움에서 죽은 하후연이었다.

하후무가 말했다.

"지금 촉군이 향하고 있는 곳도 한중이고, 제 부친이 돌아가신 곳도 한중입니다. 이에 부친의 혼백을 위로하고 이제 나라의 은혜에 보답하는 것이 자식 된 도리이자 신하의 의무인 줄 아옵니다."

하후무는 어린 시절 하후연이 죽자 숙부인 하후돈의 손에서 자랐다. 그 후 조조가 그를 가련히 여겨 자신의 딸과 인연을 맺어주었기 때문에 사람들의 예우를 받아왔지만, 위군 중에서는 그다지 명성과 인망을 얻지 못했다.

조예는 그의 뜻을 장하게 여겨 관서의 20만 군마를 주며 공명을 무찌르라 명하고 인수를 내렸다.

| 등장인물 |

육손陸遜(183~245)

양주 오군 사람. 오의 책사로 자는 백언伯言이다. 촉과 위의 침공을 여러 차례 격퇴하여 오를 지켰으며, 여몽의 뒤를 이어 육구를 맡았고, 관우를 사로잡아 형주를 되찾는 데 공을 세웠다. 유비가 관우의 원수를 갚고자 군사를 일으킨 이릉대전에서 화공으로 유비의 8백 리 포진을 대파했다.

여몽呂蒙(178~219)

여남군 부피현 사람. 오의 무장으로 자는 자명子明이다. 젊은 나이부터 손책을 섬겼던 전형적인 무인으로 노숙의 권유로 학문을 익혀 문무를 겸비한 장수로 이름을 높였다. 노숙이 죽은 후, 육구를 지키며 형주의 관우와 관평을 사로잡아 처형하여 오가 형주를 되찾는 데 큰 공을 세웠다.

화타華佗(?~208)

패국 초군 사람으로 자는 원화元化이다. 후한 말의 명의로 오의 주태를 치료했고 독화살을 맞은 관우의 팔을 열고 뼈를 깎아 치료했지만 두통을 호소하던 조조에게 뇌수술을 권하다 의심을 받고 죽임을 당했다. 옥에 갇혔을 때 옥졸 오압옥에게『청낭서』를 남겼으나 오압옥의 아내가 책을 불태워 그의 의술은 맥이 끊겼다.

조비曹丕(187~226)

위나라 초대 황제로 자는 자환子桓이다. 본래 조조의 셋째 아들이지만 조앙과 조삭이 죽자 장남이 되었고, 조조의 뒤를 이어 위왕에 오른 후, 헌제를 폐하고 황제의 자리에 올랐다. 주색에 빠져 병을 얻은 조비는 아들 조예를 태자로 책봉한 후 조진, 조휴, 사마의에게 후사를 부탁했다.

유선劉禪(207~271)

촉의 제2대이자 마지막 황제로 자는 공사公嗣이다. 유비의 장남이자 감 부인의 소생이며, 아명은 아두이다. 17세에 유비의 뒤를 이어 황제가 되어 제갈량을 아버지로 여기며 내정과 외정을 총괄했다. 제갈량 사후, 위의 장수 등애의 공격에 항복하고 안락공에 봉해져 낙양에서 여생을 마감했다.

유봉劉封(188~220)

본래 나후羅侯의 구씨寇氏의 아들이며 유표의 조카, 유반의 외조카이다. 유비에게 후사를 이을 아들이 없을 때, 유반의 중재로 유비의 양자가 되었다. 맥성에서 위기에 빠진 관우의 원군 요청을 맹달과 함께 거절하여 관우를 죽게 했다. 이를 후회했지만 결국 유비의 노여움을 사게 되어 참수당했다.

관흥關興(?~?)

하동군 해현 사람. 관우의 차남이다. 이릉대전에 임하여 장비의 아들 장포와 함께 선봉을 다투다 유비의 꾸지람을 듣고 결의형제를 맺었다. 이릉대전에서 관우를 사로잡았던 반장을 죽이고 부친의 청룡언월도를 되찾았다. 제갈량의 마지막 오장원 북벌에 즈음하여 병사했다.

장포張苞(190~221)

장비의 장남으로 부친의 원수를 갚기 위해 이릉대전에 참전하여 관우의 아들인 관흥과 의형제를 맺었으며, 이릉대전에서 범강과 장달의 목을 베어 부친의 원수를 갚았다. 제갈량의 3차 북벌 때, 위의 곽회와 손례를 추격하다 말이 돌에 걸려 계곡으로 떨어지는 바람에 부상을 당했다. 결국 성도에서 치료를 하던 중에 죽었다.

등지鄧芝(?~251)

의양군 신야 사람. 촉의 책사이며 자는 백묘伯苗이다. 익주를 평정한 유비가 비현에 출행했을 때, 등지와 대화를 나누다 그의 비상함을 알아보고 현령으로 발탁했고 후일 상서가 되었다. 위의 5로 침공 시, 제갈량의 명을 받고 오로 들어가 손권과 동맹을 맺는 데 큰 공을 세웠다.

서성徐盛(?~229)

낭야군 거현 사람. 오의 장수이며 자는 문향文嚮이다. 오군을 평정한 손권에게 발탁된 이후, 남군 공격, 합비전투, 형주 탈환과 이릉에서 육손의 지휘에 따라 유비를 격파하는 데 큰 활약을 했다. 조비가 두 번째로 오를 침공했을 때는 총사령관이 되어 수백 리 위장 전술로 조조를 격파했다.

조예曹叡(205~239)

조비의 장남이며, 위의 제2대 황제로 자는 원중元仲이다. 어릴 때부터 총명하여 조조의 사랑을 받았다. 제위에 오른 뒤, 촉과 오가 연합하여 위를 공격하자 사마의를 중용하고 친히 싸움에 나서기도 했다. 말년에는 궁을 새로 짓는 등 사치스러운 생활을 하여 민심이 피폐해졌으며 35세의 나이에 요절했다.

맹획孟獲(?~?)

남만의 왕. 조비의 요청에 응하여 촉을 침공하지만 제갈량의 계략에 빠져 패퇴했다. 그 후, 다시 건녕태수 옹개와 모의하여 반란을 일으키자 이를 평정한 제갈량이 남만 원정을 감행하여 일곱 번 사로잡고 일곱 번 풀어주자 진심으로 제갈량에게 항복했다.

❖ 3세기 초 삼국 정립 시기의 세력도

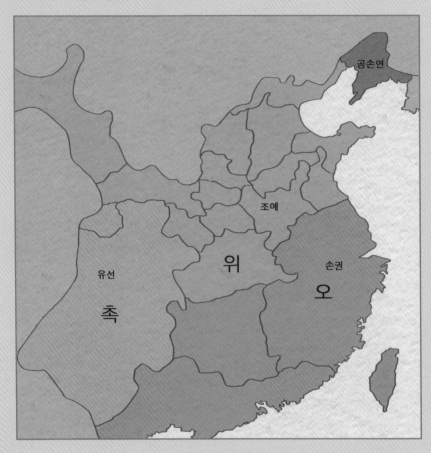

북벌은 결코 간단한 일이 아니었다. 싸움에서 이겨도 군량이 떨어지기도 하고, 도읍에서 이변이 일어나기도 하고, 일진일퇴의 공방전이 펼쳐져 성과는 거의 없었다. 그 사이에 손권이 제위에 올라 스스로 황제라 칭하여 중국 대륙에 드디어 세 개의 나라가 탄생하게 된다. 제갈량은 북벌을 거듭하나 오히려 부하에게조차 신뢰를 얻지 못하는 상태에 빠지고 일곱 번째 북벌 때 병을 얻어 오장원에서 목숨을 잃게 된다. 이를 기회로 삼아 제갈량 밑에 있던 위연이 모반을 일으키나 제갈량의 밀명을 받은 마대에게 살해당한다. 제갈량이 죽었다는 소식이 위에 전해지자 황제 조예는 크게 기뻐했으며, 모든 재산을 탕진하고 만년에는 폭군이 되어버린다.

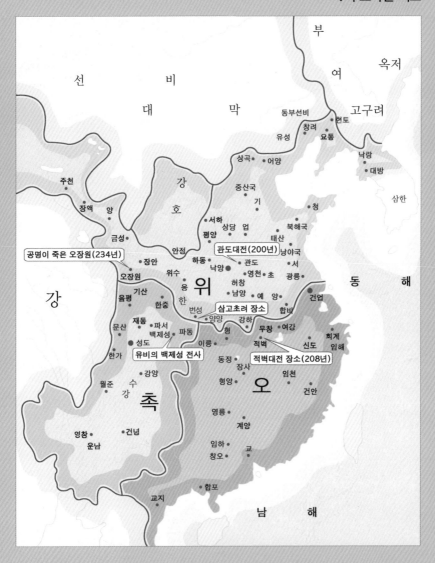

부여

옥저

선   비

대   막

동부선비

고구려

현토

창려

유성

요동

상곡   어양

낙랑

대방

삼한

주천

강   호

중산국

기

청

장액   양

서하   상당   업

북해국

금성

평양

태산

낭야국

안정

공명이 죽은 오장원(234년)

장안

하동   낙양

관도대전(200년)

관도

서

광릉

오장원

위수   옹

위

허창   영천   초

남양   예   양

동   해

강

기산

한중

음평

한

번성

양양

삼고초려 장소

건업

문산

재동
파서
백제성

파동

형

강하

무창

여강

성도

이릉

적벽

신도

회계
임해

유비의 백제성 전사

한가

동정

적벽대전 장소(208년)

월준

강양

수
강

족

영릉

장사

임천

형양

건안

오

임하

계양

영창   건녕

창오   교

운남

합포

교지

남   해